Zimtzuckerherz

Heike Abidi

Zimtzuckerherz

Roman

Amelie

Inhalt

Prolog 7

1. Kapitel: Das Interview 9

2. Kapitel: Die Einladung 25

3. Kapitel: Die Shoppingtour 43

4. Kapitel: Die Enttarnung 65

5. Kapitel: Die Chaosqueen 83

6. Kapitel: Der Kurzschlussplan 101

7. Kapitel: Der Umweg 117

8. Kapitel: Der Turm 135

9. Kapitel: Die Hochzeit 155

10. Kapitel: Die Achillesferse 173

11. Kapitel: Das Handy 195

12. Kapitel: Die Planänderung 217

13. Kapitel: Der Schock 231

14. Kapitel: Der Oberkellner 247

15. Kapitel: Die Talkshow 263

16. Kapitel: Das Dessert 281

17. Kapitel: Der Trick 295

18. Kapitel: Das Porträt 309

Prolog

Oh. Hallo Sie da! Was für eine nette Überraschung! Sie lesen wohl gerne? Das trifft sich gut, denn ich schreibe. Allerdings nichts Spannendes – nur Ratgeberbücher. Zum Thema Ordnung im Büro.

Nicht so Ihr Ding?

Offen gestanden – meins eigentlich auch nicht. Aber wenn ich gleich interviewt werde, darf ich mir davon nichts anmerken lassen.

Na hoffentlich geht das gut!

Haben Sie vielleicht Lust, mich zu begleiten? Irgendwie sind Sie mir total sympathisch. Wissen Sie was: Wir sollten uns besser kennenlernen ...

1. KAPITEL

Das Interview

Meine Tante Amanda ist eine erstklassige Ermahnerin. Erst gestern hat sie mir eindringlich geraten, mich leicht nach vorn zu beugen und den Kopf ein wenig zur Seite zu neigen, wenn »diese Zeitungsmenschen« da sind: »Das wirkt interessiert und klug.« Vor einem halben Jahrhundert war sie eine international gefeierte Primaballerina. Was den Umgang mit der Presse betrifft, kennt sie sich daher bestens aus. Ich befolge also ihren Ratschlag, beuge mich leicht vor und neige den Kopf ein wenig zur Seite. Was meinen Sie: Wirke ich interessiert?

Mein Gefühl sagt mir etwas anderes. Es katapultiert mich 25 Jahre zurück durch Raum und Zeit. Damals war ich noch keine Autorin, die für ein auflagenstarkes Magazin interviewt wird, sondern eine Elfjährige mit Zahnspange, die im stickigen Studio eines schmierigen Passbildfotografen vom Stuhl fällt, weil dessen Kommandos sie hoffnungslos überfordern. Kann man überhaupt gleichzeitig den Oberkörper drehen, den Kopf senken, die Schultern vorschieben, das Bein nach hinten ziehen und das Ohr freimachen, ohne sich selbst zu verknoten oder eben vom Hocker zu kippen?

»Frau Kroemer, bitte schauen Sie mal eben in Richtung Fenster, ich möchte Sie im Profil aufnehmen«, bittet mich Robert Steinbrecher.

Der sympathische Pressefotograf mit der Nickelbrille und der Lockenmähne dokumentiert mein Gespräch mit Stella Westermann, der zur Zeit angesagtesten Journalistin des Business-Magazins *SUXESS*. Er soll einer der Besten seiner Zunft sein, heißt es. Seine Frage beendet meine gedankliche Zeitreise abrupt. Stattdessen kommt mir ein ungeheuerlicher neuer Gedanke. *Was, wenn mir das wieder passiert?* Jetzt gleich? Wenn ich mitten im wichtigsten Interview meines Autorinnenlebens vom Stuhl falle? Nicht auszudenken! Oder vielmehr: Dank meiner überschäumenden Fantasie nur allzu gut vorstellbar. Ich sehe mich selbst schon in meinem lavendelfarbenen Businesskostüm bizarr verrenkt am Boden liegen, während Robert Steinbrecher pausenlos Fotos schießt und Stella Westermann so laut lacht, dass die Altbauwände wackeln. Das wäre definitiv kein Highlight meiner Karriere! Auch wenn Sie das vielleicht amüsant fänden ...

Unvermittelt springe ich auf. Stella Westermann schaut mich mit hochgezogenen Augenbrauen an. Hochgezogene Augenbrauen sind kein gutes Zeichen. Niemals. Selbst Robert Steinbrecher hat vor Überraschung seine Kamera sinken lassen. Himmel, die müssen mich ja für hysterisch halten! Um meinem ganz und gar paradoxen Verhalten nachträglich einen Sinn zu verleihen, schreite ich (»kleine Schritte machen, Vroni, du willst doch nicht wie eine Bauernmagd wirken«) zum Kaffeeautomaten. Rasch braue ich drei Milchkaffee. Meine beiden Besucher scheinen das Ganze unter »verrückte Autorin, aber liebenswürdig« zu verbuchen, nippen an ihren Tassen und konzentrieren sich dann wieder voll auf ihr Projekt – auf mich: Vera Kroemer, erfolgreiche Sachbuchautorin, bekannt als Spezialistin für Ordnung, Zeitmanagement und Prozessoptimierung im Büro.

Der Kaffee tut gut. Sehr gut sogar. Ich bin jetzt hochkonzentriert. Sogar die Sache mit dem Vorbeugen und dem Kopfneigen klappt überraschend gut. Sie würden staunen! Stella Westermann stellt nun Fragen zu meinem aktuellen Buchprojekt. Die Standards haben wir schon hinter uns (»Wie wurden Sie Autorin?« – »Im Grunde aus einem puren Zufall heraus.« – »Wo finden Sie Ihre Themen?« – »Sie begegnen mir täglich, immer und überall ...«). Jetzt geht's ans Eingemachte.

Ich verrate den Arbeitstitel meines nächsten Werkes: *Mach Platz!* Eigentlich stammt der Vorschlag von meiner Tante Amanda, aber das muss ja niemand außer Ihnen wissen.

»Kerngedanke ist, dass die wenigsten Menschen *zu wenig* Platz haben, sondern *zu viele* Plätze für ihre Habseligkeiten«, erläutere ich mit kompetenter Autorinnenstimme. »Indem jeder Gegenstand einen – aber auch wirklich nur einen – festen Platz bekommt, entstehen neue Freiräume.«

»Freiräume rein lokal gesehen oder auch mental?«, hakt Stella Westermann sofort nach.

Ich lächele weise und danke ihr für die gute Frage. Das tue ich immer, wenn ich auf dem Schlauch stehe. Dürfen Sie gern nachmachen. Ist übrigens auch ein kluger Tipp von Tante Amanda (was täte ich nur ohne sie).

»Beides, im Grunde«, sage ich schließlich, »aber ich will noch nicht zu viel verraten.« Könnte ich auch gar nicht, denn das Buch ist – anders als ich meiner Lektorin weisgemacht habe – keineswegs schon halb fertig. Tatsächlich habe ich bisher keine Zeile mehr als die Gliederung zustande gebracht. Ob ich deswegen beunruhigt bin? Ach, was. Das ist bei mir immer so. Ohne Zeitdruck geht gar nichts. Und noch bin ich meilenweit – genauer gesagt: vier Monate – von meinem Abgabetermin entfernt.

Ich bin jetzt völlig locker und plaudere mit Stella Westermann munter über meine Bestseller. Sie findet, dass der Titel meines ersten Erfolgsratgebers – *Ordnung ist das ganze Leben* – im Grunde auch das Motto meines Schaffens, wenn nicht meines gesamten Daseins ist. Ich lächele bescheiden und neige den Kopf zur Seite. Währenddessen schießt Robert Steinbrecher unentwegt Fotos von mir – im Hintergrund das perfekt aufgeräumte Büro, das Stella Westermann als »beängstigend ordentlich« bezeichnet: In den Regalen stehen lediglich ein paar Standardlexika, der weiße Hochglanzschreibtisch ist jungfräulich leer, Monitor und Tastatur zu einhundert Prozent staubfrei.

Da ist die Frage nach meinem »persönlichen Schwachpunkt« natürlich unausweichlich. Tante Amanda hat das prophezeit. Wie aus der Pistole geschossen gestehe ich, dass ich ohne Kaffee einfach nicht in Schwung komme. Ja, mehr als das: Ohne Kaffee würde ich keinen vernünftigen Satz zu Papier bringen! Und das ist die absolute Wahrheit. Dass es sich dabei nicht um meine größte Schwäche, sondern bloß um die zweitgrößte handelt, verschweige ich lieber ...

Als sich die beiden »Zeitungsmenschen« zwei Stunden später verabschieden, bin ich am Ende meiner Kräfte. Lächeln, antworten, lächeln, leicht vorbeugen, Aufmerksamkeit signalisieren, zitierfähig plaudern, Kopf neigen ... Das ist anstrengender, als es sich anhört. Ehrlich! Erschöpft tausche ich das lavendelfarbene Kostüm gegen Jeans und T-Shirt. Als ich die Haarnadeln entferne und sich meine damenhafte Hochsteckfrisur in den gewohnten Wuschelkopf zurückverwandelt, reißt Charlotte die Tür auf.

»Dass du das aushältst, Vero«, stöhnt sie, »ich konnte mich kein bisschen konzentrieren. Dein Zimmer besteht aus einer Milliarde kleiner Ablenkungen, die mich wahnsinnig machen!« Dabei verdreht sie theatralisch ihre dunkelblauen Augen. »Hoffentlich wirst du nicht noch berühmter – wenn sich diese Interviewbesuche häufen, müssen wir eine andere Lösung finden. Dein Chaos macht mich ... allergisch!«

Ich will fair bleiben: Charlotte ist eine wahre Aufräumfanatikerin! Ihr verdanke ich all mein Wissen über Ordnung, Systematik und Zeitmanagement. Dass sie sich in meinem Teil unserer Bürogemeinschaft nicht gerade heimisch gefühlt hat, wundert mich nicht. »Du bist eine Heldin«, grinse ich und braue ihr zum Dank einen doppelten Espresso. Mir selber natürlich auch. Charlotte setzt sich an ihren weißen Hochglanzschreibtisch. Dann gibt sie mir zu verstehen, dass sie vor der Mittagspause dringend noch eine Übersetzung zu Ende bringen muss. Ungestört.

»Vera Kroemer bedankt sich für den Zimmertausch«, lache ich, während ich meinen Kaffeeautomaten ausstöpsele, »und Veronika Kramer macht sich mit ihrem wichtigsten Arbeitsgerät aus dem nicht vorhandenen Staub.«

Nein, keine Sorge: Ich bin keine gespaltene Persönlichkeit. Aber wer, wie ich, mit dem Namen »Kramer« gesegnet ist und ausgerechnet als Ordnungsspezialistin Karriere macht, wird damit garantiert zur Zielscheibe von spöttischen Bemerkungen. »Wo Ordnung ist, muss nicht gekramt werden«, hat Tante Amanda argumentiert. Natürlich mit Recht, wie immer. Außerdem klingt »Kroemer« irgendwie edler. Meinen Vornamen Veronika durch das kürzere Vera zu ersetzen, war die Idee des Verlages. Wirkt angeblich intellektueller. Und es lässt sich besser merken – beziehungsweise vermarkten. Mir soll's recht sein – schließlich sind gute Verkaufszahlen auch in meinem Interesse.

Charlotte, die übrigens Wunderlich heißt, aber kein bisschen wunderlich ist, sondern einfach taff und außerdem die beste Freundin, die man sich wünschen kann, behauptet ja, Vera Kroemer sei weniger ein Künstlername als vielmehr eine Tarnung für die dunkle Seite der Veronika Kramer. Weil ich, statt die Dinge »systematisch wegzuräumen«, immer rumkrame und irgendetwas suche, was ich mal wieder verlegt habe. Ich streite das natürlich stets vehement ab. Aber wenn ich gleich die Tür zu dem Raum öffne, der tatsächlich mein Büro ist, werden Sie sehen, wie recht Charlotte im Grunde hat ...

Erwarten Sie hier also bitte kein übersichtlich sortiertes Bücherregal, keinen staubfreien Monitor – und schon gar keinen leeren Schreibtisch. Hätte ich das Team von *SUXESS* nicht in Charlottes klinisch sauberem Reich empfangen, sondern in meinem eigenen Arbeitsraum, wäre meine Karriere wohl augenblicklich zu Ende gewesen. Warum? Na, dann versuchen Sie doch bitte mal, hier einen freien Stuhl zu finden.

Nicht so einfach, oder? Natürlich könnten Sie die Zeitungsstapel oder die Post von sämtlichen Sitzgelegenheiten räumen und auf einem unbelagerten Fleck am Boden platzieren ... wenn Sie einen finden. Hätten Sie dann auf dem frei gewordenen Stuhl Platz genommen, könnten wir uns zwar unterhalten, hätten aber keinerlei Blickkontakt. Was uns im Weg wäre? Nicht nur der sperrige, uralte Monitor, der über und über mit gelben Klebezetteln bedeckt ist, sondern auch diverse Büchertürme und ein knappes Dutzend Aktenordner, die (und das müssen Sie zugeben!) in den überquellenden Regalen einfach keinen Platz mehr finden ...

Hand aufs Herz: Würden Sie jetzt noch meine Artikel lesen? Meine Bücher kaufen? Oder gar ein Seminar zum Thema »Ende eines Zeitfressers: Finden statt Suchen« bei mir buchen? Sehen Sie. Ich nämlich auch nicht. Wenn ich Sie wäre. Deshalb ist es gut, dass Vera-Kroemer-Leser die Chaotin Veronika Kramer niemals kennenlernen.

Ich wuchte meinen Kaffeeautomaten zurück auf seinen Platz. Mein bestes Stück! Dann fahre ich den PC hoch und öffne mein Mailprogramm. 64 neue Nachrichten. Ein Blick auf die Uhr verrät mir, dass es erst halb zwölf ist. Mein Magen knurrt schon unüberhörbar laut, aber ich weiß, dass Charlotte noch mindestens eine Dreiviertelstunde lang zu tun hat. Deshalb gönne ich mir erst einmal die Schokoladen-Notration, die ich in meiner Stifte-Briefumschläge-Lippenstift-Handyladegerät-Schublade gebunkert habe, und arbeite mich dann tapfer durch die Mailflut. Das meiste kann ich löschen. Ich bin weder interessiert an

Augenlaser-OPs in Osteuropa noch an der Chance, eine Traumküche zu gewinnen, oder daran, teure Klamotten zu bestellen, nur weil der Anbieter diesen Monat portofrei liefert.

Natürlich hat auch Tante Amanda gemailt. Sie erwartet einen ausführlichen Bericht. Schließlich hat sie mich vorher leidenschaftlich gecoacht. Und sie schätzt es ganz und gar nicht, wenn man ihre Tipps ignoriert. Besser gesagt: ihre Befehle. Die sie selber als »Ratschläge« bezeichnet, und zwar als »brillante Ratschläge«. Sie hätte Politikerin werden sollen.

»Was nicht ist, kann ja noch werden«, schrieb sie neulich. Die Gute ist ja *erst* 81. Aber was sind schon Jahre, wenn man so fortschrittlich ist wie Amanda de Winter? Sie schlägt mir einen Chat-Termin für heute Abend vor. Ich antworte, dass ich mich darauf freue.

Dann schlägt mein Herz höher: eine Nachricht von Alex. Meinem Alex! Der jetzt schon seit einem halben Jahr in Neuseeland ist und die Maori-Kultur erforscht. Nun ja, eigentlich ist er nicht »mein« Alex. Aber wir sind mehr als nur eng befreundet. Stehen sozusagen kurz vor einer richtigen Beziehung. Wahrscheinlich würden wir längst zusammenwohnen, wenn dieses sechsmonatige Forschungsprojekt nicht dazwischengekommen wäre. Anfangs fand ich diese Auf-ihn-warten-Sache herzzerreißend romantisch. Aber bald schon hatte ich genug von der Warterei. In zwei Wochen kommt er zurück – ich zähle schon die Stunden! Aufgeregt male ich ein großes Herz auf die Schreibtischunterlage. (Ach, Mist, war gar keine Unterlage, sondern ein bereits frankierter Brief ans Finanzamt. Egal.) Ich zwinge mich, Alex' Mail als letzte zu öffnen, und beantworte vorher noch rasch meine Fanpost. Aktuell bestehend aus exakt einer Anfrage: Da möchte eine Studentin bei mir Praktikum machen. Ich muss ihr leider etwas vorlügen von wegen übervollem

Kalender. Das arme Mädel würde vor Schreck das Studium abbrechen, wenn sie hier hereinkäme ... Dann endlich öffne ich die Nachricht von Alex.

*

Pünktlich wie die Maurer macht Charlotte Mittagspause. Sie steckt ihren goldblonden Kurzhaarkopf durch einen Türspalt und zwitschert: »Bist du bereit? Hab Hunger!«

»Alegleiwinzelanunhaschvelooop«, antworte ich, so würdevoll ich kann. Charlotte versteht kein Wort. Sie auch nicht? Tut mir leid, aber bedauerlicherweise kann ich nicht deutlicher artikulieren, wenn ich gerade verlassen werde. Abserviert!!! Wegen so einer dahergelaufenen Tierärztin ... Ich raufe die Haare, heule Rotz und Wasser und versuche gleichzeitig, Charlotte klagend auseinanderzusetzen, was passiert ist. Geistesgegenwärtig bereitet sie mir einen Schoko-Cappuccino zu und versucht, meinem Gewimmer und Gestammel einen sinnvollen Gehalt zu entnehmen. Endlich übersetzt sie völlig korrekt: »Alex bleibt in Neuseeland und hat sich verlobt?«

»Sachschdoch«, schluchze ich und nehme dankbar den Cappuccino entgegen. Ganz gegen meine Gewohnheit lasse ich vier Stück Zucker als Nervennahrung hineinplumpsen und rühre um. Immer heftiger, sodass der Kaffee fast überschwappt, denn in mir keimt eine unbändige Wut auf.

»Dieser Aaaarsch!«, schimpfe ich schließlich zwischen zwei Schlucken und knalle dann die leere Cappuccinotasse so fest auf den Tisch, dass der neulich erst angeklebte Henkel endgültig abfällt. Ich schnäuze heftig meine Nase, spüle mir die verquollenen Augen mit klarem Wasser, frische mein Make-up auf und ziehe die Schultern straff:

»Lass uns essen gehen, Charlotte.« Manchmal muss eine Frau einfach tun, was eine Frau tun muss.

Das Bistro »Mahlzeit« ist fast bis auf den letzten Platz belegt. Es ist Schnitzeltag, das lockt die ausgehungerten Bänker, Abteilungsleiter und Marketingmenschen, die im Umkreis arbeiten, an wie das Licht die Motten. Charlotte und ich haben Glück und finden noch einen freien Zweiertisch am Fenster. Ich bestelle einen strammen Max und genieße jedes einzelne Molekül dieses wundervollen Bauernbrotes, das mit Käse überbacken ist und zudem von einem köstlichen Rührei gekrönt wird. Strammer Max ist das perfekte Trostfutter für Unglückstage. Vor allem, wenn man es mit Malzbier herunterspült. Charlotte ist mehr als nur ein bisschen neidisch darauf, dass ich diese Kalorienbombe – wie sämtliche Kalorienbomben, die ich in meinem Leben bisher verschlungen habe – wahrscheinlich nicht in körpereigene Energiespeicher umwandeln, sondern einfach irgendwie verbrennen werde. Ich bin eine Bohnenstange, schon immer gewesen. Während Charlotte, seit wir uns kennen, eine Diät nach der anderen macht, ohne auch nur im Geringsten bohnenstangenhaft zu wirken. Dass ich sie um ihr C-Körbchen beneide, mag sie kaum glauben. Wenn wir gemeinsam essen gehen, wird sie daher meist etwas schmallippig. Was vielleicht auch daran liegt, dass ich ein Riesenschnitzel mit Pommes vertilge, während sie sich auf essigsauren Salat mit Putenstreifen beschränkt. Ohne Brot natürlich, denn Kohlenhydrate sind böse. Man sollte sie alle nach Neuseeland verschiffen, auf dass diese blöde Tierärztin, die Alex den Kopf verdreht hat, aufgeht wie eine Dampfnudel!

Charlotte sieht mir an, dass meine Gedanken gerade wieder gen Südhalbkugel abschweifen. Das ist unschwer zu erkennen an der tiefen Stirnfalte und meinen Fingerknöcheln, die ganz weiß sind, weil ich in meiner Gekränktheit das Besteck fast verbiege. Gleich werden mir vor Wut wieder die Tränen in die Augen schießen. Im voll besetzten Lokal zur Mittagspausenzeit – einen besseren Moment für einen Heulanfall hätte ich mir nicht aussuchen können. Aber Charlotte rettet mich.

»Erzähl doch mal – wie lief denn eigentlich dein Interview?«, fragt sie mich beiläufig. Oder wenigstens soll es so wirken.

Dankbar schlucke ich den Kloß herunter, den ich im Hals habe, und berichte. Und je länger ich erzähle, desto breiter wird das Grinsen auf Charlottes Gesicht. Vor allem als ich die Sache mit dem »Lebensmotto« erwähne und dass »meine Ordnung« in Stella Westermanns Augen »beängstigend« ist, zucken ihre Mundwinkel.

»Du hältst mich für eine Hochstaplerin, gib's zu«, pariere ich einen unausgesprochenen Vorwurf mit einem Gegenangriff. Doch Charlotte kennt meine rhetorischen Achterbahnfahrten und lässt sich nicht aus der Ruhe bringen:

»Wie kommst du denn darauf? Und was meinst du mit ›Hochstaplerin‹?«

Nun sitze ich in der Falle. Nicht sie hat mich auf meine Lebenslüge aufmerksam gemacht, sondern ich selbst war es. Offenbar glotze ich sie so bestürzt an, dass sie das Lachen nicht mehr unterdrücken kann. Und weil das ungefähr so ansteckend ist wie die Lachversion von Elvis' *Are you lonesome tonight*, muss ich natürlich mitlachen. Zuerst ist es nur ein unterdrücktes Kichern, dann brüllen wir vor Lachen, bis uns die Tränen übers Gesicht laufen, und schließlich grinsen wir erschöpft.

»Hat das gutgetan«, seufzt Charlotte schließlich.

»Viel besser als heulen«, bestätige ich matt. Wir beschließen, den Kaffee im Büro zu trinken. Ist billiger als im Bistro – und leckerer. Ich zaubere uns zwei Latte macchiato. Pures Glück im Henkelglas! Dann entwirft Charlotte für mich ein Lebensabschnittsplanungskonzept. Ob ich Single bleiben will, fragt sie, und wenn ja, wie lange. Wie mein Traummann denn sein soll und wo ich ihn kennenzulernen gedenke. Sie gerät bald voll in Fahrt und lässt sich auch von einem etwas infantilen Einwand meinerseits (»such dir doch selber einen Mann«) nicht aufhalten. Es fehlt nicht viel, und sie erstellt einen Schlachtplan inklusive optimaler Sternzeichen- und Blutgruppenkonstellation.

Mir wird das alles zu viel! Noch vor zwei Stunden habe ich Alex' Rückkehr entgegengefiebert und schon soll ich ein Projekt mit dem Arbeitstitel »Die Neubemannung der Veronika Kramer« starten?

»Du spinnst wohl«, sage ich. Und füge trotzig hinzu: »Außerdem ist schon ein Kandidat in Aussicht.«

Die nächsten zehn Minuten verbringt Charlotte damit, mir zu entlocken, wer das wohl sein könnte. Ich nutze ihren Redeschwall, um fieberhaft nachzudenken. Denn natürlich hab ich das mit dem Kandidaten frei erfunden. Aus der Luft gegriffen. Oder wenn Sie es unbedingt so krass ausdrücken wollen: Es ist erstunken und erlogen. Sicher wird Charlotte gleich furchtbar wütend. Denn sie ist nicht nur ordnungsliebend, sondern auch wahrheitsliebend. Doch bevor ich meine kleine Schwindelei gestehen kann, verstummt Charlotte ganz plötzlich. Ihr Gesichtsausdruck ähnelt dem des kleinen Zeichentrick-Wikingers, wenn er einen rettenden Einfall hat. Sie grinst und trällert »... und es hat Zoom gemacht.«

Ich stehe auf dem Schlauch: »Willst du mich mit Klaus Lage verkuppeln? Der müsste doch inzwischen über sechzig sein.« Aber da bin ich auf dem völlig falschen Dampfer: »Zoom – Fotoapparat! –, ich meine natürlich den schnuckeligen Typen, der vorhin mit Stella Westermann zusammen hier war!«

»Du meinst Robert Steinbrecher?«, frage ich unschuldig, was Charlotte schon fast als Geständnis wertet.

Fünf Minuten später hat sie Robert Steinbrecher gegoogelt. Innerhalb kürzester Zeit avanciert er in Charlottes Augen zum Traumkandidaten für mich. Sie präsentiert mir sein Porträt, seine Werke und seinen Lebenslauf. Ich starre auf den Bildschirm, von dem mich Robert Steinbrecher vielsagend anschaut. Und ich muss zugeben, dass dieser Typ alles andere als uninteressant ist. Sympathisch fand ich ihn sowieso. Und gut aussehend irgendwie auch. Also beschließe ich nachzugeben: »Du hast recht, er könnte mir gefallen«.

Charlotte strahlt. Sie freut sich, dass sie mich »durchschaut« hat. Schwungvoll steht sie auf. Andere Menschen zu retten verleiht ihr unglaublich viel Energie.

»Hab noch zu tun, bis später«, flötet sie und lässt mich mit meinem Chaos, meinem Schicksal, meinem nicht vorhandenen Liebesleben und meinem Manuskript allein. Vor allem meinem Manuskript. Ich sollte es wirklich so langsam mal in Angriff nehmen.

Aber wie soll ich mich auf die Arbeit konzentrieren, wenn Sie mich so vorwurfsvoll anstarren? Ich weiß, was Sie denken: Lügnerin. Betrügerin. Hochstaplerin! Und Sie haben zweifellos recht: All das bin ich. Aber ich kann nichts dafür! Ich bin da einfach so reingerutscht … Als freiberufliche Journalistin kann man sich die Aufträge nicht unbedingt aussuchen. Vor allem nicht als Berufsanfängerin.

Und als vor einigen Jahren die Anfrage kam, ob ich ein Feature zum Thema »Ordnung« schreiben könne, habe ich erst laut gelacht – und dann zugesagt. Schließlich habe ich auch schon erstklassige Texte über die »Wechseljahre des Mannes« oder Heilfasten geschrieben – beides Themen, die mir persönlich so fern liegen wie eine fremde Galaxie. Als Journalistin kann ich mich schließlich in alle Themen einarbeiten – ich muss eben nur recherchieren. Und zwar gleich nebenan, bei Charlotte Wunderlich, meiner besten Freundin und Büropartnerin. So fing alles an. Wer hätte damals gedacht, dass aus dem Feature eine Artikelserie werden würde und aus der Serie ein Buch und aus dem Buch ein Bestseller und aus dem Bestseller ein ganzes Regal voller Vera-Kroemer-Aufräumliteratur? Mein Schicksal war besiegelt, als ich damals den Feature-Auftrag annahm. Ich bin in eine Einbahnstraße abgebogen und es gibt keinen Weg zurück.

So, und nachdem das geklärt ist, muss ich mich sputen. Auch Sachbuchautorinnen, die zu einem Doppelleben verdammt sind, haben hart zu arbeiten. Seufzend öffne ich die Datei und nehme dann den Block zur Hand, in dem ich notiert habe, was Charlotte mir neulich über »Raum und Struktur« erzählt hat. Zehn Seiten Hieroglyphen! Wer in aller Welt soll das lesen können? Ja, Sie haben völlig recht: Ich hätte nicht so lange warten sollen mit dem Verschriften. Das hab ich jetzt davon. Die nächsten Stunden verbringe ich einigermaßen konzentriert damit, die Notizen abzutippen und dann die Inhalte den vorgesehenen Buchkapiteln zuzuordnen. Eine mühevolle, wenn auch unspektakuläre Arbeit. Jeder weitere Satz darüber würde Sie nur langweilen.

Es ist schon spät, als ich endlich Feierabend mache. Charlotte hat sich bereits vor Stunden verabschiedet – heute startet ihr neuer Volkshochschulkurs: Sie unterrichtet Wirtschaftsenglisch. Ich bin völlig erledigt und furchtbar froh, dass ich nicht in ihrer Haut stecke. Die Vorstellung, mich vor eine Klasse erwartungsvoller Kursteilnehmer zu stellen, um ihr Englisch aufzubessern, verursacht bei mir Schluckauf.

Unterwegs kaufe ich mir noch eine Großpackung Pizzabaguettes zum Aufbacken. Während der Backofen vorheizt, fahre ich mein Notebook hoch und logge mich in einen privaten Chatroom ein. Tante Amanda ist schon da:

💬

💬 *Wie warst du, meine liebe Vroni: Hast du sie um den Finger gewickelt?*
(Kleine Anmerkung: Kommen Sie bitte nicht auf die Idee, mich jemals »Vroni« zu nennen! Keiner außer Tante Amanda darf das ungestraft tun. Und die lässt sich sowieso nichts verbieten, von niemandem. Am wenigsten von mir ...)
> Es ist gut gelaufen, wenn du das meinst, Tante 💬
> Amanda. Erst wäre ich fast vom Stuhl gefallen,
> aber dann war ich ganz souverän. Habe sogar
> gelächelt und den Kopf geneigt. Du wärst stolz
> auf mich gewesen.

💬 *Ich BIN stolz auf dich! Was hattest du an?*
> Das Lavendelfarbene. Und übrigens: Du hattest 💬
> recht, die Frage nach meiner größten Schwäche
> kam gleich in der ersten Viertelstunde aufs Tapet.

💬 *Ich wusste es! Ein Klassiker ... Du warst hoffentlich gut vorbereitet und hast ihnen eine menschliche, liebenswerte Macke präsentiert.*
> Dass ich eine Kaffeetante bin, ist hoffentlich 💬
> menschlich und liebenswert genug?

💬 *Perfekt! Also alles in Butter. Feierst du ein wenig?*
> Na ja. Eher nicht. 💬

💬 *Was ist passiert?*

Passiert? Nichts. Wie kommst du darauf?

VERONIKA! Sollst du deine alte Tante anschwindeln?

Aber du bist doch noch nicht ...

Papperlapapp. Raus mit der Sprache. Was ist los?

Alex.

Alex? Du erwartest ihn doch erst in zwei Wochen.

Ich erwarte ihn gar nicht mehr. Er bleibt in dem verdammten Neuseeland wegen irgendeiner bescheuerten Tierärztin. :-(

Was für ein elender Schuft!

Danke – dass du so wunderbar subjektiv bist. :-)

Objektivität ist was für Weicheier. Aber jammern auch. Jammerst du?

Hab ich schon hinter mir.

Hervorragend. Dann kann ich dir ja gestehen, dass ich diesen Alex noch nie mochte. Zu fantasielos. Und langweilig wie Minigolf.

Jedenfalls bin ich jetzt wieder Single. Eine sitzengelassene Mittdreißigerin. Auch nicht gerade viel spannender.

Falsche Perspektive. Du bist nicht sitzengelassen, sondern wieder zurück auf dem Markt. Ich wette mit dir, dass die Interessenten bald Schlange stehen werden. Und dann fragst du mich um Rat, weil du dich nicht entscheiden kannst.

Tante Amanda!!!

Oder behauptest du etwa, da wäre noch kein einziger Kandidat in Sicht?

Ähm, na ja, nicht so richtig.

Also doch. Ha! Ich wusste es. Mein Kind, du kannst dich auf mich verlassen. Das wird noch richtig spannend. Du MUSST mich auf dem Laufenden halten!

Versprochen, Tante Amanda, versprochen ...

2. KAPITEL

Die Einladung

Ich durchwühle die Schubladen meines Rollcontainers nach Naschwerk, denn ich brauche dringend etwas, was mich glücklich macht. Glücklicher jedenfalls als dieser dämliche Heuschnupfen, unter dem ich neuerdings leide. Es ist Mitte April. Draußen scheint die Sonne, die Vöglein zwitschern lieblich – und die Pollen fliegen. Weshalb ich die Fenster geschlossen halte. »Allergietabletten mit Schokogeschmack, das wär's«, murmele ich grimmig. Schnell notiere ich die Idee auf ein gelbes Post-it und pappe es an die Seitenwand meines Bücherregals. Dort hängt schon eine ganze Reihe solcher Zettel, die inhaltlich alle zur Rubrik »Geniale Ideen, die mich eines Tages reich machen werden« gehören. Sie sehen: In meinem Chaos gibt es durchaus Struktur!

Dann entdecke ich ein vielversprechendes Schokohasenfragment. Wer hat den vorösterlichen Leckerbissen bloß in die Kiste mit den Presseausschnitten gelegt? Schmeckt jedenfalls ziemlich lecker, wie eine Probeverkostung ergibt. Um mich in eine noch positivere Stimmung zu versetzen, werfe ich meinen Kaffeeautomaten an und bereite mir einen Cappuccino zu. Mit Zimtzuckerherz auf dem Schaum – denn kein Stimmungsaufheller ist legaler als dieses Gute-Laune-Gewürz. Bewaffnet mit Cappuccino, Schokolade und bergeweise Arbeitsmaterial schicke ich mich an, ein lehrreiches Kapitel über »feste Plätze« zu schreiben. Der Hasenkopf sieht mich vorwurfsvoll an, darum beiße ich entschlossen hinein und fange dann sofort an, emsig meine Tastatur zu bearbeiten. In allen Details beschreibe ich, wie befreiend und effizient regelmäßiges Aussortieren ist. Meine Leser sollen es einmal besser haben als ich ...

Ich rate ihnen gerade, ihre »Zu-lesen-Stapel« maximal auf zwanzig Zentimeter anwachsen zu lassen, als Charlotte hereinschneit. Sie bringt meine Post mit. »Wohin damit?«, fragt sie mit Unschuldsmiene. Als ob es in meinem Büro einen festen Platz für den Posteingang gäbe!

»Gib her«, sage ich und werfe die Umschläge dann lässig in einen Wäschekorb voll alter Zeitschriften.

»Das ist jetzt nicht dein Ernst!«, tadelt Charlotte und fischt die Post wieder heraus. »Drei Fanbriefe, zwei Rechnungen, fünf Werbeschriebe und ein Brief von deiner Schwester«, verkündet sie, während sie alle Umschläge außer dem letzten auf diverse Ablagekörbe verteilt, denen ich bisher keine Beachtung geschenkt habe. Offenbar habe ich doch einen Posteingang?

»Das hier ist dein Kann-weg-Stapel mit Werbung. Musst du nur durchschauen und dann entsorgen, falls nichts dabei ist, was doch irgendwie interessant ist«, doziert Charlotte. »Der nächste ist für Rechnungen und andere Geschäftspost, und dann gibt's noch einen für Fanbriefe und einen für Privates. Ist doch gar nicht so schwer, oder?«

Obwohl ich an sich wild entschlossen bin, mit Charlottes Hilfe wenigstens in meine Post ein wenig Ordnung zu bringen, ignoriere ich ihre diesbezüglichen Bemühungen heute komplett. Stattdessen starre ich meine Freundin ungläubig an:

»Ein Brief von – wem?«

»Ariane Kramer – das ist doch deine Schwester, oder?«

In der Tat, das ist sie. Die spießigste, langweiligste und unausstehlichste Schwester, die Sie sich nur vorstellen können! Vielleicht haben Sie ja selbst so eine. Oder Sie haben nur Brüder und sehnen sich nach Schwestern? Obacht! Ich kann nur immer wieder mahnend den Finger erheben und dazu aufrufen, sich gut zu überlegen, was man sich wünscht. Ich war drei und ahnungslos, als ich den Weihnachtsmann um eine kleine Schwester bat. Und ich bekam eine.

Seien Sie versichert: Es ist nichts dran an diesem dämlichen Meine-Schwester-ist-meine-beste-Freundin-Klischee. Meine beste Freundin ist meine beste Freundin! Meine Schwester dagegen ist ... zum Glück weit weg. Genauer gesagt in der Hauptstadt des Bundeslandes, das für die Statistiker dieser Welt immer als Größenvergleich für Elendsgebiete herhalten muss – in Saarbrücken. Wird nicht jeder verdammte Ölteppich, jedes Überschwemmungsgebiet und jeder abgebrannte Wald mit den Ausdehnungen dieses kleinsten deutschen Flächenlandes verglichen? Das Saarland scheint, wenn es um Katastrophen geht, das Maß aller Dinge zu sein – und was unangenehme Verwandtschaftsbeziehungen betrifft, ist meine Schwester das Maß aller Katastrophen. Definitiv.

Nun schreibt sie mir also. Einen Brief! Das letzte Mal, als sie sich schriftlich an mich wendete, war das eine mit dem Finger in die Staubschicht meines Radioweckers geschriebene Botschaft, die da lautete: »Du solltest dich was schämen!« Ich war damals zwölf, Ariane neun. Erst Jahre später verstand ich, wofür ich mich ihrer Meinung nach schämen sollte – für den besagten Staub nämlich. Hätte es den nicht gegeben, wäre ihr letzter (und ansonsten einziger) Schrieb an mich die Postkarte aus Bad Segeberg gewesen, wo sie auf Einladung unserer Großeltern den Karl-May-Festspielen beiwohnte, während ich leider in die Schule musste. Ariane war noch nicht schulpflichtig, beherrschte aber bereits das grimmige Einkerben bedrohlich wirkender Großbuchstaben auf Postkarten, die sie mit dem Bleistift beinahe durchbohrte. Ihre Nachricht an mich lautete: »Ätsch!!!«

»Dabei mochte sie Winnetou nicht mal«, schnaube ich verächtlich.

Charlotte schenkt mir einen Du-verrücktes-Huhn-Blick. »Willkommen im Jahr 2011«, lacht sie. »In welcher Dekade deines unaufgeräumten Oberstübchens befindest du dich denn gerade?«

»Frühe Achtziger«, gebe ich zu und grinse.

Charlottes Theorie, dass die Ordnung eines Büros Rückschlüsse auf die Gehirnstrukturen seines Besitzers erlaubt, ist nicht ganz von der Hand zu weisen.

»Nun mach schon auf«, drängt Charlotte und wirft mir Arianes Brief zu. Sie ist neugierig, das weiß ich.

Ich bin alles andere als das – und würde den Umschlag am liebsten ungelesen verbrennen. Ehrlich! Deshalb zögere ich das Unvermeidliche noch etwas hinaus. Eine Minute geht dafür drauf, dass ich uns zwei Milchkaffee zubereite. Eine weitere vertrödele ich mit der intensiven Begutachtung des Umschlags: »Festes cremefarbenes Papier, hochwertige Qualität, Blumenmotivbriefmarke, Absenderaufkleber mit geschmacklosen Goldbuchstaben, Adresse mit schwarzem Filzer geschrieben ... fehlt eigentlich nur noch eine Note ›4711‹.« Charlottes Ungeduld wächst.

»Ich weiß schon, was drinsteht«, behaupte ich, um sie weiter auf die Folter zu spannen: »Liebste Schwester, hiermit entschuldige ich mich in aller Form für die freche Postkarte aus Bad Segeberg.«

Lachend nimmt mir Charlotte den Umschlag wieder aus der Hand. »Du willst ihn also nicht öffnen?«

»Nein, will ich nicht.«

»Darf ich dann?«

»Tu, was du nicht lassen kannst«, seufze ich, und Charlotte lässt sich nicht zweimal bitten.

Sie könnten da nicht ruhig sitzen bleiben? Okay, ich gebe es zu: Ich kann's auch nicht. Ich springe auf, stoße mich an der Ecke des Schreibtischs, verfluche schon jetzt den blauen

Fleck, den mir das einbringen wird, und schaue Charlotte gerade rechtzeitig über die Schulter, als sie die edle Briefkarte aus handgeschöpftem mokkabraunem Büttenpapier aufklappt. Darauf lächeln mich meine Eltern an. Ich erstarre! Denn erstens sind meine Eltern vor über zwanzig Jahren bei einem tragischen Autounfall ums Leben gekommen, und zweitens hatte meine Mutter niemals eine dermaßen strunzbiedere Frisur.

»Hey, deine Schwester heiratet, wie cool!«, ruft Charlotte erregt. Sie dürfen daraus messerscharf schließen, dass Charlotte meiner Schwester nie persönlich begegnet ist. Sonst wüsste sie natürlich, dass nichts, was mit Ariane zu tun hat, auch nur im Geringsten als »cool« bezeichnet werden kann. Übrigens bin ich auch längst nicht so verrückt nach Hochzeiten wie Charlotte, die schon seit Monaten der britischen Prinzenvermählung entgegenfiebert. Übernächstes Wochenende ist es so weit – sie wird da nicht ansprechbar sein, nehme ich an.

»Erde an Vero, Erde an Vero«, flötet mir Charlotte aufgeregt ins Ohr und holt mich damit wieder zurück ins Hier und Jetzt.

Ich betrachte mir das Foto genauer: Ariane strahlt (etwas dümmlich, wie ich finde, aber das kann durchaus ein subjektiver Eindruck sein) in die Kamera. Sie trägt eine Sechzigerjahre-Föhnfrisur, die Doris Day zur Ehre gereicht hätte, und einen braunen Hosenanzug, der ihr kein bisschen steht. An ihrer linken Hand funkelt ein prachtvoller Brillantring, der deutlich weniger albern aussähe, wenn sie nicht so kurze Wurstfinger hätte. Neben ihr steht ein nett aussehender Hornbrillenträger mit nett gestutztem Bart und netter Hemd-Hose-Sakko-Kombination.

»Wir heiraten am 14. Mai«, lese ich – also schon in gut drei Wochen. Weiterhin entnehme ich dem Text, dass die Trauung um 14 Uhr stattfindet und die Hochzeitsgesellschaft anschließend in einem Restaurant mit dem Namen »Zum goldenen Schlosstor« feiern wird.

»Ohne mich«, platze ich spontan heraus. »Ich werde einfach nicht antworten und so tun, als sei die Einladung nie angekommen.«

Charlotte ist entrüstet. Eine Einladung zu einer Hochzeit lehnt man doch nicht ab! Sie sagt das übrigens mit deutlich mehr Ausrufezeichen, etwa so: »Eine Einladung! Zu einer Hochzeit!!! Sagt man! Doch! Nicht! Ab!!!«

Mein Versuch, einen Themenwechsel vorzuschlagen, scheitert kläglich. Charlotte ist in ihrem Element und preist den Zauber dieser Festivitäten, zu denen sie selber leider viel zu selten eingeladen ist (*nur* etwa alle zwei Monate – ihre Verwandten heiraten, was das Zeug hält). Ich solle froh sein, findet sie. Ich bin aber nicht froh.

»Schau dir den Bräutigam doch nur an, er scheint ganz nett zu sein«, versucht Charlotte, mir das Thema schmackhaft zu machen. »Dr. Rüdiger Kaiser – einen Arzt hat sie sich also geangelt«, stellt sie fest und tut, was sie nicht lassen kann: Sie googelt meinen Schwager in spe.

»Voilà, hier ist er schon: Dr. Kaiser, Oberarzt am Klinikum Saarbrücken, Facharzt für Nephrologie.«

»Wie bitte – für Totenbeschwörung?«, frage ich einigermaßen erschüttert.

»Du meinst Nekromantie«, lacht Charlotte. Allerdings muss sie dann selber nachsehen, was Nephrologie bedeutet: »Er ist Nierenfacharzt«, verkündet sie wenig später.

Ich bin ziemlich unbeeindruckt. War ja klar, dass Ariane sich eines Tages einen Kerl mit Geld und Status angeln würde. Aber ich zweifele keine Sekunde daran, dass er Stinkfüße hat oder Mundgeruch oder beides. Auf jeden Fall ist er ein Langweiler.

Doch damit muss dann eben Ariane klarkommen, nicht ich. Ich grinse.

»Du fährst also hin!«, drängt Charlotte. Aber noch bin ich weit davon entfernt, mich zu diesem Entschluss durchzuringen. Ein erneuter Blick auf die Einladungskarte liefert mir ein Gegenargument, das kaum zu entkräften ist:

»14. Mai? Da läuft doch der *Eurovision Song Contest*. Glaubst du im Ernst, den verpasse ich wegen Ariane?«

Da verstummt Charlotte. Aber nur kurz. Sehr kurz. Für Sie wäre das kurze Zögern meiner Freundin wahrscheinlich kaum wahrnehmbar gewesen, aber ich kenne sie nun mal in- und auswendig. Charlotte ist selbst ein leidenschaftlicher *Grand-Prix*-Fan. Wir fiebern Jahr für Jahr bei Prosecco und Tiramisu vor dem Fernseher mit, vergeben unsere eigenen Punkte und vergleichen, welche Länderwertung unserem persönlichen Urteil am nächsten kommt. Was das angeht, bin ich bisher meistens Gesinnungsdänin gewesen, warum auch immer. Aber wenn Charlotte zwischen dem Bund fürs Leben und der *Eurovision* wählen muss, geht der Hochzeitskutschengaul mit ihr durch. Und so bedrängt sie mich weiter. Prophezeit den trostlosesten *Song Contest* aller Zeiten.

»Lena wird sowieso nicht ein zweites Mal in Folge gewinnen. Und selbst wenn – den Wortschatz ihrer Dankesrede kennst du: Der beschränkt sich bekanntlich auf ›krass‹ und ›alter Finne‹ und jede Menge Ääääahs«, imitiert Charlotte die deutsche Vorjahressiegerin – und zwar recht gekonnt, wie ich anerkennend feststelle. Dann knurrt mein Magen vernehmlich laut und ich kann Charlotte endlich zu einem Mittagessen im Bistro »Mahlzeit« überreden.

Auf den Schreck hin ordere ich ein XXL-Schnitzel mit Pommes. Zum Glück ist die Küche im »Mahlzeit« sehr flott, denn ich wäre sonst verhungert. Hochkonzentriert bearbeite ich das Schnitzel, kaue voll Inbrunst und schließe von Zeit zu Zeit genüsslich die Augen. Während Charlotte mit missbilligendem Blick ihr gehaltloses Tomatensüppchen schlürft.

Sie müssen wissen: Immer, wenn sie die Augenbrauen hochzieht, steht ein freundschaftlich gemeinter Tadel kurz bevor. Beispielsweise: »Du solltest nicht so gierig essen, das stößt Männer ab« oder »Du schmatzt, ist dir das schon mal aufgefallen? Bei Geschäftsessen solltest du das unbedingt vermeiden«.

Heute aber sind meine Tischmanieren nur ein Nebenschauplatz ihrer Kritik: »Du willst nur ausweichen mit deinem Gekaue und Geseufze.«

»Wieso, ich hab bloß Hunger«, behaupte ich. Natürlich gebe ich nicht zu, dass sie recht hat. Zumal mein kulinarisches Ausweichmanöver jetzt sowieso beendet ist: Der Teller ist leer. Blitzblank. Kein Krümel mehr übrig.

»Und jetzt verrätst du mir, warum du diese Einladung nicht annehmen willst«, verlangt Charlotte. »Okay, deine Schwester ist keine besondere Sympathieträgerin ...« (ich schnaube verächtlich) »... und ihr hattet in den letzten Jahren kaum Kontakt ...« (zum Glück!) »... deshalb ist das jetzt vielleicht der perfekte Zeitpunkt für ein neues Kapitel in eurer Familiengeschichte.«

Ich schweige.

»Mensch, Veronika, sie ist deine einzige lebende Verwandte!«

»Du vergisst Tante Amanda!«

»Dann eben deine einzige lebende Verwandte abgesehen von Tante Amanda.« Sie lehnt sich zufrieden zurück und schaut mich triumphierend an. Offenbar glaubt sie, mich restlos überzeugt zu haben.

»Äh – und was ist daran jetzt das Argument?«

Charlotte seufzt ob meiner bedauernswerten Begriffsstutzigkeit. Sie beugt sich vor und spricht mit leiser, eindringlicher Stimme, als wollte sie ein etwas zurückgebliebenes, furchtbar schmutziges Kind davon überzeugen, vor dem Essen die Hände zu waschen: »Ihr seid erwachsen. Ihr seid eine Familie. Du musst da hin. Denk nur an all den Lästerstoff, den du sonst verpassen würdest!«

So hab ich das Ganze noch gar nicht gesehen. Natürlich – ich könnte eine Glosse über Spießbürger verfassen und Arianes Hochzeit als Feldstudie betrachten. Gar kein so übler Gedanke!

Auf dem Rückweg ins Büro freunde ich mich langsam mit der Vorstellung eines Spionageeinsatzes in einem fremdartigen Soziotop an. Bei unserem traditionellen Dessert – dem Espresso – schaue ich mir die Einladung noch einmal genauer an.

»Da steht ›gern in Begleitung‹«, lese ich vor und runzele die Stirn. Für den Bruchteil eines Augenblicks denke ich an Alex, den Treulosen.

»Du könntest doch diesen Fotografen fragen«, schlägt Charlotte vor, aber ich winke ab.

»Wir kennen uns doch kaum.«

»Na dann fährst du eben allein«, meint Charlotte. Sie würde wahrscheinlich sogar freiwillig mit grün gefärbten Haaren anreisen, wenn sie nur dabei sein dürfte.

»Allein ist doof«, finde ich, »wenn alle sich kennen und blendend unterhalten, nur man selber sitzt als Mauerblümchen in der Ecke und hat am Ende des Abends einen schalen Geschmack im Mund wie nach einer langen Zugfahrt, weil man kein Wort geredet und auch kein einziges Mal gelacht hat.«

Vielleicht ist es doch am klügsten, abzusagen. Man soll auf das spontane Bauchgefühl hören.

Charlotte hält nichts von meinem Bauchgefühl und auch nichts von meinem Schaler-Geschmack-im-Mund-Gefasel. Ich sei undankbar und störrisch, behauptet sie.

Ich kann ihr nicht widersprechen.

»Sei ehrlich: Ariane soll nicht denken, du hättest keinen Kerl abbekommen!«

Ich seufze. Und gebe es zu. »Mein Schwesterherz hat mich schon immer runtergezogen, schlechtgemacht, als Versagerin dargestellt«, bricht es aus mir heraus. »Ich ertrage es nicht, sie als strahlende Braut zu sehen, die auf mich herabschaut und denkt, sie wäre was Besseres. Dabei beneide ich sie um gar nichts! Ihren langweiligen Pinkeldoktor kann sie gerne behalten«, schließe ich trotzig und stelle entsetzt fest, dass ich gerade mit den Tränen kämpfe. Tränen! Wegen Ariane! Das ist mir schon seit zwanzig Jahren nicht mehr passiert.

Da tut Charlotte das, wofür ich sie so liebe: Sie steht auf, umarmt mich und verkündet: »Dann bin ich eben deine Begleitung.«

Was für eine geniale Idee!

»Und wir lassen all die Spießer glauben, wir beide wären ein Paar ...«

Ich bin begeistert. Und umarme nun Charlotte. Dann verspreche ich, im Laufe dieser Woche zuzusagen.

»Heute noch nicht. Ich brauche mehr Vorlaufzeit. Darauf, Arianes Stimme am Telefon zu hören, muss ich mich psychisch vorbereiten«, behaupte ich und das ist mein voller Ernst.

Dann endlich widmen wir uns dem wichtigsten Aspekt des Themas: der Was-ziehen-wir-an-Frage. Während Charlotte im Geiste ihren Schrank nach hochzeitstauglichen Roben durchgeht (und er scheint, wenn man ihr zuhört, aus nichts anderem zu bestehen – kein Wunder, bei dieser heiratswütigen Familie), stelle ich schon nach wenigen Sekunden fest: »Ich hab nichts Geeignetes!« Ich besitze nur Jeans, Sweatshirts und Strickpullis. Und natürlich noch den Buchmessen-Hosenanzug, das Lesereisen-Twinset und das lavendelfarbene Interview-Kostüm – aber das sind eher Businessklamotten, nichts Festliches. Charlotte kann das kaum glauben.

»Was hast du denn auf der letzten Hochzeit getragen, auf der du eingeladen warst?«

Ich antworte, dass das ein Mini-Dirndl in Größe 158 war – damals, als Tante Amanda ihren Baron de Winter heiratete, der schon wenige Wochen später bei einem Tauchunfall ums Leben kam und ihr eine Traumvilla in Südspanien, einen schicken Namen und einen ordentlichen Batzen Geld hinterließ. Das war 1987.

Dass dieses Outfit nicht infrage kommt, sieht Charlotte sofort ein. Sie schenkt sich auch den Vorschlag, mir eines ihrer Kleider zu borgen (und erspart mir damit den Hinweis, dass ich es dann enger nähen lassen müsste).

Stattdessen lautet ihr Plan: »Wir müssen shoppen gehen!«

Sie hat absolut recht. Uns wird wohl nichts anderes übrig bleiben … Wir verabreden uns zu einer Shoppingtour am kommenden Samstag.

»In der Woche danach geht es nicht – da sitze ich mit Kleenex bewaffnet vorm Fernseher«, sagt Charlotte (und meint damit, dass ihr eine Königshochzeit wichtiger ist als jede Shoppingtour). »Und noch eine Woche später wird zu knapp – für den Fall, dass du das Kleid ändern lassen musst.«

Ich habe zwar keineswegs vor, etwas zu kaufen, was nicht von Anfang an perfekt sitzt, aber der kommende Samstag passt mir gut. Auch wenn es der Ostersamstag ist. Vielleicht gibt's dann schon reduzierte Süßigkeiten?

Erstaunt stelle ich fest, dass ich im gleichen Atemzug an Ariane denke und eine gewisse Vorfreude empfinde – obwohl die mehr mit Charlotte und der Aussicht auf einen lustigen Einkaufstag zu tun hat als mit meinem Schwesterherz. (Wobei: Ich vertrete ja schon seit Jahren die Theorie, dass dort, wo normale Menschen ein Herz haben, bei Ariane eine Duracell-Batterie sitzt.)

*

Als wir uns endlich an unsere Arbeitsplätze zurückziehen, ist nicht mehr viel übrig vom Nachmittag. Ich schreibe als Erstes eine E-Mail an Tante Amanda und deute an, dass es etwas Interessantes zu berichten gibt, was ich ihr am Abend im Chat erzählen werde. Dann versuche ich, mich auf die Stichwörter »Zeitmanagement«, »Terminplanung« und »Deadlines« zu konzentrieren und fertige Listen mit Ideen und Gedanken dazu an. Doch meine Konzentration lässt schwer zu wünschen übrig. Ich starre abwechselnd auf den leeren Bildschirm, die kläglichen Schokohasenreste, Arianes Einladungskarte und meine Armbanduhr: Es ist bereits halb fünf. Oder sollte ich sagen: *erst* halb fünf? Ich weiß ja nicht, wie es Ihnen geht, aber ich bin hundemüde. Ich gähne herzhaft und renke mir dabei fast den Unterkiefer aus. Als ich spontan denke »Mist, mit Maulsperre kann ich mich auf keinem Fest blicken lassen«, merke ich, dass sich mein Widerstand in Luft aufgelöst hat.

Tatsächlich freue ich mich – jedenfalls ein bisschen. Und eventuell auch ein kleines bisschen auf Ariane. Vielleicht hat sie sich inzwischen geändert? Möglicherweise hat die Liebe sie milde werden lassen. Oder das Alter. Ich lache laut auf, denn Ariane ist erst 32 – drei Jahre jünger als ich. Natürlich freut es mich maßlos, dass Charlotte sie auf »mindestens fünf bis sieben Jahre älter« geschätzt hat. Wenn mich das zu einem schlechten Menschen macht, bitte sehr. Dann ist es eben so. Wer ohne Spott ist, der werfe die erste Bananenschale. Wetten, dass Sie lachen, wenn eine so hochmütige Person wie meine Schwester darauf ausrutscht? Andererseits – vielleicht ist sie ja inzwischen liebenswerter. Ich studiere noch einmal die Einladung und betrachte alle Details: den unvorteilhaften Hosenanzug, den riesigen Angeberring an kurzen, speckigen Fingern, die Föhnfrisur und den bärtigen Nephrologen an ihrer Seite. Und bin sicher, dass sie ganz die Alte geblieben ist. Nur eben verlobt.

In der nächsten halben Stunde gelingt mir noch eine halbwegs passable Überschrift zum Thema »feste Plätze und Zeitersparnis«: »Ordnen statt suchen – denn die Businesswelt kennt keinen Finderlohn«. Das muss für heute genügen. Der Abgabetermin sitzt mir zwar im Nacken, aber noch habe ich genug Luft. Ohne Zeitdruck bin ich nicht so gut, fürchte ich. Schade, das Leben könnte so viel leichter sein ...

Auf dem Nachhauseweg jagt ein Niesanfall den nächsten. Ich stelle fest, dass ich Pollen noch weniger mag als Ariane. Zu Hause bereite ich mir eine ausgewogene Abendmahlzeit zu: einen Eiskaffee mit Sahne. Dann fahre ich mein Notebook hoch, mache es mir auf dem Sofa gemütlich und logge mich in den privaten Chatroom ein, zu dem nur Amanda und ich die Zugangsdaten kennen. Ich grinse: Sie ist schon da. Wahrscheinlich platzt sie vor Neugier.

◯ *Vroni! Wie kannst du eine alte Frau so auf die Folter spannen!!!*
       Aber, aber – du willst doch nur, dass ich dir Komplimente mache! Immerhin bist du die jüngste meiner Tanten. :-) ◯

◯ *Sehr lustig. Und jetzt heraus mit der Sprache ...*
       Willst du nicht raten? ◯

◯ *Nein, das überspringen wir gleich. Bin heute nämlich beim Golfen alle Möglichkeiten durchgegangen. Du bist weder schwanger, noch bekommst du einen Literaturpreis, noch hast du im Lotto gewonnen.*
       Wie kannst du da so sicher sein? ◯

◯ *Punkt eins: Ohne Kerl funktioniert das nur in seltenen Ausnahmefällen. Punkt zwei: Seit wann werden Ratgeber ausgezeichnet? Und Punkt drei: Du spielst kein Lotto.*
       Respekt, Miss Marple. Und was, wenn ich dir nun sage, dass es um eine Hochzeit geht? ◯

◯ *Ach neee. Ariane heiratet?*
       Wie kommst du denn so schnell darauf? ◯
       Das ist ja unheimlich!

◯ *Nun, auch nach Spanien wird die Post geliefert, liebste Nichte. :-) Hätte ich sie vor dem Golfspiel geöffnet, wäre mir allerhand Grübelei erspart geblieben.*
       Ach duuu! Du wusstest es schon ... ◯

◯ *Naturalmente, meine Liebe. Und du bist reingefallen. Macht alten Tanten eine diebische Freude. :-)*
       Du hast also auch eine Einladung bekommen? ◯
       Das ist ja superklasse. Du kommst doch!

◯ *Bist du verrückt? Ich würde vor Tristesse wahnsinnig. Oder vor Langeweile sterben. Zu gefährlich.*

Aber ich bin doch da! 💬

💬 *Ja, und du wirst mir alle Details brühwarm erzählen. Das finde ich ohnehin viel unterhaltsamer, als selbst dabei zu sein. Außerdem reagiere ich gar nicht erst auf Einladungen, die so knapp zugestellt werden. Drei Wochen vorher – das ist eine Unverschämtheit!*

(Tante Amanda hat Ariane offenbar auch nach fast 15 Jahren nicht verziehen, dass sie ihr damals die Einladung zum Abiturball vorenthalten hat. Weil meine spießige Schwester sich ihrer »verrückten« Tante schämte. Habe ich schon erwähnt, dass ich bereits im Grundschulalter die Theorie entwickelt habe, Ariane wäre als Neugeborene in der Klinik vertauscht worden? Von wegen schämen – ich bin stolz auf Tante Amanda, denn sie ist in jeder Hinsicht eine Granate! Passt aber leider nicht zu Kleingeistern wie Ariane ...)

Vielleicht hofft sie, dass wir absagen. 💬

Und du tust ihr den Gefallen.

💬 *Netter Versuch, liebe Vroni. Mein Entschluss steht jedoch fest. Aber bei deiner Hochzeit bin ich ganz sicher dabei. Wenn ich dann noch lebe.*

Aber natürlich lebst du dann noch! 💬

💬 *Dann solltest du dir langsam mal einen Bräutigam angeln. Denk dran: Hochzeiten sind der ideale Ort, um geeignete Kandidaten zu beschnuppern. Zieh bloß kein langes Kleid an, das schreckt ab. Und kein zu kurzes, das lockt die falschen Kerle an, die es nicht ernst meinen. Schulterfrei und dreiviertellang – das müsste funktionieren. Wenn du keine allzu hohen Absätze trägst – bei deiner Größe scheidet ja die Hälfte der Herrlichkeit schon aus.*

Ich werde dran denken, wenn ich nächsten Samstag mit Charlotte auf Shoppingtour gehe. Irgendein Tipp zur Farbe? 💬

💬 *Schwarz und Weiß sind auf Hochzeiten tabu, Rosa ist zu kindisch, Apricot macht dich zu blass, Lila ist die Farbe der verzweifelten Frau. Irgendwas Blau-Grünes wäre gut.*

Wenn ich dich nicht hätte, Tante Amanda! 💬

💬 *Ja, dann sähest du ganz schön alt aus. :-)*

3. KAPITEL

Die Shopping-tour

Um ein Haar hätte ich verschlafen. Gewohnheitsmäßig habe ich gestern – am Freitagabend – die Weckfunktion meines Radios ausgeschaltet. Gibt es einen größeren Luxus als das Ausschlafendürfen am Samstagmorgen? Allerdings macht mir meine innere Uhr (Tante Amanda sagt, das sei das Alter) seit einigen Jahren regelmäßig einen Strich durch die Rechnung: Ich werde automatisch wach. Um halb sechs. Auch samstags. Dann erschrecke ich fürchterlich, was mich noch wacher macht. Doch sobald mir wieder einfällt, dass Wochenende ist, drehe ich mich auf die andere Seite und bin sehr, sehr glücklich. Meist wache ich danach im Stundentakt auf, nicke wieder ein, wache auf, schlafe weiter – bis ich mich endlich aus dem Bett quäle.

Es ist kurz nach neun, und ich wache ungefähr zum vierten Mal an diesem Morgen auf, als mir einfällt, dass heute kein normaler Samstag ist. Sondern Shoppingsamstag! Charlotte und ich sind um elf Uhr vorm Karstadt verabredet. Kennen Sie einen klassischeren Treffpunkt? Ich wette, vorm Karstadt wurden schon Ehen gestiftet, Morde geplant, dunkle Geschäfte abgewickelt und Bürgerbewegungen gegründet. Im Vergleich dazu ist unser Vorhaben geradezu lächerlich harmlos: ein Kleid kaufen. Für die Hochzeit meiner Schwester. Ich meine mich an einen Film zu erinnern, der so heißt. Oder jedenfalls ganz ähnlich: *Die Hochzeit meines besten Freundes*. Und *In den Schuhen meiner Schwester* hab ich auch schon mal gesehen. *Die Hochzeit meiner Schwester* müsste man wohl erst noch drehen. Am besten vorm Karstadt. Mit Drew Barrymore in der Hauptrolle. Und Amanda Seyfried als Schwester. Oder umgekehrt ...

Jetzt brauche ich aber erst einmal einen doppelten Espresso! Sonst halten Sie mich womöglich noch für übergeschnappt – hab ich recht? Tut mir leid, die Gedankenketten, die ich samstagmorgens vor dem ersten Kaffee produziere, sind manchmal etwas verwirrend. Ohne Frühstück bin ich zu nichts zu gebrauchen. Und ohne die erste Dosis Koffein schon gar nicht!

Ein Blick auf die Uhr verrät mir: Wenn ich mich jetzt mit dem Duschen beeile, reicht es noch für ein ausgiebiges Ostersamstagfrühstück. Mit Müsli, Obstsalat, Schinkenbrot und Rührei. Denn mit leerem Magen einkaufen zu gehen macht mich nicht nur reizbar und nervös, sondern ist auch ziemlich dämlich: Schließlich handelt es sich bei einer Hochzeit um alles andere als eine Fastenveranstaltung. Nach Kirchgang (nicht einschlafen!), Gratulationszeremonie inklusive Baumstammzersägerei (wie originell ...), ausführlicher Fotosession (gibt's hier irgendwo was zu trinken?) und den mehr oder weniger lustigen Reden auf das Brautpaar sind Speis und Trank doch das erste echte Highlight der Festivität, auf das man sich wirklich freuen kann! Ich jedenfalls. Und wenn die Band schlecht ist, dann bleibt das auch für den Rest der Feier so. Wäre es da nicht furchtbar dumm, wenn man ein Outfit trüge, das schon mit leerem Magen kneift? Da muss schon noch Spielraum bleiben für das ein oder andere Braten- oder Tortenstück!

Ich spüle mein reichhaltiges Frühstück mit einem Glas frisch gepresstem Orangensaft herunter und schaue auf die Uhr: halb elf. Ich bin perfekt in der Zeit. Und auch schon so gut wie angezogen.

Eine Viertelstunde später verlasse ich die Wohnung und hole meinen Drahtesel aus dem Keller. Das Wetter ist zu schön, um Straßenbahn zu fahren. Fast frühsommerlich. Zum Glück scheinen die neuen Allergietabletten zu wirken – auch wenn sie nicht nach Schokolade schmecken. Man kann nicht alles haben.

Die Fußgängerzone gleicht einem Ameisenbau. Nur dass sich Ameisen zielstrebiger vorwärts bewegen und dabei irgendwie harmonischer agieren. Als ob jedes einzelne Individuum Teil eines Gesamtorganismus wäre. Menschen in Fußgängerzonen verhalten sich genau umgekehrt. Als wären sie selbst der Nabel der Welt und alle anderen nichts als belangloser Sternenstaub. Oder Ameisen. Ich sollte Dummdeutsch-T-Shirts verkaufen mit der Aufschrift »Alles Ameisen – außer ich«. Hoffentlich vergesse ich diesen Gedanken nicht, bis ich wieder ins Büro komme und dort einen gelben Klebezettel für meine Ideenwand schreiben kann.

Auf den letzten Metern schiebe ich das Rad, um keine hektischen Rentner, österlich aufgeputzten Hausfrauen, genervten Ehemänner, eiersuchenden Kleinkinder oder als Osterhasen verkleideten Studenten zu überfahren.

Charlotte wartet schon auf mich und läuft winkend auf mich zu, als ich mein Rad im Fahrradständer abstelle. »Willst du es nicht abschließen?«, fragt sie mit leisem Tadel in der Stimme. Ich will nicht. Seit Jahren hoffe ich, dass mir das alte Ding geklaut wird, damit ich guten Gewissens ein neues, schönes Fahrrad kaufen kann. Eins mit bequemerem Sattel und Gangschaltung! Aber nein – die Fahrraddiebe von heute sind verwöhnt und achten auf Markenqualität.

Charlotte wechselt das Thema, wobei sich ihre missbilligende Miene verschärft: »Was hast du denn da für unmögliche Schuhe an?« Es sind meine petrolfarbenen Freizeitschuhe, die Charlotte eigentlich hinreichend bekannt sein dürften. Ich trage sie nämlich im Durchschnitt jeden zweiten Tag. Sie sind hübsch, bequem und für so etwas Anstrengendes wie einen Stadtbummel hervorragend geeignet.

Charlotte will wissen, ob ich im Rucksack wenigstens ein paar Pumps habe.

»Pumps?«, entgegne ich entgeistert: »Ist das nicht eine Krankheit?«

Sie erklärt mir geduldig, dass die Krankheit »Mumps« heißt und dass es sich bei »Pumps« um elegante Damenschuhe mit Absatz handelt, die einen schlanken Fuß, ästhetische Fesseln und ein langes Bein machen. Optisch jedenfalls. Ich habe auch physisch ziemlich schmale Füße und Fesseln – von der Beinlänge ganz zu schweigen. In der Schule nannte man mich früher »Palme« – weil ich so dünn und groß bin und meine abstehenden Locken eine gewisse Ähnlichkeit mit Palmwedeln haben. Ich verkneife mir aus Rücksicht auf Charlottes unendliche Ich-muss-abnehmen-Geschichte den Hinweis darauf, dass ich auf optische Schlankmacher eigentlich verzichten kann, und bemühe mich um einen zerknirschten Blick.

»Neue Schuhe muss ich doch sowieso noch kaufen.«

»Schon klar, aber um zu beurteilen, wie dir ein Kleid steht, solltest du schon beim Anprobieren elegante Schuhe tragen. Nicht solche ... Treter.«

Meinen Vorschlag, dann eben als Erstes das Schuhwerk auszusuchen, lehnt sie empört ab. Farblich müssen die Schuhe zum Kleid passen, nicht umgekehrt. Hätten Sie das gewusst?

Charlotte ist ganz in ihrem Element, ihr Ton duldet keinen Widerspruch. Ich beschließe, nachzugeben und zu tun, was sie vorschlägt, denn zugegebenermaßen kennt sie sich in Sachen Hochzeitsoutfits deutlich besser aus als ich.

»Wo willst du denn hin?«, fragt sie entsetzt, als ich auf den Karstadt-Eingang zusteuere.

»Na hier draußen gibt's ja wohl keine Kleider zu kaufen – wir müssen schon hineingehen«, antworte ich ungeduldig.

»Aber *da* gibt es auch keine – jedenfalls kommen Kaufhausklamotten für so einen Anlass überhaupt nicht infrage!«, klärt sie mich Unwissende auf. Sie sehen: Allein wäre ich vollkommen aufgeschmissen.

Entschlossen bahnt sich Charlotte den Weg durch die Ameisen. Ich stelle fest, dass die Fußgängerzone zum Großteil aus Handyläden, Selbstbedienungsbäckereien und Optikern besteht. Wer braucht denn so viele Mobiltelefone, Brötchen und Brillen?

Charlotte steuert auf einen Laden zu, den ich – ich schwöre es! – im ganzen Leben noch nie gesehen habe. Er heißt »Belladonna«, wie das bombastische Schild über dem Eingang verrät. Ist das nicht der Name eines tödlichen Giftes? Ich erschauere. Im Schaufenster stehen magere, glatzköpfige Puppen in unnatürlicher Haltung und tragen Roben aus teuren Materialien. Schlagartig wird mir klar, warum die petrolfarbenen Sportschuhe keine gute Wahl waren. Aber jetzt ist es zu spät: Charlotte schiebt mich durch die Tür hinein in eine fremde Welt. Die Atmosphäre gleicht einer wohldosierten Mischung aus Sanatorium, Museum, Tupperparty und Golfclub: gedämpfte Musik, edles Designer-Interieur, kontrollierte Begeisterung und ein unsichtbares Band weiblicher Zusammengehörigkeit. Fast hätte ich »Entschuldigung, hab mich verlaufen!« gerufen und fluchtartig dieses elitäre Etablissement verlassen, doch Charlotte kann meine Gedanken lesen und hakt sich forsch unter. Da kommt auch schon Heidi Klum herbeigeschwebt und haucht strahlend zwei Küsschen über Charlottes Schultern. Charlotte haucht zurück und nennt »Heidi« Vanessa. Ich nehme zur Kenntnis, dass in diesem Laden offenbar nur Doppelgängerinnen arbeiten (außer Heidi-Vanessa auch noch das Ebenbild von Cameron Diaz, Meg Ryan in jung und eine etwa zwanzig Jahre ältere Ausgabe von Emma Watson). Heidi-Vanessa fragt, was wir wünschen, und ich kann meine Gegenfrage, ob Emma Watson inzwischen Zauberschullehrerin ist, gerade noch rechtzeitig weghusten.

Während ich keuche und pruste, dass mir die Tränen in die allergiegequälten Augen steigen, formuliert Charlotte fachkundig und präzise unser Begehr. Dabei bezeichnet sie mich als »Brautschwester«. Ich werde freundlich gefragt, ob ich konkrete Vorstellungen habe.

Ja, habe ich: »Am liebsten nur so dreiviertellang und in Blau oder Grün«, gebe ich Tante Amandas Vorschlag weiter. Dann deute ich auf eine umwerfende Robe aus meergrüner Seide mit Schalkragen und gewagtem Rückenausschnitt: »So etwas in der Art vielleicht.«

Man zerrt mich ins Licht, hängt mir farbige Seidentücher um und stellt fest, dass ich ein Wintertyp bin: »Schwarzes Haar, helle Haut, leichte Sommersprossen, grüne Augen – das ist eindeutig Winter in der Schneewittchenvariante«, verkündet Heidi-Vanessa, ohne zu zögern. Emma Watson und Meg Ryan nicken zufrieden. Letztere lobt sogar meinen Teint. Ich freue mich. Obwohl die meergrüne Seide somit leider ausscheidet. Denn das dürfe nur der Sommertyp tragen, doziert Cameron Diaz. Dann bombardiert mich Heidi-Vanessa mit Detailfragen, die Charlotte mir übersetzen muss: ob ich mir ein Korsagenkleid vorstellen könnte oder vielleicht lieber ein One-Shoulder-Modell oder ein Neckholder-Cocktailkleid. Und was ich vom Empire-Style halte. Ich halte die Luft an und sage nichts – doch meine Miene spricht Bände. Charlotte übernimmt das Kommando. Sie verwirft das Etuikleid, das Cameron Diaz vorschlägt, als zu wenig festlich und zu figurungünstig (wörtlich sagt sie, nicht ohne Neid, darin sähe ich ja »noch dünner« aus).

Meg Ryan hält mit rechts ein fuchsiarotes Satinmodell hoch, mit der anderen Hand präsentiert sie ein zitronengelbes Pettycoat-Tanzkleid. Ich fühle mich überfordert und überlasse es Charlotte, aus der schier unendlichen Zahl verschiedenster

Roben die unvorteilhaften Modelle von den möglicherweise geeigneten zu unterscheiden, Erstere abzulehnen und Letztere in die engere Wahl zu ziehen. Schließlich schiebt man mich in eine erstaunlich geräumige Umkleidekabine und hängt dort drei Gewänder an einen Wandhaken, die ich anzuprobieren habe. Das tannengrüne Spitzenkleid mit raffiniertem Gehschlitz und langen Ärmeln scheidet sofort aus. Obwohl Emma Watson die schmale Silhouette und die feminine Unterbrustnaht lobt.

Aber ich ertrage den Stoff nicht. »Das kratzt ja fürchterlich«, raune ich Charlotte verzweifelt zu, die unwillig die Stirn hochzieht.

»Wer schön sein will, muss leiden«, gibt sie zurück.

Dann fällt ihr wohl ein, dass ich ja eigentlich nie behauptet habe, schön sein zu wollen (und schon gar nicht auf Arianes Hochzeit), weshalb sie sofort nachsichtiger wird und mir sogar beim Umziehen hilft.

Als Nächstes zwänge ich mich in ein trägerloses Etwas aus knielangem, mattem azurblauen Taft mit Raffung am Oberteil. »Entzückend«, lautet das einstimmige Urteil. Doch ich fühle mich nackt.

»Schulterfrei ist nichts für mich«, stelle ich fest, auch wenn die »eingearbeiteten Cups perfekten Halt geben«, wie Meg Ryan betont. Ich bleibe skeptisch. Meg Ryan, Heidi-Vanessa und Emma Watson werfen einander wissende Blicke zu. Vermutlich bedeutet das »schwieriger Fall«. Das Verkäuferinnenleben ist nun mal kein Ponyhof, denke ich trotzig und zupfe kritisch an dem, was Charlotte »Korsage« nennt. Ich fühle mich unbeholfen, hässlich und ausgesprochen fehl am Platz in diesem Laden. Vielleicht sollte ich das Ganze doch abblasen?

Bevor ich mich wieder in die Umkleidekabine zurückziehe, erscheint Cameron Diaz mit einem Tablett voller Sektgläser.

Strahlend reicht sie mir eins davon, alle prosten mir zu. Ich vermute, man will mich willenlos machen, bin aber durstig und trinke den Schampus – völlig undamenhaft – in einem Zug aus. Sofort fühle ich mich benebelt. Aber angenehm benebelt, irgendwie. »Allller guten Dinge sind drei«, sage ich fast ohne Sprechprobleme und beschließe, dass das nächste Kleid einfach perfekt sein muss.

Und das ist es auch tatsächlich: ein wadenlanger Traum in Mint aus Chiffon mit Spaghettiträgern, dezentem Dekolleté, verdecktem Reißverschluss am Rücken, glitzernden Pailletten und zauberhaften Fransen. Wenn ich jetzt noch elegantes Schuhwerk trüge statt weißer Tennissocken, würde die echte Heidi Klum vor Neid erblassen! Ich bin von meinem Anblick schier begeistert und lasse mir, ohne zu widersprechen, eine weitere Dosis Schampus einflößen. Dabei drehe und wende ich mich vor dem Spiegel hin und her, ohne darauf zu achten, dass ein silbriges Klingeln die Ankunft weiterer Kundschaft ankündigt.

Ich spüre Orlando Blooms Blick, noch bevor ich ihn sehe. Jedenfalls dieses Kerls, der Orlando Bloom verblüffend ähnlich sieht. Verdammt ähnlich, wirklich! Nach zwei Sekt würden Sie die zwei selbst dann verwechseln, wenn Sie ihre Mutter wären. Oder jedenfalls die Mutter des einen von beiden – also Orlando Blooms Mutter oder die dieses Kerls. Der mir bewundernde Blicke zuwirft, statt seiner Begleiterin bei der Auswahl einer Bluse zu helfen. Auch wenn sie strohiges Haar hat und etwas ... na ja, stämmig wirkt: Immerhin ist er mit ihr hier, nicht mit mir.

Empört wende ich mich ab und stolziere zurück in die Umkleidekabine, um mich wieder umzuziehen. Diesmal ohne Charlottes Unterstützung – denn die ist gerade in ein tiefschürfendes Gespräch über »Smokeinsätze zur flexiblen Weitenregulierung« vertieft. Ich komme natürlich auch ohne sie zurecht.

Kein Problem. Irgendwo muss dieser verdeckte Reißverschluss doch sein. Verdeckt bedeutet doch lediglich, dass man ihn nicht sehen kann. Aber ertasten sollte man ihn durchaus können. Wo ist nur ...

Ah, ja. Hier, zwischen den Schulterblättern. Ich kriege ihn zu fassen und öffne ihn ein Stückchen. Um es ganz zu schaffen, müsste ich so gelenkig sein wie eine Schlangenfrau im chinesischen Zirkus. Vorsichtig luge ich aus der Umkleidekabine. Meg Ryan und Emma Watson kümmern sich jetzt um Orlando Bloom und seine strohhaarige Begleiterin. Cameron Diaz trägt das Tablett mit den leeren Sektgläsern in Richtung Küche und Charlotte hat doch tatsächlich das Fotoalbum ausgepackt mit den Erinnerungen an die letzten 27 Hochzeiten. Heidi-Vanessa ist hellauf begeistert und folgt aufmerksam ihren Ausführungen. Unglaublich! Und wer kümmert sich um mich?

Orlando Bloom dreht sich um und lächelt mir zu. Dieser Schwerenöter! Sofort verschwindet mein Kopf wieder in der Umkleidekabine. Da muss ich jetzt wohl allein durch. Die Befreiung aus dem mintfarbenen (Alb-)Traum geht leider nur im Schneckentempo voran. Es gelingt mir, den Reißverschluss jeweils ein paar Zentimeter aufzuschieben und mich stückchenweise aus dem Kleid zu schlängeln. Gerade, als es nur noch meinen Rumpf bedeckt, fordern mich die Guano Apes auf, meine Augen zu öffnen. Wenn das so einfach wäre! Wie soll ich einen Anruf entgegennehmen, während ich in einem Cocktailkleid feststecke und rein gar nichts sehe?

Während mein wenig dezenter Klingelton *Open your eyes* munter weiterdudelt, taste ich nach meiner Tasche, finde sie, durchwühle ihren Inhalt und erwische das Mobiltelefon. Zum Glück muss man, um ein Gespräch anzunehmen, keine bestimmte Taste drücken (denn damit wäre ich gerade völlig überfordert, das dürfen Sie mir glauben!), sondern klappt das Gerät einfach auf. Mit der rechten Hand zerre ich das Stoffzelt, das sich über mir auftürmt, so zur Seite, dass ich das Handy durchs Kopfloch direkt an mein rechtes Ohr halten kann.

»Hallo?«, keuche ich – und frage mich im gleichen Moment, warum ich mir das überhaupt antue. Hätte ich es nicht einfach klingeln lassen können? So wie es normale Menschen tun? Tja, zu spät. Schon dringt eine wohlklingend-kompetente Sekretärinnenstimme an mein Ohr und teilt mir mit, dass *5 vor 10* an mir interessiert sei. Es dauert ganze (einundzwanzig, zweiundzwanzig, dreiundzwanzig) drei Sekunden, bis mir klar wird, dass es sich *nicht* um die telefonische Zeitansage handelt. Sondern um die Redaktion der Freitagabend-Talkshow mit Leo Siegfried im Dritten. Man habe einen Themenabend geplant, in den ich ganz fantastisch gut reinpasse, erfahre ich, und meine Bücher seien ja in der Redaktion der Renner schlechthin.

Oh! Mein! Gott!

»Da... da... das klingt interessant«, höre ich mich stottern. Und nicht nur ich: Auch Charlotte hört mich und eilt zu Hilfe.

»Was treibst du denn da«, zischt sie streng und schaut sicher auch tadelnd, doch dieser Anblick bleibt mir dank des Chiffon-Pailletten-Fransen-Sichtschutzes erspart.

»Ich freue mich sehr über Ihre Anfrage«, antworte ich, so souverän ich kann. »Details besprechen Sie bitte mit meiner Assistentin, die auch den Überblick über meinen Terminplan hat. Hat mich sehr gefreut« – und mit diesen Worten gebe ich das Handy an Charlotte weiter. Beziehungsweise ich halte es wie einen Staffelstab nach oben – in der Hoffnung, dass Charlotte übernimmt. Sie tut es. Schnaubend. Doch am Telefon klingt Charlotte hochseriös, patent und organisiert. Was genau sie sagt, bekomme ich nicht mit, denn sie verlässt die Kabine, um Platz zu machen für Emma Watson, die mich mit flinken Handgriffen aus meiner Zwangslage befreit. Mein Spiegelbild hat einen hochroten Kopf. Die Haare stehen ab, ich schwitze.

»Ich nehme es«, ist alles, was ich noch sagen kann. Emma nickt und verschwindet mit meinem Kleid in Richtung Kasse. Mir fällt ein, dass ich gar nicht nach dem Preis gefragt habe. Aber bevor ich weitere Läden aufsuche, erneut Kleider anprobiere und weiterschwitze, kaufe ich lieber dieses – egal, wie teuer es ist.

Während ich mich freue, wieder in die bequemen Jeans schlüpfen zu dürfen, bringt Charlotte mein Handy zurück und schenkt mir einen Blick, der einen Wie-verhalte-ich-mich-als-Autorin-professionell-Vortrag ankündigt. Seufzend schnüre ich meine Sportschuhe.

An der Kasse erfahre ich, dass ich einen erlesenen Geschmack habe. Das Kleid kostet 398 Euro und ist somit das teuerste Kleidungsstück, das ich je käuflich erworben habe. Ich weiß nicht, wie häufig Sie derartige Summen für Textilien ausgeben, aber mir stockt für einem Moment der Atem. Doch als Orlando Bloom sich unauffällig nähert, während seine Freundin in meiner Umkleidekabine verschwindet, beeile ich mich mit dem Bezahlen und verabschiede mich hastig.

*

Wieder auf der Straße atme ich erst einmal tief durch. Draußen ist es noch immer Ostersamstag, sonnig und voller einkaufswütiger Menschen. Ich grinse dümmlich, weil mir klar wird, dass ich eben gleichzeitig ein Abendkleid gekauft und einen Talkshowauftritt zugesagt habe. Charlotte will mir Details berichten und natürlich über mein »unsägliches« Verhalten reden, aber ich brauche erst einen großen Milchkaffee. *Un-be-dingt.* Wir entern das nächste Café. Erst als ich meine Tasse schon halb geleert habe, bin ich bereit, mir den Kopf waschen zu lassen.

Nein, natürlich geht man nicht ans Telefon, während man in einem Kleid feststeckt. Selbstverständlich könnte es sich bei jedem Anruf um eine geschäftliche Anfrage handeln. Ja, eigentlich wären zwei Handys besser – eins für Privatanrufe und eins fürs Business. Nein, ich werde so etwas Dämliches nie wieder tun. Schon gar nicht, wenn ich keinen Kalender dabeihabe. Ja, ich weiß, es gibt Smartphones mit integrierter Kalenderfunktion.

Ich komme kaum nach mit dem Nicken, Kopfschütteln und Schwören, bestimmte Dinge künftig zu unterlassen, zu bedenken oder zu tun. Dann gestehe ich, wie peinlich mir die ganze Situation war, ist und auf ewig sein wird. Das nimmt Charlotte ein wenig den Wind aus den Segeln. Sie teilt mir mit, dass die Talkshow am 5. August in Köln stattfindet und dass sie mir bereits eine SMS geschickt hat, die diese Information enthält, damit ich sie nicht vergesse.

»Montag früh kannst du den Termin dann in deinen Kalender übertragen.« Ich lobe Charlotte für diesen großartigen Trick – doch das hätte ich nicht tun sollen.

»Das ist kein Trick«, sagt sie streng, »sondern eine absolute Notmaßnahme, die ausschließlich in Ausnahmesituationen angewandt werden sollte. Menschen, die eine funktionierende Termin- und Aufgabenverwaltung betreiben und denen die Trennung von Privatem und Business gelingt, kommen nie in so eine Lage.«

Da mag sie wohl recht haben. Aber ein zweites Handy kommt nicht infrage! Ich bin ja mit einem schon überfordert. Ständig vergesse ich, wo ich es hingelegt habe, und muss mich selbst vom Festnetz aus anrufen, um es über das Klingeln zu orten. Eine weitere PIN will ich mir auf keinen Fall merken müssen. Und wenn es in meiner Tasche klingelt, möchte ich sofort wissen, nach welchem Gerät ich gerade fahnden soll. Nein, ein zweites Handy würde das Problem nicht lösen, sondern vielmehr verdoppeln! Charlotte ist anderer Meinung. Sie findet, ich müsse flexibler werden, und prophezeit mir, dass solche Fernsehanfragen demnächst gehäuft eintrudeln werden. Denn schließlich erscheint bald Stella Westermanns Artikel in *SUXESS* und im Herbst ein neues Buch (nämlich genau das Werk, mit dem ich zur Zeit nicht so recht vorankomme – aber keine Sorge, so ist es immer, und bisher habe ich noch alle Abgabetermine wie durch ein Wunder geschafft).

Versonnen trinke ich meinen Milchkaffee aus und sehe mich in Gedanken schon als gefeierten Talkshowgast, heiß begehrt von Kerner, Beckmann und Illner. Nicht zu vergessen Harald Schmidt, der ausdrücklich meine Schlagfertigkeit lobt. Ein albernes Glucksen neben mir beendet meinen Tagtraum. Charlotte kichert vor sich hin.

»Wenn die wüssten, in welcher Situation sie dich da gerade erwischt haben«, wiehert sie.

Ich bin beleidigt. Ungefähr eine Zehntelsekunde lang.

Dann muss ich selber lachen. Ja, wenn die wüssten ...

Als wir uns wieder beruhigt haben, zahle ich für uns beide (womit ich für die Tatsache büße, dass ich Charlotte als meine »Assistentin« bezeichnet habe) und wir setzen das Projekt Hochzeitsoutfitshopping fort. Ich brauche noch Schuhe und – wie ich eben erfahre – eine Jacke. Schließlich könnte es kühl werden und ein Fleeceblouson passt nun wirklich nicht zu so einem edlen Modell.

»Noch zwei Läden«, seufze ich, aber Charlotte kann mich beruhigen: »Wir gehen ins ›Jackets & Shoes‹, da gibt es beides.«

»Hoffentlich gibt's dort wenigstens keine Lüstlinge«, sage ich.

»Lüstlinge?«

»Na ja, dieser Orlando-Bloom-Verschnitt im ›Belladonna‹, der hat mich die ganze Zeit so schamlos angestiert, statt sich um seine Freundin zu kümmern.«

Charlotte bleibt stehen und starrt mich an, als hätte ich das Dümmste gesagt, was sie je gehört hat. Offenbar war es das auch: »Erstens hat er dir unaufdringliche Signale zugesendet, die dir eigentlich weiche Knie verschaffen sollten«, zählt sie auf, »zweitens waren seine Blicke keineswegs schamlos, sondern vielmehr sehr sympathisch, und drittens war das nicht seine Freundin, sondern seine Schwester.«

Nun bleibt mir der Mund offen stehen. Mein Gesicht ist ein einziges Fragezeichen.

»Hast du das denn nicht mitgekriegt? Vanessa begrüßte die Kundin, als sie hereinkam, und die stellte ihren Begleiter als ihren großen Bruder vor, der heute ihren Einkaufsberater spielt.«

Ich könnte mich selbst ohrfeigen. Orlando Bloom hat mit mir geflirtet und ich hab's vergeigt! Ich dusselige Kuh! Ich überlege ganz kurz, zurückzulaufen und so zu tun, als hätte ich etwas verloren. Aber Charlotte drängelt: »Wir haben es eilig!« Mir fällt auch nichts ein, was ich angeblich verloren haben könnte, und so gebe ich nach.

Das »Jackets & Shoes« ist ein stylisher Laden, in dem es jede Menge Edelmarken gibt, außerdem eine Sprudelbar, ein quietschbuntes Riesensofa (für die wartenden Partner) und eine quirlige Verkäuferin namens Kassandra. Sie hat karottenrotes, raspelkurzes Haar, trägt Overknee-Stiefel zu karierten Shorts und zwei Blusen übereinander. Ihr strahlendes Lächeln enthüllt einen Zahnschmuckstein auf eins-zwei sowie ein

Lippenbändchenpiercing. Ich präsentiere mein neues Kleid und Kassandra betrachtet es mit keck zur Seite geneigtem Kopf. Dann verschwindet sie für wenige Augenblicke, um dann beladen mit einem enormen Stapel Schuhkartons wiederzukommen. Daraus zaubert sie ganze Armeen von Pumps mit den unterschiedlichsten Absatzformen und modischen Extras hervor. Spontan verliebe ich mich in die auberginefarbenen Ballerinas, doch Charlotte behauptet, zu flaches Schuhwerk wirke unelegant.

»Vielleicht zu diesem Kleid, aber zu jedem anderen Outfit sind sie ideal – ich nehme sie auf jeden Fall«, entscheide ich. Nun, da ich mich ans Geldausgeben gewöhnt habe, werfe ich alle Hemmungen über Bord. Charlotte grinst anerkennend.

Dann finden wir die perfekten Schuhe: ein Paar silbergraue Spangenpumps mit Trichterabsatz. Während ich damit auf und ab stolziere, verschwindet Kassandra wieder und taucht mit diversen eleganten Jacken im gleichen Farbton wieder auf. Die Entscheidung fällt mir diesmal noch leichter: Ein silbernes Langarm-Bolero-Abendjäckchen mit Schalkragen passt einfach perfekt! Ich verzichte auf den angebotenen Prosecco und lasse mich von Kassandra umgehend zur Kasse begleiten. Diesmal bin ich mit nur 278 Euro dabei. Ein Schnäppchen!

*

Auf dem Weg zurück zum Fahrrad danke ich Charlotte ausführlich für ihre fachkundige Beratung und sie rühmt meine vortreffliche Auswahl. Für eine »Anfängerin« habe ich mich nicht schlecht geschlagen, erklärt sie.

»Ohne dich hätte ich nicht mal die richtigen Läden betreten«, lache ich.

Mein Rad wurde wieder nicht geklaut. Vielleicht sollte ich es künftig doch abschließen – um potenziellen Dieben einen nicht vorhandenen Wert vorzugaukeln. Die beiden Schuhkartons passen in den Fahrradkorb, die Tüten mit Kleid und Jacke hänge ich links und rechts an den Lenker.

»Und, was machst du noch so heute Abend?«, frage ich beiläufig zum Abschied. Erstaunt stelle ich fest, dass Charlotte errötet. »Du hast ein Date!«

»Nein, nicht wirklich«, wehrt sie ab, »eher so eine Art ... Casting.«

Ich kann es kaum fassen: »Du gehst zu einem Speed-Dating-Abend, ohne mir vorher davon zu erzählen?«

Sie nickt kleinlaut.

»Aber warum sagst du denn nichts – ich wäre doch mitgegangen!«

»Hm«, macht Charlotte und sagt nichts weiter dazu.

»Fast könnte man glauben, du hättest mir das mit dem Speed Dating bewusst verschwiegen – *damit* ich nicht mitkomme«, scherze ich.

Doch Charlotte lacht nicht darüber. Ganz und gar nicht.

»Sag mal: Weinst du?«, frage ich erschrocken.

Mit einer entschlossenen Handbewegung wischt sie eine Träne aus dem Augenwinkel und schaut mich an: »Mit dir zusammen würde das bestimmt ein Riesenspaß werden. Aber ich will das diesmal ernst nehmen. Und wenn ich die Sache ernsthaft angehe, kannst du nicht dabei sein. Sonst habe ich doch nie eine Chance.«

Charlotte scheint wirklich zu glauben, was sie da sagt.

»Nur weil ich eine Bohnenstange bin?«, frage ich entgeistert. Sie nickt. Offenbar leidet sie unter einer schweren Wahrnehmungsstörung: »Also wenn ich ein Kerl wäre und die Wahl hätte zwischen einem Knochengestell mit wirren Locken und einer wunderschönen Blondine mit tiefblauen Augen und sinnlichen Formen – mir würde die Entscheidung nicht schwerfallen!«

Charlotte ist gerührt, aber nicht überzeugt. Ich nehme mir vor, ihr zum Geburtstag ein Selbstbewusstseins-Coaching zu schenken, und verabschiede mich mit einer kräftigen Umarmung von ihr. Der Rest meines Ostersamstages wird weniger aufregend als der Vormittag und garantiert auch als Charlottes Abend: Ich plane, es mir auf dem Balkon gemütlich zu machen und an meinem Buchprojekt zu arbeiten. So langsam erwartet der Verlag das Exposé – und mit dem nötigen Zeitdruck im Nacken laufe ich für gewöhnlich zur Hochform auf.

Zu Hause angekommen probiere ich sofort das komplette Hochzeitsoutfit an: Kleid, Schuhe und Bolero verwandeln mich in eine fremde Fee, der lediglich etwas Füllmaterial für ihr Dekolleté fehlt, um als Diva auf dem roten Teppich für Furore zu sorgen. Ich staune, was ein bisschen Stoff und Leder doch für eine grandiose Wirkung erzielen kann, und beschließe, Tante Amanda sofort davon zu berichten. Wundersamerweise bleibe ich diesmal nicht im Kleid stecken, das Umziehen klappt spielend.

Ich schalte mein Notebook ein, während ich mir ein gigantisches Stück Hefezopf abschneide und dick mit Butter beschmiere. Dann bereite ich mir einen Cappuccino zu und gehe online, um Tante Amanda eine E-Mail zu schreiben. Doch sie kommt mir zuvor: »Bin bis 16 Uhr online und erwarte deinen Bericht umgehend«, lautet ihre Nachricht, die keinen Widerspruch duldet. Umso besser! Dann auf in den Chatroom:

Hallihallo, Tante Amanda – hier bin ich!

Q *Wurde auch Zeit, Vroni – ich dachte schon, du versetzt mich.*

Waren wir denn verabredet?

Q *Nicht im klassischen Sinne. Aber wenn du um elf Uhr losziehst, um ein Kleid zu kaufen, darf man doch wohl gegen Nachmittag eine Vollzugsmeldung erwarten.*

Man darf. Und nicht nur das: Paillettenkleid in Mint, dazu ein Bolero-Abendjäckchen und Spangenpumps – beides in Silber. Und außerdem ein Paar auberginefarbene Ballerinas, die ab sofort meine Lieblingsschuhe sind. Na, was sagst du?

Q *Vroni, ich bin begeistert! Hört sich an, als hätte ich es für dich ausgewählt. :-)*

Charlotte hat dich würdig vertreten ...

Q *Ariane wird Augen machen, wenn du ihr die Show stiehlst!*

Du übertreibst! Eine Braut steht doch immer im Mittelpunkt.

Q *Aber nicht im Mittelpunkt des Interesses bei den Junggesellen unter den Gästen.*

:-)

Q *Apropos Ariane: Hast du sie inzwischen angerufen und zugesagt?*

Nächste Frage! :-(

Q *Feigling!*

Ich bin noch nicht dazu gekommen, ehrlich.

Q *Feigling, Feigling, Feigling!!!*

Jahaaaa. Ich mach's ja.

Q *Heute? Jetzt gleich?*

Mal sehen. Morgen vielleicht.

💬 *Vroni ist ein Feigling!*
　　　　　　　Du hast gewonnen. Ich erledige das sofort. 💬
　　　　　　　Wär doch gelacht!
💬 *Das wollte ich lesen. Dann will ich dich mal nicht länger davon abhalten! Ich bin weg, muss zur Kosmetikerin und dann zu einer Charity-Gala. Morgen erwarte ich deinen Bericht!*
　　　　　　　Bekommst du, versprochen. Viel Spaß! 💬
　　　　　　　Und bis morgen.
💬 *Bonsoir!*

Ich logge mich aus und atme tief durch. Schade, dass ich nicht rauche. Das wäre so ein Moment, in dem ich mir als Raucherin garantiert eine Zigarette angesteckt hätte, um das Unvermeidliche wenigstens noch fünf Minuten hinauszuzögern. So trinke ich einfach nur ein Glas Leitungswasser und schlage dann mein Adressbüchlein auf, um Arianes Kontaktdaten herauszusuchen. Durchaus bezeichnend für den Grad unserer schwesterlichen Vertrautheit ist die Tatsache, dass ich ihre Nummer nicht auswendig kann.

Ariane geht beim dritten Klingelton ran.

»Ich bin's, Veronika«, lautet meine etwas einfallslose Begrüßung.

»Nicki! Ich dachte schon, du meldest dich gar nicht mehr«, dringt Arianes Stimme in mein Ohr. Ich hatte ganz vergessen, wie schrill sie klingt. Und wie ungern ich »Nicki« genannt werde.

»Na ja, ich hab ziemlich viel um die Ohren«, behaupte ich. »Danke jedenfalls für die Einladung.«

»Aber ...?«

»Kein Aber. Ich rufe an, um zuzusagen.«

»Kommst du denn in Begleitung?«

»Äh – ja, tue ich.«

»Wie schön. Dann bin ich ja mal gespannt.«

Was für eine scheinheilige Ziege! Die wird Augen machen, wenn sie Charlotte sieht.

»Ich freue mich sehr, dass du kommst. Folgendermaßen sieht die Planung aus ...«

In der nächsten Viertelstunde prasseln unzählige Detailinfos auf mich ein, die allesamt in eine Aufforderung münden: Ich möge mir ein Zimmer im Vier-Sterne-Hotel reservieren, den Dresscode einhalten, statt eines Geschenkes eine Spende an »Ärzte ohne Grenzen« tätigen, mit dem ICE und vor allem einen Tag früher anreisen.

»Warum denn das? Schon am Freitag? Das passt mir aber gar nicht ...«, wage ich einzuwenden.

»Alle tun das, die zum engsten Kreis gehören«, gibt Ariane knapp zurück. Als ob ich zu ihrem engsten Kreis zählte!

»Keine Sorge, Rüdiger kommt für sämtliche Unkosten auf.«

Bevor mir einfällt, wer Rüdiger ist, und ich protestieren kann (natürlich bin ich imstande, meine Hotelrechnung selber zu zahlen – was denkt die denn?), beendet Ariane das Telefonat: »Du, Nicki, ich bin furchtbar in Eile, es ist noch so irrsinnig viel zu erledigen vor dem Fest.«

Ja, klar. Vor allen Dingen, wenn man so eine humorlose Perfektionistin ist wie meine kleine Schwester. Sie betont nochmals – wenig glaubhaft –, wie sehr sie sich auf mich freut, dann legt sie auf.

Ich fühle mich, wie vom Fahrtwind eines Schnellzuges erfasst und in einen brennnesselbewachsenen Graben geschleudert. Es braucht einen dreifachen Espresso, um mich wieder in Form zu bringen. Die latente Wut auf Arianes bevormundende Art und ihren herablassenden Ton gibt mir genau den richtigen Kick zum Arbeiten. Ich schreibe in einem Rutsch das komplette dritte Kapitel, feile an Kapitel eins und zwei, bis mir alles perfekt erscheint, und überarbeite dann auch den neuen Text. Es ist fast Mitternacht, als ich die ersten Manuskriptseiten an meine Lektorin maile, das Notebook dann ausschalte und kurz danach hundemüde ins Bett sinke. Beim Ausziehen merke ich, dass ich noch immer die silberfarbenen Pumps trage. Sie sind tatsächlich keine Krankheit, ist mein letzter Gedanke vor dem Einschlafen.

4. KAPITEL

Die Enttarnung

Charlotte hat Lust auf Diätsahnequark. Es ist Donnerstag, gleich halb eins – Zeit für eine Mittagspause.

»Diät und Sahne? Das ist ein Widerspruch in sich«, sage ich und beiße herzhaft in mein Doppelrahmkäsesalamibrötchen.

»Du Chaotin und dein Buchprojekt übers Aufräumen – *das* ist ein Widerspruch«, gibt Charlotte gut gelaunt zurück und wirft den Mantel über.

»Bin gleich wieder da. Brauchst du was aus dem Supermarkt?«

Nein, ich brauche nichts. Höchstens eine gute Idee. Ich nippe an meinem Milchkaffee und beschließe, das Buchkapitel mit einem Oxymoron anzufangen. »Aufräumspaß«, tippe ich grinsend. Dann halte ich eine Gedenkminute für meine alte Deutschlehrerin, die uns mit den Namen und Definitionen rhetorischer Figuren ein ganzes Halbjahr lang gequält hat (ist »ganzes Halbjahr« nicht auch schon ein Oxymoron?). Und dann gleich noch eine für Charlotte, die mich auf die Idee mit dem inneren Widerspruch gebracht hat. »Diätsahnequark«, das ist wie »Minuswachstum« oder »Hassliebe« – oder »Veronikas Ablagesystem« ...

Charlotte hat völlig recht. Mein Blick schweift über den Zeitschriftenstapel, der langsam Wolkenkratzer-Dimensionen annimmt, die etwa zehn Zentimeter dicke Notizzettel-Kalender-Duden-Post-Schicht auf meinem Schreibtisch und die offene (weil wegen Überfüllung nicht mehr schließbare) Schublade voller Briefmarkenbriefchen, Handcremetuben und Kaugummipäckchen.

Dass ich mich gerade anschicke, ein lehrreiches Kapitel über kompromissloses Ausmisten zu schreiben, ist nicht mehr und nicht weniger als der blanke Hohn. Aber Job ist Job. Was hilft es, mit dem Schicksal zu hadern? Es hätte mich schlimmer treffen können. Ich könnte zum Beispiel Spitzenklöpplerin sein. Oder Notarin. Gibt es eine langweiligere Tätigkeit, als öde Gesetzestexte zu verlesen und seine Mitmenschen dabei als »Erschienene« zu bezeichnen? Schauderhaft!

Ich seufze dankbar, denn im Vergleich dazu hat es das Schicksal richtig gut mit mir gemeint, und fange an, emsig meine Tastatur zu bearbeiten. Dann fällt mir ein, dass Charlotte mir doch etwas aus dem Supermarkt mitbringen könnte, und rufe sie rasch an.

»Heftpflaster? Kein Problem«, sagt Charlotte. An ihrem Tonfall erkenne ich eindeutig, dass sie dabei grinst. Es ist ein Hab-ich-dir-nicht-gesagt-dass-man-neue-Schuhe-nicht-barfuß-einlaufen-soll-Grinsen.

Als kleine Rache strecke ich die Zunge raus, bevor ich sage: »Du hast ja recht, mit Söckchen wär das nicht passiert.«

»Ruckediguh, Blut ist im Ballerinaschuh«, lacht Charlotte, die leider viel zu oft recht behält. Was mich wurmt. Aber auch ihr wird eines Tages ein Fehler unterlaufen, und dann kommt meine große Stunde!

Entschlossen wende ich mich wieder meiner Arbeit zu. Mit dem Thema »Kompromisslos ausmisten« komme ich gut voran. Es geht doch nichts über gründliche Recherche (in diesem Fall: das Aufnahmegerät mitlaufen zu lassen, während mir Charlotte neulich eine gewaltige Standpauke hielt). Als die Rohversion steht, beschließe ich, zunächst die Stoffsammlung fürs nächste Kapitel zu strukturieren. Denn wissen Sie: Mit einem guten Text ist es wie mit einem Kuchenteig. Man muss ihn zwischendurch eine Weile ruhen lassen, bis er reif ist für die Weiterbearbeitung. Jedenfalls funktioniert dieses Rezept bei mir ganz hervorragend. Sämtliche Themen, mit denen ich mich in irgendeiner Weise beschäftigt habe, gären von ganz allein im Hinterkopf weiter, sodass schließlich das Schreiben wie von selbst läuft.

Na ja, fast wie von selbst. Das Strukturieren und Vorbereiten eines Kapitels ist jedenfalls deutlich anstrengender als das Formulieren. Gerade mühe ich mich damit ab, eine einigermaßen logische Ordnung in meine Stoffsammlung zum Thema »Die Situation im Griff – gedanklich immer einen Schritt voraus« zu bringen, als es klingelt.

Oh, wie ich mich freue! Die unfehlbare Charlotte hat ihren Schlüssel vergessen, denke ich zufrieden – denn es erfüllt mich immer mit innerer Genugtuung, meine stets so korrekte Freundin bei einem Fehler zu ertappen. Nicht aus banaler Gehässigkeit, nein – aus reinsten Gewissensgründen. Will sagen: Mein Gewissen ist nicht ganz so schlecht, wenn Miss Perfect sich einen Fauxpas erlaubt.

Beiläufig drücke ich auf den Türöffner und lege mir schon einen launigen Spruch zurecht, mit dem ich Charlotte gleich begrüßen werde. »Schon wieder den Schlüssel vergessen?« – nein, zu harmlos. Außerdem sachlich falsch – es ist ihr ja noch nie zuvor passiert. »Wie gut, dass du kleines Schusselchen dich auf mich verlassen kannst!« – ja, so etwas in der Art vielleicht. Schon höre ich Schritte im Flur. Allerdings zögernd.

»Hallo?«, ruft jemand. Definitiv nicht Charlotte. Es sei denn, sie hat in der letzten Viertelstunde ein Dutzend Zigarren geraucht. Was sie sicher nur täte, wenn es um Leben und Tod, wahnsinnig viel Geld oder einen garantiert funktionierenden Schlankheitszauber ginge.

Der Kopf, der jetzt zu meiner Bürotür reingestreckt wird, gehört zu einer Männerstimme.

»Sie möchten zu …?«, frage ich zuvorkommend. Der Typ trägt eine trendige Strickmütze und einen Dreitagebart. Ich erröte leicht, als ich mich bei dem Gedanken erwische, ob der wohl kratzt. Und dann erröte ich tief – weil mir klar wird, warum er mich an Robert Steinbrecher, den Fotografen, erinnert: Es *ist* Robert Steinbrecher! Die Mütze verdeckt seine Locken und er trägt heute keine Brille. Dennoch besteht kein Zweifel: Er ist es.

»Ich möchte zu Vera Kroemer«, sagt er und schenkt mir sein gewinnendes Lächeln. Er erkennt mich nicht!, schießt es mir durch den Kopf. Natürlich nicht: Ich trage Jeans und Schlabberpulli statt des Lavendelkostüms, meine Haare sind nicht kunstvoll hochgesteckt, sondern stehen wirr ab, mein Make-up beschränkt sich auf den Abdeckstift (fieser Pickel am Kinn) – und ich sitze im chaotischsten Büro des Abendlandes. Wie soll er hier die Ordnungsqueen erkennen, die er vor drei Wochen fotografiert hat?

Innerhalb einer Zehntelsekunde fasse ich einen verwegenen Beschluss: Ich gebe mich als Charlotte aus! Innerhalb einer weiteren Zehntelsekunde macht Charlotte die Umsetzung dieser genialen Idee zunichte. »Hallo Vero, bin wieder da«, flötet sie. Ich könnte ihr den Hals umdrehen.

Robert Steinbrechers Gehirn verarbeitet im Zeitlupentempo, was er gerade sieht und hört. Sein allmähliches Begreifen spiegelt sich in seinen Gesichtszügen wider: zuerst ein verständnisloses Stirnrunzeln, dann weit aufgerissene Augen und schließlich ein breites Honigkuchenpferdgrinsen. Ich konstatiere, dass ihm alle drei Ausdrücke hervorragend stehen. Ein Gedanke, der sich zwar direkt auf meinen Kreislauf auswirkt, mich in der Sache aber kein bisschen weiterbringt. Während ich meinen erhöhten Puls zu ignorieren versuche und fieberhaft überlege, wie ich mich elegant aus der hochnotpeinlichen Situation retten kann, fangen meine Sprechwerkzeuge schon an zu plappern:

»Darf ich vorstellen: Charlotte Wunderlich, meine Büropartnerin«, sage ich in fröhlichem Plauderton, als wären wir uns gerade auf einer zwanglosen Party über den Weg gelaufen, »und das ist Robert Steinbrecher, der Fotograf, der die Aufnahmen für das Stella-Westermann-Interview gemacht hat.« Die beiden reichen einander artig die Hand.

»Freut mich sehr«, sagt Charlotte.

»Angenehm«, antwortet Robert. Ich fühle mich wie in einer Szene aus *Telekolleg Deutsch für Ausländer*, Lektion 1: »Begrüßung und Vorstellung«. Nur fehlt mir leider die Fortsetzung des Drehbuchs. Was in aller Welt soll ich als Nächstes sagen?

Charlotte rettet mich: »Möchten Sie einen Kaffee?«

»Ich liebe Kaffee«, sagt Robert Steinbrecher.

»Ich auch«, ergänze ich etwas einfallslos.

»Ist mir schon aufgefallen«, grinst er. Hilfe, ich benehme mich ja wirklich wie ein ertapptes Schulmädchen. Dabei bin ich doch immerhin ... eine ertappte Autorin. Nun ja. Auch nicht viel besser.

Das Mahlwerk meines Kaffeevollautomaten ist zum Glück so laut, dass keine peinliche Stille entsteht. Dann reicht Charlotte dem Fotografen einen Mokka. Er dankt ihr und wendet sich wieder mir zu: »Ich bin wirklich beeindruckt davon, wie irrsinnig gründlich Sie recherchieren!«

Wovon in aller Welt redet er? Hoffentlich verrät meine Miene nicht, dass ich voll auf der Leitung stehe. »Dass Sie sich extra einen Experimentierraum eingerichtet haben, um die Probleme Ihrer Zielgruppe nachzuvollziehen – das ist einfach unglaublich!«, führt Robert aus.

Ich könnte ihn küssen! Nicht nur, weil er so unverschämt gut aussieht mit seinem verwegenen Dreitagebart, seinen rehbraunen Augen und dem definitiv attraktivsten Lächeln, das mir heute begegnet ist. Sondern vor allem, weil er mir galant aus der Patsche hilft, statt sich über mich, die enttarnte Hochstaplerin, lustig zu machen. Erleichtert lache ich auf. Möglicherweise hört sich mein Gelächter etwas überdreht an. Vielleicht klingt es in Ihren Ohren sogar ein klein wenig schrill. Mag sein. Immerhin habe ich mehrere Adrenalinstöße hinter mir und bin offen gestanden ziemlich durcheinander. Wären Sie sicher auch an meiner Stelle ... Jedenfalls brauche ich jetzt einen Kaffee. Dringend!

Während ich mir den Espresso zubereite, fragt mich Robert mit Unschuldsmiene, warum ich Stella Westermann dieses »Labor« verheimlicht habe. Ich behaupte, das sei natürlich mein Betriebsgeheimnis, die Basis meines Erfolges. Vergleichbar mit der Geheimrezeptur von Coca-Cola. Fast glaube ich selber daran. Und: Es ist ja auch so! Jedenfalls ganz ähnlich.

Charlotte verschluckt sich beinahe an ihrem Diätsahnequark. Fast gleichzeitig beginnt nebenan in ihrem Büro das Telefon zu läuten und sie verlässt hustend den Raum. Robert und ich sind allein.

»Sie werden doch niemandem etwas verraten von meinem – ähm – Experimentierzimmer?« Doch so einfach komme ich nicht davon.

»Tja, Sie bringen mich da in eine Zwickmühle«, behauptet Robert Steinbrecher, »diese Top-Secret-Info ist auf dem freien Markt natürlich einiges wert – fast so wie ein Paparazzi-Foto von Paris Hilton mit Lockenwicklern.« Und um sein Argument zu bekräftigen, zückt er sein Smartphone und macht einen Schnappschuss von mir – wie ich da stehe mit Schlabberpulli, unfrisiert und mitten im Durcheinander.

»Wollen Sie mich erpressen?«, frage ich empört.

»Könnte man so sagen«, gibt Robert zurück. »Wenn Sie mir etwas anbieten könnten, das noch wertvoller wäre als Ihr Betriebsgeheimnis, würde ich mich eventuell auf einen Deal einlassen.«

»Und was könnte das wohl sein?« Ich habe nicht die geringste Ahnung, worauf er hinaus möchte. Reichtümer habe ich nämlich keine zu bieten.

»Sie könnten mir einen Riesengefallen tun«, sagt Robert und lächelt auf eine Art und Weise, die mich fast glauben lässt, er wolle mit mir flirten. »Begleiten Sie mich zu meiner Vernissage. Übernächsten Donnerstag im ›Kulturzentrum Casimir‹.«

Du lieber Himmel. Er flirtet tatsächlich mit mir! Für einen kurzen Moment bin ich sprachlos.

»Na, was sagst du?«, lächelt Robert. Ich registriere, dass meine Knie leicht zittern und Robert Steinbrecher zwanglos zum Du übergegangen ist. Morgen oder nächste Woche fällt mir bestimmt eine furchtbar geistreich-neckische Antwort ein, die ihn zweifellos beeindrucken würde. Momentan allerdings bin ich etwa so schlagfertig wie ein neugeborenes Kälbchen.

»Ähm, ja, okay, warum nicht?«, sage ich betont lässig. Robert muss ja nicht merken, dass mein Herz rast wie nach einem 400-Meter-Lauf.

Ich notiere den Termin im Kalender, den ich zum Glück ziemlich auf Anhieb finde. Lediglich die Tageszeitung liegt darüber. Robert schreibt mir seine Handynummer auf. »Für alle Fälle.« Meine will er gleich speichern. An sich eine gute Idee, doch ihre Durchführung scheitert an einem entscheidenden Detail: Sie fällt mir nicht ein.

»Du machst Witze!« Robert ist ehrlich schockiert.

»Wieso denn – ich rufe mich selbst ja so gut wie nie an!«, verteidige ich mich. Das »so gut wie nie« bezieht sich natürlich auf die Situationen, in denen ich mein Handy nicht finde und es zum Klingeln bringen muss, um es orten zu können.

»Dann schickst du mir eben eine SMS – auf diese Weise bekomme ich deine Nummer automatisch.«

Sehr guter Plan! Aber – und jetzt wird's langsam wirklich peinlich – auch der wird wohl vorerst nicht in die Tat umgesetzt: Denn ich kann mein Mobiltelefon nicht finden. Es liegt weder auf dem Schreibtisch – auch nicht unter der Tageszeitung –, noch steckt es in meiner Hosentasche. Hastig durchwühle ich auch Handtasche und Rucksack. Nichts.

Das wäre nun so ein Moment, in dem ich mich selbst vom Festnetz aus anrufen könnte, damit sich meine Ohren an der Suche beteiligen können. Wenn mir nur meine verflixte Nummer einfiele! Es bleibt mir nichts anderes übrig, als hinüberzugehen und Charlotte um Hilfe zu bitten. Sie zieht amüsiert eine Augenbraue hoch und fragt, ob ich allen Ernstes behaupten wolle, ich hätte schon wieder mein Handy verloren. Zum dritten Mal in diesem Jahr! Dann zückt sie ihr Smartphone und lässt sich von mir Roberts Nummer diktieren, damit sie ihm eine SMS schreiben kann. Meine Handynummer kann sie natürlich auswendig. Kunststück, sie hat sie ja auch schon mindestens eine Million Mal gewählt! Fast wundert es mich, dass Robert nun, da er mich von meiner allerchaotischsten Seite kennengelernt hat, noch immer an einem Date mit mir interessiert ist. Ich beschließe, dass das sehr für ihn spricht – und für seine Toleranz. Was ebenfalls für ihn spricht, sind die Fotos, die er mir jetzt präsentiert. Und die natürlich der eigentliche Anlass seines Besuches sind. Er schlägt die Mappe auf, die er dabeihat, und zeigt mir die Aufnahmen. Schon nach weniger als zehn Sekunden wird mir klar, wer da abgebildet ist. Das bin ja ich, denke ich überrascht und beglückwünsche mich im gleichen Moment dazu, diesen Gedanken nicht laut ausgesprochen zu haben. Denn dann hätte Robert mit Sicherheit an meinem Verstand gezweifelt.

Zu meiner Verteidigung: Die ersten Motive sind ausnahmslos Nahaufnahmen, der Kopf von schräg hinten oder nur meine halb geschlossenen Augen und ähnliche Details. Woran, bitte schön, hätte ich mich also erkennen können? Auf den nächsten Fotos dann ist die Vera-Kroemer-Ausgabe meiner selbst in voller Größe zu sehen und ich identifiziere mich eindeutig anhand des lavendelfarbenen Kostüms. »Toll!«, sage ich beeindruckt. Sie müssen zugeben, dass die Motive, die mich in Aktion zeigen, sehr dynamisch und kompetent rüberkommen. Der Mann hat wirklich Talent, finden Sie nicht auch?

Wer mich im Business-Magazin so sieht und dann auf der Straße trifft, würde niemals auch nur auf die Idee kommen, dass ich das sein könnte. Sehr gut! Ich mache also Werbung für meine Bücher und bleibe zugleich inkognito. Zufrieden lächele ich. Robert lächelt zurück und klappt die Fotomappe wieder zu. »Dann sehen wir uns bei der Vernissage. Ich freu mich!«, sagt er und macht sich mit einem kleinen Winken – was für eine entzückende Geste – auf den Weg. Kaum fällt die Tür hinter ihm ins Schloss, lasse ich mich auf meinen Schreibtischstuhl sinken.

Ein Triathlon kann kaum anstrengender sein. In der Tat habe ich ja auch drei Disziplinen hinter mir: hochnotpeinliche Enttarnung, unerwartetes Flirten und dann ein kollegiales Businessgespräch. Letzteres fand ich übrigens am wenigsten anstrengend. Im Gegenteil, die nette Unterhaltung über die Fotos war sehr inspirierend. Die Enttarnung dagegen hat mich regelrecht aus der Fassung gebracht. Am kräftezehrendsten war jedoch eindeutig der Flirt!

»Ich bin's halt nicht gewohnt«, sage ich laut.

»Was bist du nicht gewohnt?«, fragt Charlotte hinter mir. Ich fahre herum. »Warum schleichst du dich an?«

»Ich schleiche nicht, ich laufe eben nur sehr ... feminin«, behauptet sie.

»Cappuccino?«, frage ich.

»Gern!«

Sie nimmt schwungvoll einen Stapel Bücher vom Sofa, um Platz zum Sitzen zu schaffen. Doch statt sie achtlos auf den Boden zu legen, wie ich (Sie nicht auch?) es getan hätte, sortiert Charlotte die Bücher automatisch ins Regal ein. Vielleicht sind Sie der Ansicht, ich sollte sie mir zum Vorbild nehmen. Aber in dieser Sache finde ich Charlottes Verhalten fast ein bisschen zwanghaft.

»Also, was hältst du davon«, eröffne ich das Gespräch, das ich in Gedanken als »nachbereitendes Verhör« bezeichne. Denn dass Charlotte alles wissen will, was meine potenziellen Beziehungskandidaten betrifft, ist ja nichts Neues.

»Großartig«, verkündet sie. »Ich sollte ihn auch mal buchen.«

»Buchen? Das ist doch kein Miet-Gigolo!« Ich bin ehrlich empört. Doch Charlotte spricht – angeblich – nur von den Fotos: »Ich brauche unbedingt neue Bilder für meine Website. Auf den alten bin ich sieben Jahre jünger, ebenso viele Kilos leichter und habe lange Haare.«

»Was hast du gegen jünger und leichter einzuwenden?«

»An sich nichts. Doof nur, wenn die Leute sagen, sie hätten mich fast nicht erkannt ...«

Da hat sie nun auch wieder recht. »Ich kann ihn ja bei unserem *Date*« – ich betone das Zauberwort genießerisch – »mal drauf ansprechen.«

Sie neigt den Kopf zur Seite und schaut mich mit gerunzelter Stirn an. »Apropos Date«, sagt sie zögernd und bricht dann ab.

»Nun sag schon!«, dränge ich ungeduldig.

Charlotte ringt nach den richtigen Worten. Und entscheidet sich dann erstaunlicherweise für diese: »Ich hab ihn eben noch mal gegoogelt, diesen Robert Steinbrecher. Und ich sage dir: Das wird nichts mit euch.«

Entgeistert starre ich sie an: »Wie – das wird nichts? Was soll denn das bitte heißen?«

Charlotte steht auf und wandert im Zimmer auf und ab wie seinerzeit unsere Oxymoron-Deutschlehrerin während eines Diktates. Dabei zählt sie systematisch alles auf, was ihrer Meinung nach gegen eine »funktionierende Beziehung« spräche: »Erstens ist er Schütze. Das passt *ü-ber-haupt* nicht zu Steinbock. Eine schlechtere Kombination gibt es kaum!«

Ich tue dieses ausgesprochen dämliche Argument mit einer raschen Geste ab. Sternzeichen! Wer glaubt denn an so was. Sie etwa?

»Zweitens mag er Katzen – und du bist ein Hundemensch.«

»Na und? Es soll Leute geben, die haben Katzen *und* Hunde.« Ich verschränke trotzig die Arme und warte gespannt, was als Nächstes kommt. Denn wenn man Charlotte ein bisschen kennt, weiß man, dass auf ein Erstens bei ihr niemals bloß ein Zweitens folgt. Und dass ihr Drittens üblicherweise das stärkste Argument liefert. So auch diesmal:

»Der Typ ist ein Abenteurer: Er hat den Flugschein, macht Fallschirmspringen, Trekkingtouren durch Wüsten, all so ein Zeugs. Ihr werdet keine einzige Gemeinsamkeit haben!«

Charlotte kennt mich: Seit Jahren versucht sie, mich zu einer Fahrt mit der Achterbahn zu überreden. Doch selbst ein harmloses Riesenrad wäre mir zu aufregend!

So, nun wissen auch Sie es: Ich bin ein Hasenfuß. Na und? Für vernünftige Menschen ist es nicht einzusehen, was an übertriebenem Wagemut positiv sein sollte: Worin besteht der Sinn, freiwillig die Gefahr zu suchen – und dafür auch noch sauer verdientes Geld auszugeben? All dies werde ich zu gegebener

Stunde mit Robert besprechen müssen. Aber nicht heute und auch nicht mit Charlotte!

»Er hat also das falsche Sternzeichen, das falsche Haustier und die falschen Hobbys«, fasse ich ihre ausgesprochen alberne Argumentationskette mit der gebotenen Sachlichkeit zusammen, »aber er liebt Kaffee. Also hat er eine faire Chance verdient!«

»Du musst es ja wissen«, gibt Charlotte schulterzuckend zurück. Kaum zu glauben, dass sie mir Robert noch vor gar nicht allzu langer Zeit als den perfekten Traummann schmackhaft machen wollte! Heute ist sie auf einem völlig anderen Trip: »Behaupte hinterher aber bitte nicht, ich hätte dich nicht gewarnt.«

»Klar«, gebe ich zurück, »ich lasse mir am besten ein T-Shirt drucken mit der Aufschrift: ›Der Typ neben mir ist der Kerl, vor dem meine Freundin mich immer gewarnt hat‹.«

Eine schiefe Grimasse ist alles, was Charlotte dazu einfällt ...

*

Der Nachmittag verfliegt, ohne dass ich einen vernünftigen Satz zu Papier gebracht hätte. Ich denke permanent daran, dass nun – neben Charlotte und Tante Amanda – ein weiterer Mensch meine wahre Identität kennt: Vera Kroemer, die Ordnungsspezialistin, ist in Wahrheit Veronika Kramer, die Chaotin – wenn Robert Steinbrecher diese Information weitergäbe, wäre es vorbei mit meiner Karriere. Im Grunde ist es nur eine Frage der Zeit, bis er sich irgendwo verplappert. Glauben Sie nicht? Ebenso gut könnte ich mir also die Arbeit an meinem Buch sparen. Wozu noch weitermachen, wenn sowieso bald die Wahrheit ans Licht kommt?

Charlotte streckt den Kopf zu meiner Bürotür hinein und verabschiedet sich. Sie will heute früher Schluss machen. Ich erkundige mich, ob wieder Speed Dating ansteht, doch sie winkt ab. »Das tue ich mir nie wieder an. Was für ein Reinfall! Eher findet man am Nordpol den Mann fürs Leben als auf so einer Veranstaltung.« Schaudernd erinnert sie sich an all die grauenhaften Typen, die ihr bei der Veranstaltung am Ostersamstagabend mit alkoholschwerer Zunge und Bierfahne immer wieder dieselben dämlichen Fragen gestellt haben: über Hobbys, Körpermaße und einen eventuellen Kinderwunsch.

Am nächsten Arbeitstag hatte ich meine liebe Mühe, ihr sämtliche schauderhaften Details zu entlocken, denn an diesem Morgen kreuzte sie mit einem wild entschlossenen Ich-will-nicht-darüber-reden-Gesicht im Büro auf. Es dauerte drei Tassen Cappuccino, zwei Komplimente über ihren neuen Pulli und ein Marzipan-Osterei, bis sie mit der Sprache herausrückte. Nachdem ich die ganze Wahrheit kannte, nahm ich mir vor, bei Gelegenheit mal eine Glosse über derartige Kuppelbörsen zu schreiben – der diesbezügliche gelbe Post-it-Zettel klebt gleich neben dem mit der Aufschrift »Produktidee: beheizbare Maus«.

Charlotte hat es eilig – diesmal also nicht wegen einer Partnersuchmaßnahme, sondern weil sie noch Knabberzeug und Getränke für morgen besorgen will.

»Morgen?«

»Die Hochzeit – Kate und William«, erklärt sie in einem latent genervten Ton, der mir verrät, wie sehr sie meine Ignoranz in royalen Angelegenheiten missbilligt. Dabei ist es natürlich nicht so, dass ich von dieser »Hochzeit des Jahres« (warum eigentlich nicht gleich »Jahrhunderthochzeit« oder »Hochzeit des Känozoikums«?) noch nie etwas gehört habe ... Es war einfach unmöglich, diesem Thema zu entgehen – dazu hätte man wohl seit Monaten jeglichen Medienkonsum einstellen müssen.

Doch so oberflächlich, wie mich das Thema interessiert, ist auch das Wissen, das ich darüber aufgeschnappt habe: »Ich dachte, die heiraten am Samstag!«

»Nein, morgen. Definitiv: am 29. April. Freitag.«

»Ach so. Aber ... Dann hätten wir doch ebenso gut übermorgen shoppen gehen können statt am Ostersamstag.«

Nein, erfahre ich, hätten wir nicht. Denn am Samstag wird Charlotte arbeiten – nachholen, was sie morgen versäumt. Wenn nämlich ein Thronfolger (eigentlich in diesem Fall ja nur ein Thronfolgernachfolger) heiratet, ist das ein offizieller Feiertag in Charlottes Welt. Lieber pfeift sie auf ein freies Wochenende. Ich wünsche ihr viel Spaß dabei und empfehle, eine extragroße Packung Kleenex zu besorgen. Sie muss zugeben, dass das keine dumme Idee ist.

Nachdem Charlotte gegangen ist, starre ich noch ein wenig auf den leeren Monitor und stopfe mir dabei gedankenverloren ein paar Schokoeier in den Mund. Dann beschließe ich, dass diese ineffektive Quälerei niemandem nützt – weder mir noch meinem Verlag und schon gar nicht meinem Buchprojekt. Es muss sich wohl oder übel damit abfinden, dass es heute nicht so recht vorangekommen ist. »Morgen ist ein neuer Tag«, sage ich laut.

Bevor ich mich auf den Heimweg mache, schreibe ich eine kurze E-Mail an Tante Amanda, in der ich über das, was ich ihr später im Chat zu erzählen habe, allerlei Andeutungen mache. Ich schlage 19 Uhr vor und bin sicher, dass sie spätestens um 18.55 Uhr online sein wird, getrieben von angeborener Neugier und tausend Fragen. Und das ist auch gut so – immerhin gibt es nicht so besonders viele Leute, die sich für mein alles in allem doch recht bedeutungsloses Leben interessieren. Jetzt mal abgesehen von Ihnen.

Auf dem Heimweg verwerfe ich den Plan, mir Salzkartoffeln mit grünem Spargel und Schinken zu kochen. Viel zu viel Arbeit. Und eindeutig nicht süß genug. Daran sind die Schokoeier schuld. Charlotte würde mir jetzt einen mahnenden Vortrag halten über gesunde Ernährung und den Blutzuckerspiegel, den ich mit meiner Näscherei angeblich vollkommen durcheinanderbringe. Ich dagegen vertrete die Meinung, so ein Blutzuckerspiegel muss auch mal was wegstecken können. Und wenn mein Körper Süßes verlangt, dann soll er Süßes bekommen.

Die »Konditorei Metzger« (die Ironie des Schicksals schlägt in jeder Familienchronik zu – aber in wenigen auf derart offensichtliche Weise) liegt auf meinem Heimweg. Nach reiflicher Überlegung entscheide ich mich für je ein Stück Schwarzwälder Kirsch, Frankfurter Kranz und Käsesahne. Ob Robert wohl auf Torte steht? Vom Typ her könnte er sowohl ein Ökofutterfan als auch ein Fleisch-ist-mein-Gemüse-Kerl sein. Aber der äußere Anschein kann auch täuschen. Er wäre nicht der erste Abenteurer, der in der Wildnis nur dank einer Extraration Schokolade überlebt. Über derartige Fälle werden nur deshalb keine preisgekrönten Spielfilme gedreht, weil das Schokoladeessen an sich weniger spektakulär ist als Kannibalismus. Sei's drum. Ich jedenfalls habe keineswegs vor, mich jemals weiter als eine Fußmarschstunde von einer gut sortierten Konditorei zu entfernen und habe bisher nur beste Erfahrungen mit dieser Überlebensstrategie gemacht.

Ich mache es mir auf dem Balkon gemütlich. Neben mir die Kuchenplatte, auf dem Fensterbrett ein frisch gebrühter Cappuccino mit Zimt und auf dem Schoß mein Notebook. So bin ich bestens gerüstet für Amandas peinliches Verhör! Und sie schießt auch gleich los:

Q *Lass mich raten: Du wurdest als Hochstaplerin enttarnt. Oder du hast ein Date. Hab ich recht?*

Aber so was von! Ich bin beeindruckt, liebe Tante Amanda!

Q *Und womit genau habe ich recht?*

Wolltest du nicht raten?

Q *Vroni, komm schon – spann mich nicht auf die Folter ... Ich habe heute nicht so viel Zeit, in einer halben Stunde kommt Désirée, meine Kosmetikerin, zu einem Hausbesuch.*

Okay, okay – ich geb dir einen Tipp. Stell deine Frage neu – und tausche dabei ein Vier-Buchstaben-Wort gegen ein kürzeres.

Q *Kürzer als ›Date‹? ... Oh nein: Du meinst das ›oder‹?!*

100 Punkte!

Q *Also ersetze ich es durch – ›und‹? Du wurdest also enttarnt UND hast ein Date?*

Volltreffer. Ja, das war mein großer Tag heute.

Q *Ist denn das Date identisch mit der Person, die deine Hochstapelei durchschaut hat?*

Ist sie. Beziehungsweise natürlich: ist er. Der Fotograf, der die Bilder während des Stella-Westermann-Interviews gemacht hat. Er kam heute vorbei, um mir die schönsten Motive zu zeigen.

Q *Unangemeldet?*

Allerdings. Er hätte mich fast nicht erkannt. :-)

Q *Kein Wunder. Aber trotzdem hat er sich mit dir verabredet, Respekt. Führt er dich zum Essen aus?*

Er hat mich zu seiner Vernissage eingeladen.

Q *Dann ist es kein Date.*

Natürlich ist es eins! 💬

💬 *Es werden Hunderte Menschen anwesend sein, darunter mindestens dreißig gut aussehende Singlefrauen. Du wirst keine halbe Minute mit ihm reden können, keinen einzigen Moment mit ihm allein sein und wahrscheinlich außer Käsehäppchen nichts in den Magen kriegen. Ich empfehle dir dringend, zu Hause zu essen. Dann hast du wenigstens eine Hand frei, während du in der anderen das Sektglas hältst. Zwei Hände zu belegen ist furchtbar lästig – und vor allem ausgesprochen ungünstig, wenn man dir interessante Persönlichkeiten vorstellt und ein Händedruck angebracht wäre.*

Du magst recht haben, es ist keine Verabredung 💬 im klassischen Sinne. Aber er hat nur mich gebeten, zu kommen – nicht Charlotte!

💬 *Warum sagst du das nicht gleich? Aber es zählt nur dann als Date, wenn er dich spätestens eine Woche danach zu einem richtigen Rendezvous einlädt.*

Tante Amanda muss immer das letzte Wort haben. Aber man kann von ihr jede Menge lernen. Wenn sie von etwas noch mehr besitzt als von Geld, dann ist es Lebenserfahrung.

Unter der Dusche fällt mir ein, was ich sie noch hatte fragen wollen: Was trägt man wohl so bei einer Vernissage? Ich habe nicht die geringste Ahnung. Sekt und Häppchen – das klingt irgendwie nach eleganter Garderobe, affektierten Begrüßungsritualen und gezierter Gestik. Doch all das passt so gar nicht zu Robert. Ich bin gespannt, ob er wohl zu seinem Kulturevent den Dreitagebart abrasiert und die Jeans gegen einen Anzug tauscht.

Was habe ich davon, zu wissen, dass er Katzen mag und Fallschirmspringer ist? Auf die wirklich wichtigen Fragen des Lebens weiß Tante Amanda eben noch immer die besseren Antworten als Tante Google.

5. KAPITEL

Die Chaosqueen

Ich habe ein Kleid. Ich habe ein Bolerojäckchen und Schuhe. Und ich habe Ariane zugesagt. Okay. Aber das heißt noch lange nicht, dass ich wirklich hinfahre zu dieser unsäglichen Hochzeit. Ich meine: Leben wir in einem freien Land oder was? Habe ich also nicht das verdammte Recht, mir im letzten Moment noch eine akute Lungenentzündung einzufangen? Oder vom Bus überfahren zu werden? Sehen Sie! Da kann mir meine allerliebste Schwester so viele Erste-Klasse-Rückfahrkarten schicken, wie sie will. Krank ist krank. Und überhaupt: Als ob Charlotte und ich nicht selbst in der Lage wären, uns ein Zugticket zu kaufen ... Sie merken schon, ich bin entrüstet. Ein wenig jedenfalls. Vor allem aber genervt.

Neulich hat Ariane sogar angerufen. Grundgütiger! Mich so zu erschrecken. Ich hatte nicht damit gerechnet, vor dem Wiedersehen noch einmal mit ihr sprechen zu müssen. Wobei – ein Gespräch war das eher nicht. Im Grunde redete nur eine von uns beiden. Und ich war diejenige, die zuhörte. Genau wie damals in unserer Kindheit, als sie sich immer und immer wieder durchsetzen musste. Ariane wollte – und bekam – das größere der beiden Kinderzimmer, sie bestimmte, welcher Sender im Autoradio lief, sie pflegte ihre Allergien und durfte sich ständig ihre Lieblingsgerichte wünschen, weil sie ja meine nicht vertrug. Tante Amanda hat oft nachgegeben, weil die Ärmste ja noch so klein war, als sie Waise wurde. Und ich gewöhnte mir an, die Ohren möglichst auf Durchzug zu schalten – so wie auch bei Arianes Anruf neulich. Dabei drangen Begriffe wie »Platzkarten«, »Ablaufplan«, »Dresscode« und »Hochzeitsplanerin« an mein Ohr. Für einen Moment dachte ich, sie spricht von der Royal Wedding, die ja zum Glück endlich über die Bühne ist. Wenn dagegen normale Menschen heiraten, genügen meiner Meinung nach die drei Klassiker: 1. Ja sagen, 2. Kuchen essen und 3. es ordentlich krachen lassen. Andererseits würde ich Ariane auch nicht unbedingt als »normal« bezeichnen. Und falls daran noch Zweifel bestehen: Sie erwähnte sogar einen »Tischherrn«, der sich schon sehr auf mich freue. Also bitte! Was mag das nur für eine trübe Tasse sein, frage ich mich allen Ernstes. Sich auf eine Unbekannte zu freuen … Sicher auch so ein Nierenfacharzt. Oder vielleicht sogar ein Pathologe. Ich rechne mit dem Schlimmsten.

Und um diesen Kerl kennenzulernen, soll ich einen Tag früher anreisen? Was tut man nicht alles um des lieben Familienfriedens willen. Aber wie gesagt: *Noch* bin ich nicht in Saarbrücken. Und ob es jemals dazu kommt, ist allein meine Entscheidung. Das rede ich mir jedenfalls ein. Und weil das so ist, weigere ich mich, den Koffer auch nur eine Sekunde früher als unbedingt nötig zu packen. Nämlich morgen Vormittag. Der Zug geht um 12.03 Uhr – das reicht locker. Ich muss nicht einmal besonders früh aufstehen. Und überhaupt – was ich einpacken werde, steht ja sowieso fest: das festliche Outfit, Unterwäsche, einen Pyjama, Zahnbürste und Zahnpasta, Schminksachen … Das war es eigentlich schon. Oder? Hab ich was vergessen? Natürlich: Kleidung zum Wechseln. Und mein Notebook – die Zugfahrt will ich zum Arbeiten nutzen. Fällt Ihnen sonst noch etwas ein? Nein? Ich werde gleich mal Tante Amanda fragen. Würde mich nicht wundern, wenn sie so absurde Vorschläge machte wie Heftpflaster, Mundspray oder ein Notfall-Nähset. Wir sind gegen Mittag im Chatroom verabredet.

💬 *Für welches Outfit hast du dich entschieden, Vroni?*

Du meinst – für die Hochzeit?
Aber das steht doch längst fest!

Natürlich steht das fest – deshalb frage ich ja auch keineswegs nach DIESEM Outfit ...

Sondern?

Nach dem für heute Abend.

???

Sag, dass das nicht wahr ist!

Sag, dass du mich nur foppen willst.

Wenn ich dich foppen wollte, würde ich behaupten, ich hätte einen Last-Minute-Flug gebucht, weil ich Ariane im Brautkleid auf keinen Fall verpassen will.

Also – worauf willst du hinaus?

Ich rede von nichts Besonderem. Lediglich von einem Date. Das in meinen Augen gar kein richtiges ist ...

Oh! Mein! Gott! Die Vernissage mit Robert.
Heute? Heute!!!

Es ist mir ein Rätsel, wie man so etwas vergessen kann.

Ich habe keine Entschuldigung.

Es wäre auch keine glaubhaft gewesen.

Was zieh ich nur an?

Meine Frage. Was steht denn zur Auswahl?

Buchmessen-Hosenanzug, Lesereisen-Twinset,
Jeans und T-Shirt.

Nein, nein und nein.

Sondern???

Du wirst doch nicht behaupten, deine Garderobe kennt nur diese drei Varianten.

Natürlich nicht. Da gibt es auch noch das neue Abendkleid und das lavendelfarbene Kostüm – aber das kennt Robert ja schon.

💬 *Kommt beides nicht infrage.*

        Ansonsten kann ich nur noch Badeanzüge 💬
        und Pyjamas anbieten ...

💬 *Wo bleibt der nötige Ernst? So ein Date ist schließlich kein Kindergeburtstag! Also: Hast du eine schwarze Jeans, die noch einigermaßen neu aussieht?*

        Jawoll, Ma'am! 💬

💬 *Und eine weiße Bluse?*

        Da muss ich kurz überlegen ... Ja, tatsächlich. 💬
        Zwar schon ein paar Jährchen alt, aber so gut wie ungetragen. Oder besser gesagt: völlig ungetragen.

💬 *Hervorragend. Bist du auch im Besitz einer Lederjacke?*

        Stimmt, die Lederjacke – an die hab ich ja schon 💬
        ewig nicht mehr gedacht. Im Gehrock-Schnitt, sehr schick.

💬 *Perfekt! Das ist geschmackvoll, weder over- noch underdressed und vor allem dezent. Denn wenn man nicht genau weiß, welcher Dresscode bei einer Veranstaltung angesagt ist, gibt es nur eine goldene Regel: nicht auffallen!*

(Ich sage Tante Amanda nicht, dass diese Jacke kirschrot ist. Denn das ist, wenn man's genau nimmt, nicht gerade die dezenteste Farbe. Aber sie steht mir ganz hervorragend. Immerhin bin ich ein Wintertyp in der Schneewittchen-Variante, wie ich neulich gelernt habe. Und Schneewittchens Farben sind bekanntlich Weiß wie Schnee, Rot wie Blut, Schwarz wie Ebenholz.)

        Das wäre vielleicht auch das passende Outfit 💬
        für die Talkshow. Was meinst du?

💬 *Talkshow? Welche Talkshow?*

        Die im Dritten. *5 vor 10.* Die mit Leo Siegfried. 💬

Q *Leo Siegfried? Du bist bei Leo Siegfried eingeladen und SAGST DAS ERST JETZT???*

Hab ich das nicht längst erzählt? 💬

Q *Falls eine von uns beiden an Demenz leidet, bin ich das nicht, liebe Vroni! Immerhin bin ich erst 81.*

Und damit deutlich jünger als Leo Siegfried 💬
und ich zusammen.

Q *Vor allem: ganz sicher nicht so verpeilt wie meine Lieblingsnichte ...*

Ich gebe es zu: Muss mir durchgerutscht sein. :-(💬

Q *Kann ja mal passieren. Bei den vielen Fernsehanfragen, die täglich bei dir eintrudeln.*

Es tut mir leid!!! Schande über mich. 💬
Ich bin einfach ... ziemlich verwirrt.

Q *Weswegen?*

Wegen Robert. Der Hochzeit. Meinem neuen 💬
Buch. Ach, es ist einfach alles. Und dann hab
ich auch noch mein Handy verloren.

Q *Schon wieder?*

Das hat Charlotte auch gesagt. 💬

Q *So jung und so zerstreut. Es ist eine Schande!*

Aber ich hab ja euch beide. Ihr wärt beide un- 💬
glücklich, wenn ihr mich nicht ständig belehren
und zurechtweisen könntet.

Q *Und was wärst du ohne uns?*

Ein Talkshowgast im falschen Outfit. Also sag 💬
schon: Was trägt man zu so einem Anlass?

Q *Kommt auf die Jahreszeit an. Wann findet die Aufzeichnung denn statt?*

Irgendwann im Sommer, glaube ich. 💬

Q *Die haben dir keinen Termin genannt?*

Ähm. Doch. Beziehungsweise nicht mir, sondern Charlotte. Ich steckte zum Zeitpunkt des Anrufes in einem Abendkleid fest und war nicht verhandlungstüchtig. Sie hat mir den Termin per SMS geschickt, ich wollte ihn dann in den Kalender übertragen, aber ...

... dazu müsstest du erst dein Mobiltelefon wiederfinden. Verstehe. Was für ein Dilemma. ;-)

Du nimmst mich nicht ernst!

Warum sollte ich das auch tun? Wenn du nicht einmal auf die Idee kommst, Charlotte nach dem Termin zu fragen, den sie ja sicher noch in ihrem SMS-Ausgang gespeichert hat ...

Du bist ein Genie, Tante Amanda!

Erzähl mir mal etwas, was ich noch nicht weiß. Zum Beispiel, welche Sprache deine Frisur heute Abend sprechen wird.

Welche Sprache? Keine. Meine Haare sind stumm. Deine nicht?

Sei nicht albern. Selbstverständlich gibt es eine Geheimsprache der Haartracht. Lässt du deine Mähne offen, signalisierst du Wildheit, Verwegenheit, aber auch Leidenschaft. Für ein erstes Treffen möglicherweise zu gewagt. Mit einer eleganten Hochsteckfrisur dagegen zeigst du deine Grenzen auf – so hältst du die Kerle auf Distanz. Vielleicht auch nicht ganz das, was du dir wünschst. Ein Pferdeschwanz ist kess, aber zu mädchenhaft. Damit nimmt dich kein Mann ernst. Meine Empfehlung: Du solltest die Haare offen tragen, aber glatt föhnen.

Was für eine Herausforderung. Glatt fönen! Das habe ich seit einer Ewigkeit nicht mehr ausprobiert. Mein Talent im Haareaufhübschen ist ausgesprochen begrenzt. Einmal musste ich mir sogar eine ganze Strähne abschneiden, weil sich die Rundbürste hoffnungslos am Hinterkopf verheddert hatte. Ich gebe mir selbst den Nachmittag frei und verbringe ihn damit, mich seelisch, moralisch und vor allem frisurtechnisch auf den Abend mit Robert vorzubereiten. Im Badschrank finde ich noch eine Flasche Glättungs-Shampoo, das angeblich für welliges bis krauses Haar geeignet ist. Wohlan – ich bin sehr gespannt!

Das Ergebnis kann sich sehen lassen. Jedenfalls in Anbetracht der Tatsache, dass ich keine Heldin der Föhnarbeit bin. Zwar habe ich jetzt Schmerzen in der rechten Schulter und einen Krampf im Unterarm, aber auch eine glatte Lena-Meyer-Landrut-*Grand-Prix*-Frisur. Während ich mich schminke, summe ich *Taken by a stranger*, ihren diesjährigen Beitrag zum *Eurovision Song Contest* (der, wie mir gerade auffällt, perfekt als Titelsong zu einem *James Bond*-Film taugen würde – finden Sie nicht?). Dass meine Melodieführung ausgesprochen schräg ist, passt ganz hervorragend dazu – fast könnte man glauben, das solle so klingen.

Als Nächstes durchwühle ich meinen Kleiderschrank nach der schwarzen Jeans, die zum Glück nicht in der Wäsche ist, und der weißen Bluse. Was ich finde, sind sogar zwei weiße Blusen! Ich hätte geschworen, nur eine zu besitzen. Welche davon soll ich nehmen – die Spitzenbluse oder die Hemdbluse? Ich probiere die erste an und verpasse ihr dabei einen daumengroßen Schokofleck am Kragen. Man soll eben mit schokoladenriegelverschmierten Händen keine hellen Klamotten anfassen. Immerhin ist mir damit die Entscheidung abgenommen – heute Abend wird die Hemdbluse angezogen.

Was heißt heute Abend? Ein Blick auf die Uhr verrät mir, dass es schon Viertel nach sechs ist. Himmel – das Aufbrezeln ist vielleicht eine zeitraubende Angelegenheit. Wenn ich das täglich veranstalten und mich das jeweils zwei wertvolle Stunden meiner Lebenszeit kosten würde, dann wären das pro Woche 14 Stunden. Und im Jahr – wo ist der Taschenrechner? – sage und schreibe 730 Stunden! Ich stünde also jedes Jahr einen ganzen Monat vorm Spiegel, um meine Haare zu glätten, Hautunreinheiten abzudecken und die Augen besser zur Geltung zu bringen. Um Himmels willen!

Für einen Moment spiele ich mit dem Gedanken, das ganze Werk wieder zu zerstören, indem ich mich abschminke und die Haare erneut wasche, um sie dann lufttrocknen zu lassen. Mein Standard-Fix-Beauty-Programm. Diese Planänderung scheitert ausgerechnet am Zeitfaktor – also bleibt die Mähne glatt.

Mit dem Fahrrad sind es gerade mal zehn Minuten bis zum »Kulturzentrum Casimir«. Obwohl ich langsam fahre, um nicht ins Schwitzen zu geraten. Der rote Ledergehrock ist fast zu warm, aber ich wage es nicht, das gute Stück auf den Gepäckträger zu schnallen. Bei meinem Glück würde er in der nächsten Pfütze landen. Offenbar bin ich die Einzige, die mit dem Drahtesel anreist. Im Gegensatz zum übervollen Parkplatz ist der Fahrradständer, abgesehen von meinem Uralt-Rad, gähnend leer. Diesmal habe ich sogar ein Fahrradschloss dabei. Ein billiges, das leicht zu knacken ist – denn dazu ist es ja gedacht.

Ich betrete das Kulturzentrum und sofort wird mir ein Glas Prosecco in die Hand gedrückt. Du liebe Güte – ich habe außer dem Schokoriegel noch nichts im Magen (jedenfalls nicht seit dem Mittagessen). Außerdem wäre Sauerstoff jetzt wirklich bekömmlicher als Alkohol, stelle ich fest. Der Saal ist überfüllt. Als ich mich neugierig umschaue, stelle ich drei Dinge fest: Erstens kenne ich keine Menschenseele hier. Zweitens ist auch Robert nicht zu sehen. Und drittens bin ich die Einzige im ganzen Raum, die weder Weiß trägt noch Schwarz oder Anthrazit. Ich komme mir vor wie ein wandelnder Feuerlöscher. Zum Glück schenkt mir niemand Beachtung …

Etwas verlegen verziehe ich mich in eine Ecke und nippe an meinem Prosecco, um einigermaßen beschäftigt zu wirken. Von dieser Position aus kann ich prima beobachten und die Anwesenden in Gedanken sortieren: Die Typen mit schütterem, unvorteilhaft langem Haar in schwarzen Hemden, Bluejeans und speckigen Schuhen sind von der Presse. Künstler, Möchtegernkünstler und Kunstinteressierte tragen überwiegend Anthrazit – gerne auch mit Rollkragen, ungeachtet der frühlingshaften Temperaturen. Ganz – oder zumindest teilweise – in Weiß gewandet sind die oberen Zehntausend der Provinzstadt. Wer wichtig ist, weil er oder sie Geld, eine bedeutende Position und einen guten Namen in der Gesellschaft hat, gibt sich eben gerne mondän. Ich stelle fest, dass ich vom Beinkleid her der schreibenden Zunft ähnlich bin und vom weißen Blüschen her als Promi durchgehen könnte. Gar nicht so unpassend also. Wäre da nicht der kirschrote Ledergehrock …

Ohne es zu bemerken, habe ich mein Sektglas geleert. Gibt es hier keinen Kaffee? Ich will eine der Studentinnen, die hier als Aushilfskellnerinnen umherhuschen und dabei ihre elfenhaften Figuren zur Geltung bringen, danach fragen, doch sie versteht meine Geste falsch und überreicht mir ein weiteres Glas Prosecco. Na ja. Ein Cappuccino wär mir jetzt lieber. Oder wenigstens ein Wasser! Die Luft ist furchtbar trocken, mein Hals rau – und so trinke ich auch das zweite Glas aus. Nicht gerade in einem Zug, aber in drei. Oder zwei.

Kaum habe ich es geleert, überreicht mir Johnny Depps Bruder ein weiteres. Ich kichere albern.

»Völliger Unsinn – Johnny Depp hat ja gar keinen Bruder«, denke ich.

»Doch, hat er: zwei Schwestern und einen Bruder«, korrigiert mich der attraktive Hutträger, der mir vage bekannt vorkommt. Kann er Gedanken lesen? Offenbar habe ich laut gedacht. Ich muss vorsichtig sein – der Schampus zeigt schon Wirkung.

»Kennen wir uns?«, bringe ich fehlerfrei über die Lippen. Wenn man leicht angetrunken ist, soll man keine langen Formulierungen wählen – und nichts sagen, was auch nur annähernd an einen Zungenbrecher erinnert. Diese Weisheit hat mir Tante Amanda anlässlich meiner Examensfeier mit auf den Weg gegeben. Ich habe ihren Rat damals strikt befolgt – was zur Folge hatte, dass ich den größten Teil des Abends schwieg …

»Besser, man hat den Ruf, eine nachdenkliche Intellektuelle zu sein, als eine plappernde Saufnase« – Tante Amandas Argumentation ist wirklich nicht zu widerlegen.

Ähm. Habe ich das etwa auch laut gesagt?

Johnny Depps Bruder lacht. Als er sich beruhigt hat, sagt er: »Veronika, du bist wirklich zu komisch.«

Dann küsst er mich auf die Wange. Ich werde so rot wie meine Lederoberbekleidung, als ich kapiere, wen ich da vor mir habe. Natürlich versuche ich, meine Irritation einigermaßen geschickt zu überspielen, aber als das Talent zum Schauspielern vergeben wurde, war ich wohl gerade im Kartoffelkeller.

»Oh, haha, Robert«, stammele ich.

Robert erhebt sein Sektglas, um mit mir anzustoßen, und behauptet, er habe mich fast nicht erkannt – ich sei so elegant, und überhaupt, meine Frisur sei so anders. Offenbar hat sich die Schinderei gelohnt. Andererseits: Ganz schön blöd, bei einer neuen Männerbekanntschaft solche Maßstäbe zu setzen, die man dann im Alltag nie einlösen kann. Und auch nicht will. Wie gesagt: Ich stelle mich gewiss nicht volle dreißig Tage im Jahr mit dem Glätteisen vor den Spiegel!

Dann fragt Robert, wie ich seine Arbeiten denn so finde. Ich starre ihn verständnislos an. Seine Arbeiten hat er mir doch neulich schon gezeigt – und ich fand sie damals bereits toll. Daran hat sich nichts geändert. Wieder lacht er und schüttelt dabei den Kopf: »Du hast dir die Ausstellung noch nicht einmal angeschaut? Stehst einfach hier rum und trinkst einen Sekt nach dem anderen? Das ist ja unglaublich ...«

Bevor ich mich rechtfertigen kann, packt er mich am Arm und zieht mich mit. Offenbar gehört es zu seinen Hobbys, mich aus peinlichen Situationen zu retten, in die ich ohne ihn nie hineingeraten wäre. Im Nachbarraum ist das Gedränge deutlich erträglicher, die Luft besser, der Geräuschpegel angenehmer. Wenn da nicht diese gewaltigen Fotos wären! Sie zeigen nackte Frauen mit bedrohlich wirkenden Tiermasken, die in verlassenen Industrieanlagen posieren und dabei so tun, als übten sie raubeinige Männerberufe aus. Das ist wirklich das Scheußlichste, was mir je untergekommen ist!

»Das ist ... interessant«, behaupte ich.

Robert tut so, als wäre er beleidigt. »Interessant – aha. Du magst meine Kunst also nicht«, grinst er.

»Ganz und gar nicht, ich finde sie unheimlich beeindruckend«, behaupte ich wenig überzeugend.

Dann knurrt mein Magen so laut, dass jeder im Umkreis von drei Metern es hören kann. Robert lacht schon wieder. Humor hat er ja, das muss man ihm lassen. Er lotst mich in einen weiteren Raum, in dem ein kaltes Buffet aufgebaut ist, und lädt mehrere Kanapees auf einen großen Teller. Auf dem Weg zurück in den großen Saal erntet er böse Blicke von einem braun gebrannten Pärchen um die sechzig ganz in Weiß – höchstwahrscheinlich wichtige Persönlichkeiten der lokalen Prominenz. Sie verbringt offensichtlich ihre gesamte Zeit in Kosmetikläden und bei Juwelieren, er erinnert mich vage an ein Gesicht aus der Zeitung. Ein Politiker? Der Weißbekleidete schüttelt missbilligend den aristokratischen Kopf, während die aufgespritzten Lippen seiner Partnerin ein wenig zu laut verkünden, manche Leute haben einfach kein Benehmen. »Natürlich kennen wir den Künstler persönlich, sehr gut sogar«, lässt sie die Umstehenden – und uns – wissen.

»Ich brauche frische Luft«, stöhnt Robert und steuert auf den Ausgang zu. Ich folge ihm. Draußen ist es zwar immer noch angenehm warm, aber im Vergleich zur stickigen Luft drinnen geradezu erfrischend.

»Woher kennst du diese Ziege?«, frage ich.

»Ich weiß zwar, wer das ist, aber persönlich bin ich ihr noch nie vorgestellt worden«, grinst Robert.

Ich erfahre, dass es sich bei dem Paar um den Chefarzt der städtischen Kinderklinik und seine Gemahlin handelt.

»Unfassbar – und warum behauptet sie, mit dir gut bekannt zu sein?«

Robert zuckt mit den Schultern und beißt herzhaft in ein Kanapee. Auch ich greife zu. Es schmeckt köstlich. Wir kauen schweigend und beobachten die untergehende Sonne.

»Wenn du jetzt einen Wunsch frei hättest – was würdest du sagen?«, fragt Robert.

Da muss ich nicht lange nachdenken: »Ich hätte wahnsinnig gerne einen Kaffee! Dieser Sekt bekommt mir ganz und gar nicht.«

»Wunsch wird umgehend erfüllt«, antwortet Robert, »lass uns hier abhauen!«

»Aber das geht doch nicht. Das ist deine Vernissage hier, da kannst du dich wohl unmöglich aus dem Staub machen!«

»Klar kann ich das. Du hast es ja gesehen – meinen Gästen geht es nur ums Sehen und Gesehenwerden. Die meisten kennen mich überhaupt nicht und mögen wahrscheinlich meine Fotos noch weniger als ihre Schwiegermütter. Für eine halbe Stunde kann ich hier garantiert verschwinden, ohne dass mich irgendwer vermisst.«

Wir nehmen Roberts Wagen. Er sagt, dass ich während der Fahrt die Augen schließen soll, das Ziel sei eine Überraschung. Wäre ich so misstrauisch wie meine Schwester, würde ich ihn natürlich sofort verdächtigen, mich entführen zu wollen. Aber ich finde seine Idee einfach nur romantisch und tue, was er sagt. Dabei stelle ich fest, dass der Prosecco inzwischen seine Wirkung voll entfaltet: Ich fühle mich leicht, kann ein albernes Kichern nur mit Mühe unterdrücken und habe das Gefühl, dass wir permanent scharfe Linkskurven fahren.

»Wie oft willst du noch durch diesen dämlichen Kreisel fahren?«, will ich wissen.

»Kreisel? Wir sind auf der Stadtautobahn«, gibt Robert trocken zurück.

Oh. Dann kann es sich nur um einen Drehschwindel handeln. Na großartig! Inzwischen hält Robert mich nicht nur für eine verpeilte Chaotin mit Magenknurren und ohne Kunstverstand, sondern auch für betrunken.

Wieder kommt mir eine von Tante Amandas Lebensweisheiten in den Sinn: »Zeige dich einem interessanten Mann optisch von deiner besten Seite, aber benimm dich, so schlecht du kannst. Wenn er dann nicht abspringt, kannst du ihn jederzeit um den Finger wickeln!« Nun ja, dieser Rat gehört zu den wenigen, die ich bisher nicht befolgt habe, obwohl Tante Amanda dafür quasi eine Erfolgsgarantie gibt.

Endlich parkt Robert. »Halte die Augen noch geschlossen!«, bittet er mich, dann steigen wir aus. Ich höre rhythmische Discomusik und schrilles Lachen, lautes Hupen und fröhliches

Gejohle. Der Duftcocktail – bestehend aus Bratwurst als Basisnote, Bierfahne als Kopfnote und gebrannten Mandeln als Herznote – verrät mir, wo wir sind: auf der Kirmes.

Irgendwo ordert Robert zwei Cappuccino zum Mitnehmen. Dann hakt er mich wieder unter, bezahlt bei einem weiteren Halt »zwei Mal« – hoffentlich zwei Schokoküsse!« – und führt mich dann zu einem bequemen Sitzplatz. »Darf ich jetzt endlich die Augen öffnen?«, bettele ich.

»Na gut, es geht sowieso gerade los«, lacht Robert, und ich falle fast vom Sitz. Diesmal ist jedoch nicht der Sekt schuld: Wir sitzen in einem Riesenrad. Um Himmels willen – *in einem echten Riesenrad!*

Noch sind wir kurz über dem Boden, aber unsere Gondel dreht sich mit beängstigender Geschwindigkeit weiter. Schon befinden wir uns in mindestens sieben Meter Höhe. Robert nippt an seinem Cappuccino und strahlt mich an: »Ist das nicht herrlich?«

Ich bin nicht in der Lage zu antworten. *Panik! Das hier ist ein Albtraum ...* Vorsichtig schaue ich nach unten. Keine gute Idee. Ich erschauere. Dabei haben wir noch immer nicht den höchsten Punkt erreicht!

»Ist das überhaupt erlaubt, dass diese Gondel offen ist? Nur mit einer lächerlichen Kette gesichert?«

Robert schaut mich erstaunt an: »Hast du etwa Bammel?«

Natürlich – jemand, der vor Bungee Jumping und Fallschirmsprüngen nicht zurückschreckt, kommt garantiert nicht im Traum auf die Idee, dass andere in einem Riesenrad möglicherweise Muffensausen kriegen. Und nicht nur das: Ich habe Herzklopfen, Schweißausbrüche, einen roten Kopf und die Befürchtung, gleich zu hyperventilieren. »Du hast nicht zufällig eine Plastiktüte dabei?«, frage ich mit zittriger Stimme.

»Wieso – musst du dich übergeben?« Offenbar hat Robert keine Ahnung von Erster Hilfe bei Panikattacken.

»Nein, um reinzuatmen«, kläre ich ihn auf.

Inzwischen hat unsere Gondel den höchsten Punkt überschritten und nähert sich wieder dem Erdboden. Ich atme auf. Gleich ist es geschafft.

Es ist *nicht* geschafft. Statt anzuhalten und uns zu befreien, dreht sich das Riesenrad unaufhaltsam weiter. Endlich scheint Robert zu kapieren, dass ich keineswegs scherze. Er legt seinen Arm um meine Schulter und hält mich mit festem Griff. »Jetzt bin ich dein lebender Sicherheitsgurt!«, beruhigt er mich. Seine rehbraunen Augen scheinen mich hypnotisieren zu wollen. Und es wirkt: Ich entspanne mich. Schaffe es sogar, meinen Cappuccino zu trinken, während die Gondel eine Runde nach der anderen dreht.

So langsam beginne ich, das Ganze zu genießen. Vor allem Roberts Umarmung. Einmal bleibt das Riesenrad stehen, als wir uns ganz oben befinden. Unsere Gondel schaukelt und ich beiße die Zähne aufeinander, um nicht erneut die Panik in mir aufsteigen zu lassen.

Statt nach unten zu schauen, sehe ich lieber in Roberts Augen. Eigentlich wäre das jetzt ein perfekter Moment für einen filmreifen Kuss, denke ich. In dem Moment klingelt Roberts Handy. Es ist die Eventmanagerin, die den Abend für ihn organisiert hat. Es gebe Interviewanfragen und Kaufinteressenten, wo Robert nur stecke.

»Sag ihnen, ich stehe in einer Viertelstunde zur Verfügung.« Inzwischen ist unsere Fahrt zu Ende, wir steigen aus. Noch vor fünf Minuten habe ich mir diesen Moment herbeigewünscht – jetzt sehne ich mir den magischen Augenblick in der schaukelnden Gondel zurück.

Wir fahren auf direktem Weg zurück zum »Kulturzentrum Casimir«. Ich will nicht mehr mit hineingehen, es ist spät geworden.

»Gib es zu, du magst meine Fotos nicht«, sagt Robert.

»Ganz ehrlich? Ich finde sie schrecklich«, antworte ich spontan. Und könnte mich im gleichen Moment ohrfeigen. Ich blöde Kuh! Jetzt ist Robert garantiert sauer. Verdammt!

Doch Robert grinst nur. »Dann will ich auch mal ehrlich sein: Deine Frisur ist total behämmert. Du siehst aus wie Lena Meyer-Landrut! Wo sind deine wunderbaren Locken?«

»Was für ein Segen«, entfährt es mir. »Ich gelobe feierlichst, künftig auf jegliche Glättungsversuche zu verzichten.«

»Sorry, ich muss rein«, sagt Robert. Die Zeit reicht immerhin für eine kurze Umarmung. »Mach's gut, meine verrückte Chaosqueen«, flüstert er mir ins Ohr. Und schon ist er verschwunden.

Chaosqueen. Also bitte ... Ganz schön unverschämt, der Herr Fotokünstler! Ich marschiere wütend zum Fahrradständer und frage mich, ob ich überhaupt fahrtüchtig bin. Irgendwo habe ich einmal gelesen, man könne auch dann den Führerschein verlieren, wenn man alkoholisiert mit dem Rad unterwegs ist. Ehrlich gesagt, fühle ich mich alles andere als nüchtern. Der Cappuccino hat nur kurzfristig für einen klareren Kopf gesorgt – das Adrenalin dagegen scheint die Wirkung des Alkohols noch deutlich verstärkt zu haben.

Ich werde heute wohl keinen Führerschein verlieren, stelle ich fest, als ich vor dem leeren Fahrradständer stehe. Am Boden liegt das zerstörte Schloss. Ich lache laut auf. Der Trick hat gewirkt: Mein Rad wurde endlich geklaut. Damit habe ich nicht mehr gerechnet. Was nun? Es ist längst dunkel, aber bis zu meiner Wohnung ist es nicht allzu weit. Ich gratuliere mir dazu, mich gegen hohe Absätze entschieden zu haben, und gehe los. Ein Fußmarsch von etwa einer halben Stunde liegt vor mir. Beziehungsweise läge vor mir, wenn sich nicht gleich neben dem Kulturzentrum ein Taxistand befände. Ein Zeichen des Himmels!

»Wohin soll's denn gehen?«, fragt die Taxifahrerin, deren Kiefer in so schwindelerregendem Tempo ein Kaugummi zermalmen, als hinge ihr Leben davon ab. Mein Mund öffnet sich und nennt ihr eine Adresse. Erst als sie anhält und »Achtfuffzich« verlangt, wird mir klar, wohin ich mich habe kutschieren lassen: zu meinem Büro.

Ich steige aus und schaue dem abfahrenden Taxi hinterher. »Jetzt zeigt die Chaosqueen allen, was in ihr steckt«, murmele ich grimmig.

6. KAPITEL

Der Kurz-schlussplan

Ist das ein Kompressor, der da so dröhnt? Ich versuche, den Kopf anzuheben, doch der ist schwer wie Blei und fühlt sich an wie ein mit Püree gefüllter Luftballon. Vermutlich wird ihn in Kürze der Presslufthammer zum Platzen bringen, der sich offenbar direkt neben meinem Schädel befindet. Ob man die Höllenmaschine wohl ausschalten kann? Ich taste nach Gerät und Schalter, doch fühle lediglich Nase, Ohren und Haare. Und daneben – nichts. Jedenfalls nichts, was diesen entsetzlichen Radau verursachen könnte. Heißt das etwa, ich produziere ihn selbst? Quasi als akustische Fata Morgana? Na klasse!

Mein Mund öffnet sich und ein krächzendes Stöhnen verlässt meine ausgetrockneten Lippen, wie Xavier Naidoo es wohl voller Betroffenheit ausdrücken würde. Mir fällt ein, dass der Sohn Mannheims eigentlich Xavier *Kurt* Naidoo heißt – eine Information aus der Abteilung »nutzloses Wissen«, die mein Hirn aufsaugt wie ein Schwamm und zur Unzeit als völlig unbrauchbaren Hinweis wieder ausspuckt.

Diese Besserwisserei meines eigenen Oberstübchens geht mir zuweilen gehörig auf den Sender. Ich will am liebsten *überhaupt nicht* nachdenken – und schon gar nicht über den zweiten Vornamen von Herrn Naidoo. Ja, ich weiß. Das ist furchtbar interessant, an sich. Aber Sie haben ja auch gut reden. Ihnen geht es zur Zeit garantiert nicht so bescheiden wie mir. Immerhin sitzen – oder liegen – Sie gemütlich da und lesen.

Lesen! Allein der Gedanke daran jagt mir Schauer über den Rücken und bringt mich dazu, erneut zu stöhnen. Der Versuch, die Augen zu öffnen, scheitert grandios. Ebenso das Nachgrübeln darüber, wo ich bin und warum ich so friere. Eins ist klar: Ich liege nicht in meinem Bett! Denn das wäre wärmer und weicher. Wenn ich mich doch nur erinnern könnte … Da der Blick in die Vergangenheit nichts weiter als ein schwarzes

Loch zeigt, konzentriere ich mich auf die Gegenwart. Mein Kopf hämmert, das Denkvermögen ist eingeschränkt, ich friere wie ein Schneider und mein Gefühl in der Magengegend ist mehr als nur ein wenig flau. Die Diagnose ist eindeutig: Ich habe einen Kater.

Schon wieder funkt der nervige Besserwisser aus meinem müden Oberstübchen dazwischen und liefert ungebeten weitere Fakten, diesmal aus der Abteilung Etymologie: Wussten Sie schon, dass »Kater« aus der Studentensprache des 19. Jahrhunderts stammt und von »Katarrh« abgeleitet ist? Herzlichen Glückwunsch – auch diese Wissenslücke ist jetzt geschlossen.

Eine weitere Welle der Übelkeit und der Pein durchströmt meinen Leib. Wie gut, dass das Denken normalerweise weniger schmerzhaft ist als heute. Sonst würde ich mich freiwillig als Schafhirtin bewerben – oder gibt es einen Beruf, in dem man seine grauen Zellen noch weniger anstrengen muss? Momentan empfinde ich es sogar als lästig, mir den Kopf über völligen Unsinn zu zerbrechen.

Mit anderen Worten: Mir geht es einfach grauenvoll. Ich leide fürchterlich. Und weiß nicht einmal mehr warum. Erneut starte ich einen Versuch, die Augen zu öffnen, um mir einen Überblick über meine Situation zu verschaffen. Es gelingt mir nicht. Ich rolle mich auf die Seite und ziehe die Beine an wie ein Fötus. Mit dem Unterschied, dass ein Fötus in wohltemperierter Umgebungsmaterie schwebt und ich auf hartem Boden liege. Und zwar offenbar nicht als Einzige. Bevor mir die Augen vor Schwäche wieder zufallen, stelle ich fest, dass ich mir das Parkett mit allerlei eckigen bis spitzen Gegenständen teile. Sie fühlen sich an wie Besteck – oder Nägel. Was ... in aller Welt ...?

Ich muss wohl wieder eingeschlafen sein. Sonst könnte es kaum sein, dass ich jetzt geweckt werde. Und zwar von gefährlich klingendem Hundegebell. Und schrillen Hilfeschreien. Der Adrenalinstoß, der durch meinen Körper fährt, schenkt mir immerhin genug Energie, um mich, auf die Unterarme gestützt, halb aufzurichten und »Waschnloos?« zu nuscheln. Das Hilfegeschrei verstummt unmittelbar, ebenso das Kläffen. Habe ich geträumt?

Nein, da ist es wieder, das Gebell. Ich glaub, ich spinne: Kläfft der Köter etwa Worte?

Eindeutig: »Mensch, Vero« kann ich glasklar heraushören, wenig später auch »Schrecken eingejagt« und »Polizei rufen«.

Mit der größten Willensanstrengung, zu der ich mich jemals durchgerungen habe, reiße ich die Augen auf und sehe, dass es Charlotte ist, die da bellt. Sie starrt mich entgeistert und erleichtert zugleich an, während sie »Sorry, hat sich erledigt« in den Telefonhörer hustet. Dann legt sie auf und stemmt die Hände in die Hüften, wie es Erziehungsberechtigte gerne tun, wenn ihr Nachwuchs unglaublichen Mist gebaut hat. Und genau danach klingt sie auch, als sie sagt: »Was hast du dir dabei eigentlich gedacht?«

Keine Ahnung. Ich habe nicht den geringsten Schimmer, was ich mir gedacht habe. Vermutlich nichts. Und wobei überhaupt?

»Wurdest du überfallen? Gab es ein Erdbeben, von dem ich dank dieses Hammer-Grippemittels nichts mitbekommen habe? Oder bist du einfach nur Amok gelaufen?«, fragt Charlotte.

Ich reibe mir die Augen und stelle bestürzt fest, dass ich mich in meinem Büro befinde – und dass es sich in einem Zustand befindet, der das bisherige Chaos bei Weitem in den Schatten stellt. Es sieht nicht einfach nur unaufgeräumt aus, sondern exakt so wie von Charlotte beschrieben: wie nach einer Naturkatastrophe! Wer zum Kuckuck hat die Berge von Unterlagen von meinem Schreibtisch gefegt, sämtliche Bücher und Ordner aus den Regalen gekippt und alle fünf Schreibtischschubladen kurzerhand auf den Boden geleert? *Und woher zum Teufel kommt die leere Weinflasche?*

Aus der Froschperspektive mit Blick auf mein Büromobiliar sieht es jetzt aus wie in einem Einrichtungshaus – jungfräulich leer. Doch wenn Sie jetzt, wie ich gerade, den Blick etwas sinken lassen, kann ich für nichts garantieren ... Haben Sie sich von ihrem Schock erholt? Sagen Sie nicht, ich hätte Sie nicht gewarnt! Ein verwüstetes Büro ist nichts für schwache Nerven. Sogar mich bringt dieser Anblick einigermaßen aus dem Konzept. Nur Charlotte ist – abgesehen von ihrer zünftigen Bronchitis – wieder ganz wohlauf. Für sie ist dieses Chaos kein Zustand, sondern eine Herausforderung. Ein Projekt, sozusagen. Für mich dagegen ein wahrer Albtraum!

Wieder wird Charlotte von einem Hustenanfall geschüttelt, während ich ächzend eine relativ aufrechte Sitzposition einnehme, was überraschenderweise gelingt. Die Kopfschmerzen sind zum Glück deutlich schwächer geworden, der Presslufthammer in meinem Schädel ist einem harmlosen Summton gewichen. Zwar schwillt auch dieser zu einer Art Raketenstartgeheul an, als Charlotte meine Kaffeemaschine zum Dröhnen bringt und zwei Espresso zubereitet. Doch das ertrage ich, ohne zu murren, denn eine ordentliche Dosis Koffein ist jetzt genau das, was ich brauche. Dringend!

Eine Viertelstunde später habe ich nicht nur die Tasse zum dritten Mal geleert, sondern mir auch einen Reim darauf gemacht, was geschehen sein muss. Charlottes Frage, wie denn der Abend mit Robert gewesen sei, hat die Erinnerung zurückgebracht wie einen Bumerang. Ja, Robert und seine Bemerkung, ich sei eine Chaosqueen, war der Anfang des ganzen Unheils. Mir fällt wieder ein, dass ich ein Taxi genommen habe und statt nach Hause hierher gefahren bin – ins Büro. Und dann hat mich wohl ein unkontrollierter Tatendrang übermannt ...

»Aber warum in aller Welt hast du das getan?«, fragt Charlotte verständnislos.

»Ich wollte es allen zeigen. Robert. Und dir. Vielleicht sogar vor allem dir.«

»Du wolltest uns was zeigen – dass du innerhalb von wenigen Minuten den Chaosfaktor in deinem Büro nicht nur verdoppeln, sondern sogar verhundertfachen kannst?«

Ich seufze. Keiner versteht mich.

»Na ja. Bevor man alles neu einsortiert, muss der ganze Kram natürlich erst einmal raus aus den Regalen und Schränken und Schubladen«, erkläre ich. »Das war halt so eine spontane Idee. Ich wollte einfach mal gründlich ausmisten. Doch dann muss ich wohl eingeschlafen sein ...«

Wie kläglich das klingt. Aber es ist die reine Wahrheit!

Charlotte grinst. »Du und deine Kurzschlusspläne. So ein Riesendurcheinander anzurichten! Ich bin fast zu Tode erschrocken, als ich vorhin hier reinkam. Es sah aus wie nach einem brutalen Raubüberfall. Und du wie das tragische Meuchelmordopfer.«

Ja, wenn man's so sieht – kein Wunder, dass sie sofort zum Telefon griff, um die Polizei zu rufen. Ich hätte wahrscheinlich ähnlich reagiert, wenn ich Charlotte zusammengekauert und reglos zwischen umgekippten Zimmerpflanzen, monströsen Nachschlagewerken und gleichmäßig über den Boden verteilten Bürobedarfsartikeln aufgefunden hätte.

»Oh, sie versuchte bestimmt, ein wenig Ordnung zu schaffen«, wäre da wohl kaum mein erster Gedanke gewesen. Viel eher hätte ich in so einem Fall wohl den geordneten Rückzug angetreten, um Platz für die Spurensicherung zu machen.

Charlottes Entschluss, sofort einen Notruf abzusetzen, war also die einzig vernünftige Reaktion. Doch zum Glück konnte ich sie dabei noch rechtzeitig stoppen. Sonst hätte die Polizei ordentlich was zu lachen gehabt!

So langsam dämmert mir, wie dämlich ich mich verhalten habe. Mitten in der Nacht und in nicht eben nüchternem Zustand eine Aufräumaktion zu starten! Und das nur aus lauter Wut auf Charlotte; oder vielmehr auf die Tatsache, dass sie immer so perfekt ist. Na ja, eigentlich darauf, dass ich selbst so alles andere als das bin ...

»Ohne Prosecco wäre das nicht passiert«, behaupte ich, worüber Charlotte so sehr lachen muss, dass sie sofort wieder einen Hustenanfall bekommt.

»Mensch, Charly, du gehörst ins Bett!«, sage ich besorgt.

»Was machst du überhaupt hier? Ich glaube, du hast sogar Fieber.« Mit dem Handrücken erfühle ich die Temperatur an ihrer Stirn, so wie es Tante Amanda früher bei uns Kindern immer gemacht hat. Erhöht – würde ich wetten.

Charlotte seufzt erleichtert: »Zum Glück bist du so gelassen. Ich hatte wirklich Angst, dass du es mir übel nimmst, wenn ich mich lieber auskuriere.«

Ähm. Wieso sollte ich ihr das übel nehmen? Ich stehe auf dem Schlauch. Natürlich soll sie sich lieber auskurieren. Aber lieber als *was*? Zögernd ziehe ich meine Hand zurück. In meinem Hinterkopf schrillen Alarmglocken. Da ist etwas, woran ich denken sollte. Eigentlich. Aber was?

Bevor ich Charlotte fragen kann, wovon in aller Welt sie redet, bekommt sie einen weiteren Hustenanfall. Sie klingt wie mein erster Wagen, kurz bevor ich ihn verschrotten lassen musste. Das ist in diesem Fall natürlich keine Option. Ich reiche ihr ein Glas Wasser, das sie dankbar austrinkt, sobald sie sich beruhigt hat. Dann wischt sie sich den Mund ab und fragt mich, ob ich wenigstens schon gepackt habe.

»Ob ich ... *was* habe?«

Charlotte lässt sich erschöpft auf meinen Schreibtischstuhl plumpsen. »Du hast es vergessen, das darf doch echt nicht wahr sein!«

Ich habe keine Ahnung, wovon Charlotte da redet. Dann starrt sie mich an, als wolle sie mich hypnotisieren. Oder in ein Kaninchen verwandeln. Mit missbilligender Stimme sagt sie so langsam und überdeutlich, als sei ich ein wenig zurückgeblieben: »Heute ist Freitag, der 13. Mai. Und es ist halb elf.«

Plötzlich fällt der Groschen: die Hochzeit! Ich springe auf und rutsche dabei fast auf einem Stapel Zeitschriften aus: »Mein Zug geht in anderthalb Stunden!«

Und wie Charlotte vorhin schon sagte: Ich habe noch nicht gepackt. Verdammt! Warum habe ich das nicht gestern schon getan? Aus purem Trotz. Um mir selbst vorgaukeln zu können, ich hätte die freie Wahl, ob ich die Hochzeit besuche oder nicht. Dabei war die Entscheidung doch längst gefallen. Ariane ist zwar eine dämliche, spießige, oberflächliche Ziege, aber immerhin bin ich ihre einzige Schwester. Und zwar eine sehr neugierige.

Charlotte ist zum Glück mit dem Auto da und bietet an, mich nach Hause zu fahren.

»Hast du wenigstens eine Liste parat?«

Ich starre sie ungläubig an.

»Okay, du hast keine Liste«, stellt Charlotte trocken fest. »Dann drucke ich dir eben noch rasch meine Hochzeitswochenende-Einpack-Checkliste aus.«

Himmel! Kennen Sie einen Menschen, der alles so sorgfältig plant wie Charlotte? Sie jagt mir ein wenig Angst ein mit ihrer

Gewissenhaftigkeit. Vor allem aber bin ich froh, dass sie sofort das Heft in die Hand nimmt. Auch wenn sie mich nun doch nicht begleiten kann – Charlotte lässt mich nicht im Stich. Was für eine Freundin.

*

Wenige Minuten später sitzen wir in ihrem alten Volvo und sind auf dem Weg zu meiner Wohnung. Schalten die Ampeln wirklich aus purem Zufall alle auf Rot, sobald wir uns nähern? So langsam werde ich nervös ... Wenigstens findet Charlotte sofort einen Parkplatz vor dem Altbau, in dem ich seit einigen Jahren zu Hause bin. Es gibt Nachbarn, die seit Monaten nur noch laufen oder mit öffentlichen Verkehrsmitteln unterwegs sind, um den leidenschaftlich erkämpften Stellplatz nicht aufgeben zu müssen. Das nennt man dann Individualverkehr.

Wir stürmen die Treppen hoch – Charlotte hustend und keuchend, ich schweißüberströmt. Zum ersten Mal seit rund 16 Stunden betrete ich meine vier Wände. Dort kommandiert mich Charlotte herum wie ein Feldwebel. Ich jage durch die Wohnung, als gelte es, einen Rekord aufzustellen. Aber ich will mich nicht beklagen – ohne ihre Befehle würde ich es nie im Leben schaffen, pünktlich zum Bahnhof zu kommen. Alles, was mit muss, werfe ich aufs Bett: Wäsche, Schuhe, Make-up, Pyjama, Abendkleid, Bolerojäckchen, Notebook ... Während ich mich dann in Windeseile dusche, packt Charlotte meine Reisetasche.

Wir sitzen schon im Wagen, als mir einfällt, dass die Zugtickets noch unter der Obstschale liegen. Hektisch renne ich noch einmal nach oben, schnappe mir den Umschlag und bin eine Minute später wieder auf dem Beifahrersitz neben Charlotte. Sie rast los, überfährt sogar eine rote Ampel und wirft mich genau fünf Minuten vor Abfahrt des Zuges vor dem Eingang des Hauptbahnhofes raus. »Gute Fahrt und viel Spaß auf der Hochzeit«, krächzt sie. »Schade, dass ich nun doch nicht dabei sein kann.«

Schade? Es ist eine Katastrophe! Aber da muss ich nun durch. Wie ich gestern schon sagte: Krank ist krank.

»Danke für alles und gute Besserung«, rufe ich ihr noch zu, dann flitze ich los. Erst zum Fahrplan, um festzustellen, wo genau mein Zug abfährt, dann im Affentempo weiter zu Gleis 11. Der ICE ist bereits eingefahren. Ich galoppiere den Bahnsteig entlang, entere Wagen 8, suche hektisch meinen reservierten Platz und wuchte mein Gepäck ins Ablagefach.

Gerade als ich mich erschöpft in den Sitz sinken lasse, ertönt auch schon die An-Gleis-11-bitte-zurücktreten-Ansage im unvermeidlichen Deutsche-Bahn-Singsang und der Zug setzt sich in Bewegung. Mann, war das knapp! Doch die Freude darüber, dass ich den ICE in letzter Sekunde noch erreicht habe, verfliegt recht schnell. Vor allem bei dem Gedanken daran, dass ich die Festlichkeiten nun ohne Begleitung durchstehen muss. Und dass ich es nicht mehr geschafft habe, mir vor der Abfahrt am Bahnhofskiosk ein Getränk zu besorgen. Ob ich wohl verdurste bis Saarbrücken?

»Möchten Sie vielleicht einen Cappuccino oder einen Latte macchiato?«, fragt mich da ein freundlicher Kobold in Frack und weißem Hemd. Sofort schaue ich mich um, ob irgendwo ein Kamerateam lauert, das mich in eine Comedyfalle locken will. Aber es sieht nicht danach aus. »Wir haben auch Milchkaffee im Angebot sowie schwarzen Kaffee, Kaffee Melange und Espresso«, ergänzt der Kobold, der sich auf den zweiten Blick als Butler entpuppt. Und auf den dritten als Zugbegleiter in Uniform der deutschen Bahn. Ein zuvorkommender Zugbegleiter, der mir Kaffeespezialitäten anbietet, anstatt unfreundlich »die Fahrausweise, bitte« zu brüllen?

Plötzlich wird mir klar, dass ich in einem Wagen der ersten Klasse sitze! Wie cool ist das denn? Und ich dachte bisher immer, der Unterschied bestünde lediglich in schickeren Sitzpolstern und ein wenig mehr Beinfreiheit ... Insgeheim danke ich Ariane für das Luxusticket, das ich mir garantiert nie gegönnt hätte, und entscheide mich für einen Latte macchiato. Der Kobold-Butler serviert ihn wenig später – natürlich formvollendet und mit einer leichten Verbeugung. Ich will Kleingeld aus meiner Handtasche hervorkramen, doch er winkt lächelnd ab: »Trinken Sie ihn in aller Ruhe – kassieren kann ich auch später noch.«

Ich bin sprachlos.

Stumm genieße ich meinen Macchiato – aus einer edlen Porzellantasse übrigens, nicht aus dem üblichen Pappbecher – und beobachte dabei, wie draußen Felder, Bäume, Ortschaften und Industrieanlagen an mir vorbeirasen. Ihre geometrisch anmutende Struktur frustriert mich, denn sie erinnert mich an den verheerenden Zustand, in dem sich mein Büro neuerdings befindet. Und dass ich, sobald ich dieses Wochenende hinter mich gebracht habe, wohl nicht umhin kann, dort ernsthaft aufzuräumen. Das, was ich seit Monaten vor mir herschiebe, wird jetzt nicht länger zu vermeiden sein. Da helfen keine Ausreden und keine Schwüre, dass ich ohne inspirierendes Chaos unkreativ sei. Es wird schlicht unmöglich sein, in diesem Zustand ein Buch zu schreiben, ohne zuvor ein oder zwei Arbeitstage zu investieren, an denen Müllbeutel wohl das wichtigste Hilfsmittel sein werden ...

Ich beschließe, den Gedanken an das Unvermeidliche vorerst zu verdrängen – was sich umgehend positiv auf meine Stimmung auswirkt. Dann zahle ich den Kaffee mit ein paar Münzen, die ich in meiner Jackentasche ertaste, packe mein Notebook aus und beginne zu arbeiten. »Ideensammlung zum Stichwort ›Zeitfenster sinnvoll nutzen‹« tippe ich als Überschrift. Der Auftrag für einen Zeitschriftenartikel zu diesem Thema ist vorgestern ganz überraschend hereingekommen. Eigentlich bin ich ja mit meinem Buchprojekt völlig ausgelastet, aber das Honorar war einfach zu verlockend ... Somit habe ich nun ein Projekt zusätzlich am Hals. Na klasse. Dabei hatte ich mir doch vorgenommen, für eine Weile kürzerzutreten, um mich ganz dem Buch widmen zu können. Es lebe die Inkonsequenz!

Zeitfenster also. Tja. Mal überlegen. Vielleicht brainstormen Sie mal eben mit – das wäre furchtbar nett: Wie nutzen Sie denn Ihre Zeit besonders effektiv? Ich selbst habe meistens das Gefühl, dass ich sie sinnlos verplempere und deshalb immer erst auf den letzten Drücker fertig werde. Seit ich neulich gelesen habe, was das Parkinson'sche Gesetz ist, weiß ich auch, dass das kein privater Tick ist, sondern völlig normal: Das Parkinson'sche Gesetz besagt nämlich, dass man für alle Arbeiten genau so viel Zeit braucht, wie man hat. Gibt es viel zu tun, wird man automatisch schneller. Liegt wenig an, braucht man dafür schier unendlich lange. Wie also könnte man Zeitfenster sinnvoller nutzen? Etwa indem man sich selbst permanent in den Hintern tritt?

Ich schaue mich im Abteil um. Hier sieht es aus wie in einem mobilen Großraumbüro. Abgesehen von einer Zeitungsleserin und einem jungen Mann im Businessanzug, dem sein Mobiltelefon am Ohr angewachsen zu sein scheint, haben alle Fahrgäste ihre Notebooks ausgepackt und arbeiten konzentriert an ihren Marketingkonzepten, Excel-Tabellen, Projektplänen und – in meinem Fall – Manuskripten. Du liebe Zeit! Es fällt mir wie Schuppen von den Augen: Was wir alle hier tun, ist nichts anderes als zeitoptimiertes Aufgabenmanagement – wir nutzen die Reise zum ungestörten Arbeiten! Ohne lästige Festnetzanrufe, Faxe, E-Mails oder Meetings – die schlimmsten Zeitfresser überhaupt.

Ungefähr eine halbe Stunde lang schreibe ich wie eine Wahnsinnige alles nieder, was mir zum Thema einfällt. Über Vorausplanung, Arbeitszeittagebuch, Effizienzanalyse und so einiges mehr, was Sie wahrscheinlich nicht die Bohne interessiert. In meinen Augen jedenfalls sind diese Notizen eine prima Basis für den Artikel, den ich Ende nächster Woche abgeben muss. Nachdem ich alles noch einmal gründlich durchgelesen habe, beschließe ich, das Angedachte im Hinterkopf schmoren zu lassen. Zur Abwechslung öffne ich das aktuelle Buchkapitel, um noch einmal zu überarbeiten, was ich bisher geschrieben habe.

Haben Sie schon einmal etwas wieder und wieder lesen müssen, was aus Ihrer eigenen Feder stammt? Dann werden Sie mich sicher verstehen. Denn ich finde mein Geschreibsel von gestern einfach nur langweilig. Zum Gähnen! Und genau das tue ich jetzt auch. Wo ist nur der zugbegleitende Kobold-Butler geblieben? Ich hätte einen doppelten Espresso nötig. Aber jetzt, wo ich ihn dringend brauche, ist er sicher in den Wagen der zweiten Klasse unterwegs.

Wenn nur Charlotte da wäre! Mit ihr wird es nie langweilig. Wir könnten über die anderen Fahrgäste lästern (zum Beispiel über den Sachbearbeitertypen dort hinten mit dem dünnen Haarkranz, den er sich einseitig hat lang wachsen lassen, um die Strähne quer über den Kopf zu kämmen und damit seine glänzende Glatze zu verbergen – was kein bisschen gelingt) oder über meine Schwester und ihren bärtigen Nephrologen. Wenn der auch nur halb so langweilig ist, wie er aussieht, könnte er eine Zweitkarriere als lebendes Schlafmittel starten ...

Für einen kurzen Moment schließe ich die Augen und versuche, mir den Alltag von Doktor Schlafmütze und Sister Nervensäge vorzustellen. Wie sie darüber diskutieren, ob der Wein schon lange genug geatmet hat oder ob er früher hätte dekantiert werden müssen. Wie sie mit einem edlen Füllfederhalter gemeinsam eine Million Hochzeitsdankeskarten unterschreiben. Oder wie sie in unvorteilhaften Karohosen über den Golfplatz stolzieren, um ihrem Lieblingssport zu frönen, der da heißt: sich in einflussreichen Kreisen bewegen.

Wenn ich jemals wieder eine richtige Beziehung eingehe – und mit »richtig« meine ich: gemeinsame Wohnung, gemeinsame Lebensträume, gemeinsame Zukunftsplanung –, soll der graue Alltag einmal keine Chance haben. Gespräche darüber, wer auf dem Nachhauseweg vom Büro Brot und Aufschnitt besorgt oder wann die Familienkutsche zur Inspektion muss, sollen keinesfalls unsere Kommunikation bestimmen! Und das Fernsehprogramm schon gar nicht …

Sie ahnen es: Meine letzte ernst zu nehmende Beziehung sah exakt so aus. Es ist jetzt fünf Jahre her, dass ich sie fluchtartig verließ. Nicht wegen Gewalt in der Partnerschaft, Untreue oder ständigen Streitereien, sondern weil Thomas damals jeden Abend nach dem – immerhin gemeinsamen – Abwasch in den Keller verschwand, um an seiner Modelleisenbahn zu bauen. Ich schätze, er hätte mein Verschwinden erst nach Wochen bemerkt, wenn ich es ihm nicht in einer dramatischen Szene angekündigt hätte. Damals war ich dreißig und absolut sicher, dass die Welt ein Aquarium voller beziehungsbereiter Männer ist, von denen ich mir lediglich einen herausfischen müsse. Was für ein fataler Irrtum! Annahme eins stimmt tatsächlich: Die Welt ist voller Männer. Aber die wenigsten davon sind beziehungsbereit. Und von dieser Teilmenge sind die allerwenigsten mit einer Frau wie mir kompatibel. Entweder sind sie zu jung, wie damals dieser nette Student, der bei mir Praktikum machte und mir am letzten Tag langstielige Rosen schenkte. Ich hatte eine Tafel Kinderschokolade zum Abschied für ihn bereitgelegt. Oder sie sind zu verkorkst, so wie Bastian, der während unseres ersten (und letzten) Dates SMS-Nachrichten von seiner Mutter bekam. Sie riet ihm allen Ernstes, sich von mir zum Candlelight-Dinner einladen zu lassen, um zu testen, ob ich nur auf sein Geld aus sei. Mein Interesse an ihm erlosch schneller, als man eine Kerze ausblasen kann. Und dann gibt es noch die Typen, die an sich perfekt wären – wenn sie nicht in Neuseeland blieben wegen einer dahergelaufenen Tierärztin ...

Und jetzt habe ich also Robert an der Angel. Robert, der mich in ein Riesenrad gelockt hat. Robert, der Fallschirmspringer. Robert, dessen Augen beim Gedanken an eine Trekkingtour durch die Wüste oder einen Tauchurlaub zu leuchten beginnen – während ich meine vor lauter Schreck schließe, weil mir sofort sämtliche Gefahren und Risiken einfallen, die damit verbunden sein könnten. Können zwei so unterschiedliche Exemplare der Gattung Homo sapiens wirklich zueinanderpassen? Mein Vernunft-Ich sagt mir, dass das nicht gut gehen kann. Doch mein Gefühls-Ich ist sachlichen Argumenten gegenüber nicht aufgeschlossen, denn es hat bereits begonnen, sich in Robert Steinbrechers rehbraune Augen zu verlieben.

Der Versuch, mich wieder auf mein Manuskript zu konzentrieren, misslingt. Die Buchstaben auf dem Monitor verschwimmen vor meinen Augen. Ja, die Nacht war kurz und hart. Ich sollte mir einfach für zehn Minuten Ruhe gönnen. Autogenes Training. Das funktioniert bestimmt auch im Sitzen. Und ohne dass die Mein-rechter-Arm-ist-schwer-CD läuft. Überhaupt fühlt sich heute alles an mir schwer an, vor allem der Kopf. Trotz einer Tagesdosis Aspirin. Angeblich sollen diese

Entspannungsübungen ja auch gegen Kopfschmerzen helfen. Ich probiere es einfach aus. Mein Atem wird langsam und tief, vor dem geistigen Auge erscheint ein angenehm warmes Licht. Auf einmal höre ich Tante Amandas Stimme:

Vroni, aufwachen, du kannst doch hier im Zug nicht einfach einschlafen!

Ich schlafe nicht, ich meditiere. Großer Unterschied! Außerdem: Warum soll ich nicht einnicken dürfen? Hast du Angst, man raubt mich aus?

Papperlapapp – was soll bei dir schon Wertvolles zu holen sein? Nein, du siehst einfach unmöglich aus, wie du da hängst. So undamenhaft!

Ach – Damen pennen nie?

Jedenfalls nicht in der Öffentlichkeit. Und nie ohne Schlafbrille. Und überhaupt: Du tust es meistens mit offenem Mund. Willst du mit diesem Anblick das gesamte Abteil beglücken? Außerdem neigst du zum Schnarchen.

Tu ich nicht!

Wie du meinst.

Jetzt gehen dir wohl die Argumente aus.

Wie du meinst.

Liebe Tante, du wiederholst dich.

Und du, liebe Nichte, wirst dir noch wünschen, du hättest auf mich gehört.

Haha.

Warum nur muss ich gerade an jenen Sommer denken, in dem du aus dem Ferienlager abhauen wolltest, aber nur bis zum nächsten Eisverkäufer kamst?

Haha.

Sag Ariane liebe Grüße von mir. Und gute Reise noch. Wohin auch immer sie dich führen mag ...

7. KAPITEL

Der Umweg

Zum zweiten Mal an diesem Tag erwache ich mit steifem Nacken und Brummschädel – und darüber hinaus ohne die geringste Ahnung, wo ich mich gerade befinde. Eins ist mal wieder klar: Mein Bett fühlt sich anders an. Definitiv. Außerdem scheine ich hier nicht allein zu sein – an mein Ohr dringt leises Gemurmel. Dann lautere Stimmen, mir direkt gegenüber. Es wird in einer Fremdsprache gesprochen, die ich für Französisch halte – aber verlassen Sie sich da lieber nicht auf mein Urteil, Sprachen sind nicht eben meine Stärke. Man könnte sagen, dass alle Fremdsprachen für mich Chinesisch sind, wenn man einen Scherz machen wollte. Aber nach Scherzen ist mir nicht zumute. Als ich feststelle, dass mein Mund offen steht, schließe ich ihn rasch und ertaste verstohlen mein Kinn, um nachzuprüfen, ob ich im Schlaf gesabbert habe. Was erfreulicherweise nicht der Fall ist – immerhin ein kleiner Trost. Vorsichtig öffne ich meine Augen und blinzele durch meine Locken, die meinem Blick als Tarnung dienen.

Viele Frauen würden sich ein Loch in den Bauch freuen, wenn sie nach dem Aufwachen als Erstes das erblickten, was ich gerade sehe: ein großes, schlankes, braun gebranntes, verschmitzt lächelndes Mannsbild mit Dreitagebart und Ultrakurzhaarschnitt, etwa Ende dreißig, dessen unfassbar hellblaue Augen von zahlreichen Lachfältchen umrahmt werden. Geradezu unverschämt gut aussehend. Ja, so würden ihn wohl die meisten Frauen spontan beschreiben.

Ich dagegen sehe etwas ganz anderes: nämlich einen unrasierten, grinsenden Glatzkopf in Jeans und T-Shirt, der mich etwas zu neugierig anschaut und – was noch viel schlimmer ist – ein aufgeschlagenes Buch in Händen hält. Nicht irgendein Buch, natürlich. Sondern *Endlich Durchblick – den Erfolg im Fokus* von Vera Kroemer. Meinen aktuellen Bestseller!

Ich kann nur hoffen, dass er mich nicht erkannt hat. Wie auch? Schließlich trage ich kein Schild mit meinem Künstlernamen um den Hals. Und anhand des Autorinnenfotos hätten sogar meine besten Freunde Schwierigkeiten, mich zu identifizieren: Nachdem eine Stylistin eine Stunde lang mit Schminke, Puder, Lippenstift, Wimperntusche, Haarklammern und Spray an mir gewirkt hat, hätte ich damals im Fotostudio beinahe mein eigenes Spiegelbild gegrüßt – bevor mir klar wurde, dass diese gut aussehende Dame ohne Falten und Hautunreinheiten, dafür mit funkelnden Augen und mondäner Hochsteckfrisur niemand anders war als meine Wenigkeit.

Einer blassen, übernächtigten, verkaterten und unfrisierten Zugreisenden in gemütlichem Kapuzensweatshirt sieht die Autorin Vera Kroemer jedenfalls kein bisschen ähnlich. Ich atme auf. Völlig unmöglich, dass mein Gegenüber weiß, wen er da vor sich hat!

»Wie schön, dass Sie wach sind«, höre ich ihn sagen. »Darf ich Sie eventuell um eine Widmung bitten? Es passiert ja nicht allzu häufig, dass man der Autorin seiner Reiselektüre gegenübersitzt.« Na großartig!

»Kann ich gerne tun«, antworte ich nicht gerade begeistert, »wenn Sie mir verraten, woran Sie mich erkannt haben.«

»Na, das war ja wohl nicht allzu schwer«, entgegnet er und reicht mir Buch und Kugelschreiber, »auf dem Buchrücken ist doch Ihr Foto abgedruckt.« So weit meine Theorie zur Tarnung durch Aufbrezeln. Sie wurde soeben widerlegt.

»Was soll ich dir denn reinschreiben?«, frage ich und registriere eine Sekunde zu spät, dass ich zum Du übergegangen bin, ohne es zu wollen.

»Schreib einfach: ›Für Till‹«, duzt mich der nun nicht mehr Namenlose zurück. »Für Till« – das erscheint mir nun doch allzu dürftig für eine persönliche Widmung. Also kritzele ich: »Für Till, zur Erinnerung an eine Zufallsbegegnung im ICE nach Saarbrücken – Vera Kroemer«.

Till liest aufmerksam, was ich geschrieben habe, und erwidert stirnrunzelnd: »Und ich dachte vorhin, ich rette nur deinen Schönheitsschlaf ... Dabei habe ich dich wohl auch davor bewahrt, als Schwarzfahrerin entlarvt zu werden und nachlösen zu müssen.«

Ich starre ihn verständnislos an. »Wieso nachlösen?«

Und dann erfahre ich, was ich da vorhin im Halbschlaf für ein Gemurmel belauscht habe: Das war die Fahrkartenkontrolle. »Mein Ticket war im 2-for-1-Tarif günstiger, also darf in meiner Begleitung eine weitere Person kostenlos mitreisen. Ich hoffe, du nimmst es mir nicht übel, dass ich dich einfach als meine Mitfahrerin ausgegeben habe«, erklärt Till. Ich verstehe noch immer nur Bahnhof – wenn Sie den Kalauer verzeihen.

»Wieso Schwarzfahrerin? Ich habe doch einen gültigen Fahrausweis, wie es so schön auf Amtsdeutsch heißt.«

»Tja«, meint Till, »aber mit Amtsdeutsch kommst du hier in Frankreich nicht sonderlich weit.«

Entsetzt schaue ich aus dem Fenster. Häuser rasen an uns vorbei. »Das ist Forbach«, erklärt Till, »Forbach in Lothringen.«

Du liebe Zeit ... Ich habe tatsächlich den Halt in Saarbrücken verpennt. Was für ein unglaublicher Mist! Wie viel Unheil kann man denn als einzelne Person anrichten innerhalb von vierundzwanzig Stunden? »Ich muss beim nächsten Halt aussteigen und sofort zurückfahren«, erkläre ich entschlossen und beginne sofort, in meiner Tasche nach Geldbörse und Handy zu kramen.

»Dabei solltest du lieber eine Übernachtung einplanen – dieser Zug hält erst wieder auf dem Pariser Ostbahnhof.«

»Oh nein!«, rufe ich unglücklich aus – was sich übrigens nicht nur auf Tills Aussage bezieht. Sondern auch darauf, dass ich offenbar meine Geldbörse mit Bargeld und sämtlichen Kreditkarten in der anderen Handtasche vergessen habe. Und dass ich noch immer mein Handy vermisse. Hätte ich doch nur auf Charlotte gehört und mir so ein günstiges Prepaid-Teil gekauft!

»Aber was soll mir denn auf dem Weg nach Saarbrücken passieren?«, habe ich neulich ihren durchaus vernünftigen Vorschlag leichtfertig abgetan. Und das habe ich nun davon: Ich bin im Ausland. Ich habe kein Handy und kein Geld bei mir. Und ich bin verdammt mies gelaunt!

»Verdammt, verdammt, verdammt, verdammt«, ist demzufolge auch alles, was zu sagen mir einfällt. Und noch ein paar Mal: »Verdammt, verdammt, verdammt ...«

Doch dann unterbreche ich mich selbst: »Wow, super, da ist ja mein Personalausweis! Das ist ja ein Ding, echt super ... Wow!« Tatsächlich fahnde ich schon seit Monaten nach diesem Ausweis. Überall habe ich danach gesucht – nur nicht im Kartenfach der Laptoptasche. Und was ist da in dieser Seitentasche? Noch besser: meine kleine Notfallgeldbörse. Sie enthält Münzen im Wert von genau 4,85 Euro und einen Zehnerschein. Ich bin so gut wie reich! »Cool!«

Till lacht laut auf: »Verdammt und super liegen bei dir extrem dicht beieinander, schätze ich.«

Ich werde rot und ärgere mich über mich selbst. Natürlich noch mehr über Till. Ausgelacht zu werden gehört nicht gerade zu meinen Hobbys. Im Gegenteil – kaum etwas macht mich wütender. Doch da ich ihm gewissermaßen dankbar sein sollte, reiße ich mich zusammen und erkläre ihm meine verstrickte Lage. Angefangen mit der unerwarteten Hochzeitseinladung über das verlorene Handy bis zu der Tatsache, dass ich nun völlig mittellos unterwegs bin.

»So langsam werde ich abergläubisch«, beende ich meinen Lagebericht. »Dass heute Freitag der 13. ist, kann doch kein Zufall sein!«

»Vielleicht ist heute aber auch dein Glückstag!«, widerspricht Till. »Sei mal ehrlich: Wolltest du wirklich schon heute in Saarbrücken ankommen? Nach dem, was du eben erzählt hast, scheint mir das nämlich nicht unbedingt der Fall zu sein.«

Ich kann dem nicht widersprechen. Ebenso wenig Tills Schlussfolgerung, es sei eindeutig lustiger, den Abend in Paris zu verbringen und morgen früh mit dem ersten Zug zur Hochzeit zu fahren. »Abfahrt am Gare de l'Est ist um 9.09 Uhr – dann bist du kurz vor elf in Saarbrücken. Mehr als pünktlich«, stellt er nach einem Blick auf sein Ticket fest.

Hm, da könnte was dran sein. »Aber ...«

»Nix aber«, unterbricht Till mich grinsend, »du bist mein Gast. Keine Widerrede! Was die Übernachtung und ein bisschen Bargeld betrifft, kann ich dir gerne aushelfen. Bei Gelegenheit gibst du es mir wieder, einverstanden?«

Ich nicke – in Ermangelung einer Alternative. Es bleibt mir wohl nichts anderes übrig, als Tills Hilfe in Anspruch zu nehmen. Außerdem ist es gewiss nicht die schlechteste Idee des heutigen Tages, Ariane und ihren kleinbürgerlichen Plänen einen Strich durch die Rechnung zu machen ...

Währenddessen telefoniert Till schon mit seinem Hotel und bucht für mich ein Zimmer. Jedenfalls vermute ich das – er parliert in feinstem Französisch. Außer »*chambre deluxe*« verstehe ich kein Wort. Aber das genügt schon, um mir ein breites Grinsen aufs müde Antlitz zu zaubern: Die Aussicht auf einen Schlafplatz, der luxuriöser ist als der kalte Fußboden meines

Büros oder dieser ICE-Sitzplatz, wirkt eindeutig stimmungsaufhellend.

»Könntest du mir eventuell dein Handy leihen?«, frage ich, nachdem Till sein Telefonat beendet hat. Klar kann er. Wie war noch gleich Arianes Nummer? Wieder mache ich meinem Familiennamen alle Ehre und krame in meiner Tasche, diesmal erfolgreich. Das Adressbüchlein habe ich wenigstens dabei.

Die Vorfeier scheint bereits in vollem Gange zu sein, dem Hintergrundgeräuschpegel nach zu urteilen. Der Bräutigam meldet sich blendend gelaunt, und das mit einem lässigen »Hey, wo steckst du denn?«.

Respekt. Ich hätte dem Nephrologen so viel Schwung gar nicht zugetraut. Und vor allem: Woher weiß er, dass ich am Apparat bin? Schätzungsweise hat die eine oder andere Flasche Crémant zu dieser ausgelassenen Begrüßung beigetragen.

»Sorry, ähm, Rüdiger, ich hab den Zug verpasst. Hoffentlich hat Ariane nicht vergeblich am Bahnhof auf mich gewartet.«

Kurzes Schweigen in der Leitung.

»Veronika? Tja, Moment dann mal, ich geb ihr den Hörer weiter«, antwortet Rüdiger – mit deutlich weniger Drive und leicht verwirrt.

Ariane ist ziemlich angesäuert und hält mir einen Kurzvortrag darüber, dass sie mit ihrer Zeit Besseres anzufangen weiß, als vergebens am Bahnsteig auf ihre unzuverlässige Schwester zu warten, zumal sie immerhin die Braut ist. Dann will sie wissen, was mir überhaupt einfällt und wie blöd man denn sein kann.

»Gute Frage«, antworte ich, »ich schätze, du wirst es mir gleich mitteilen. Oder willst du mich lieber wieder ausladen?«

Im tiefsten Inneren wünsche ich, dass sie Ja sagt. Doch offenbar habe ich ihr den Wind aus den Segeln genommen.

»Ich hoffe sehr, dass du es morgen pünktlich schaffst, sonst ...«

Was sonst passiert, lässt sie offen. Ich beende das Gespräch und denke darüber nach, womit mir Ariane schon drohen kann. Sonst ... gibt's keinen Nachtisch? Sonst muss ich mit dem Nephrologen Polka tanzen? Sonst springt sie im Dreieck? Bei der Vorstellung, wie das wohl aussieht, lache ich laut auf.

Till legt mein – beziehungsweise sein – Buch zur Seite und will wissen, was gerade so lustig war. Ich sage es ihm. Er wiehert vor Lachen, als er sich ausmalt, wie die Braut im Dreieck hüpfend in die Kirche Einzug hält, statt vornehm zu schreiten – was er mit dem Zeigefinger auf dem kleinen Tisch zwischen uns demonstriert.

Es gehört schon etwas Fantasie dazu, sich mein Notebook als Altar vorzustellen und seinen Finger als hüpfende Braut, aber mir gelingt das mühelos, und schon bald habe ich vor lauter Lachen einen Schluckauf vom Feinsten. Sämtliche Tricks, die dagegen helfen sollen, versagen: Weder Luftanhalten noch Schlucken noch Erschrecken funktioniert.

»Was hast du denn zuletzt gegessen?«, fragt Till unvermittelt. Ich stutze: Ja, was war das wohl? Und wann überhaupt? Ein Mittagessen hatte ich heute nicht. Und das Frühstück ist auch ausgefallen. »Das müssten die Kanapees gewesen sein gestern bei der Vernissage«, stelle ich fest.

»Seitdem nichts mehr?« – Till kann es kaum glauben.

Es ist ein Phänomen: Bis eben hatte ich keinerlei Appetit. Aber jetzt, da Till das Thema Nahrungsaufnahme anspricht, regt sich mein Magen und gibt keine Ruhe mehr. Ich habe tatsächlich Hunger wie ein Wolf. Ach was, wie ein Bär! Kein Wunder, es ist immerhin schon halb drei am Nachmittag – seit meiner letzten Mahlzeit sind fast zwanzig Stunden vergangen.

»Immerhin ist dein Schluckauf jetzt verschwunden«, stellt Till zufrieden fest, »die Frage nach der letzten Mahlzeit ist ein Trick, der fast immer hilft.«

Dann schlägt er mir vor, zum Speisewagen zu gehen. Verlockende Idee! Doch ich will ungern mein Gepäck unbeaufsichtigt lassen – auch wenn ein potenzieller Dieb keine Chance hätte, vor uns den Zug zu verlassen. Schließlich habe ich meine wertvollsten Besitztümer dabei – das neue Kleid, die wunderbaren Schuhe und mein Notebook. Mit sämtlichen Aufzeichnungen für mein neues Buch. Ich sollte mir wirklich mal eine vernünftige Datensicherung angewöhnen. Charlotte würde toben, wenn sie erführe, dass ich das nicht schon längst so handhabe ...

»Wir servieren *naturellement* auch am Platz, Madame«, mischt sich der französische SNCF-Schaffner ein, der in Saarbrücken wohl den Job des Kobold-Butlers übernommen hat. Er sieht ein wenig aus wie Louis de Funès, wirkt allerdings weniger fahrig. Wir ordern Bandnudeln mit Lachs und dazu eine große Flasche Mineralwasser.

Eine halbe Stunde später bin ich satt, zufrieden und bester Laune. Wir genießen Espresso und Eiskonfekt zum Dessert. Ist das Leben nicht wunderbar? Ein bisschen Wasser, ein paar Kohlenhydrate und eine ordentliche Dosis Koffein machen aus einem verkorksten Tag ein spannendes Abenteuer.

Till hat recht: Eigentlich hatte ich von Anfang an keine Lust auf dieses Treffen im »engeren Kreis« am Vorabend der Hochzeit. Dass ich Arianes Einladung *überhaupt* angenommen habe, hat schon genug Überwindung gekostet ...

Ich kann es kaum fassen, dass ich stattdessen unterwegs bin nach Paris – gemeinsam mit einem Unbekannten, der nicht nur nett und hilfsbereit ist, sondern auch die Lektüre meines

Ratgebers sichtlich genießt. Ob er sein verschmitztes Lächeln vor dem Spiegel geübt hat, um Weibsbilder zu beeindrucken? Das süße Grübchen jedenfalls ist angeboren – nicht antrainiert. Doch Grübchen hin oder her: Bei mir kann er jedenfalls nicht landen. Ich bin ziemlich immun gegen Männer ohne Haare. Da können ihre Augen noch so blau und ihre Lachfältchen noch so sympathisch sein. Als brüderlicher Freund – gerne. Aber in solche Kandidaten verliebe ich mich nie. Das ist ein Naturgesetz. Hätte ich mich jemals in Thomas verliebt, wenn er statt der dunkelblonden Wuschelmähne einen Kahlkopf gehabt hätte? Oder in Alex ohne sein dichtes schwarzes Haar? Nein, Glatze geht gar nicht! Tante Amanda würde jetzt zwar widersprechen und sagen, das sei kein Naturgesetz, sondern pure Dummheit, aber sei's drum: So bin ich nun mal.

Ich schließe die Augen und male mir aus, wie mein Traummann auszusehen hat. Zuerst gelingt mir keine klare Vorstellung davon. Dann materialisiert sich ein Profil, das immer konkreter wird. Eindeutig erkenne ich Roberts rehbraune Augen, Orlando Blooms markantes Kinn und ein ansteckendes Lächeln, das sich aber dann – wie das ganze Fantasiebild – sofort wieder verflüchtigt. Äußerlichkeiten sind sowieso unwichtig, schimpfe ich mich im Stillen aus. Schließlich bin ich eine Frau, die auf innere Werte achtet – nicht nur auf Oberflächliches.

*

Und plötzlich sind wir da. Paris! Stadt der Liebe und der Bistros und der Mode und ... der undurchschaubaren Metro. Allein wäre ich hier so was von verloren! Mein Orientierungssinn ist ohnehin ziemlich verkümmert – aber bei dieser Herausforderung würde er voll versagen. Also schwinge ich meine Laptoptasche über die Schulter und schleppe meine Reisetasche – warum hab ich nur keinen Trolley genommen? – hinter Till her, der offenbar genau weiß, was zu tun ist. Nach einem kurzen Blick auf den Metroplan löst er zwei Tickets und lotst mich zu einem Bahnsteig, auf dem gerade ein Zug einfährt.

»Linie 5, die nehmen wir«, verkündet er.

Um uns herum herrscht ein geschäftiges Treiben. Ganz Paris scheint auf den Beinen und unterwegs von A nach B zu sein. Offenbar ohne den geringsten Zweifel an der Richtigkeit des eingeschlagenen Weges: Zielstrebig, wie ferngesteuert, nehmen Menschen aller Haut- und Haarfarben die Rolltreppe, lösen Tickets, steigen ein, aus und um – wobei sie selbstverständlich großstädtische Eleganz ausstrahlen, lässig die Sonnenbrillen ins Haar geschoben und einhändig eine SMS schreibend. Ich bin schwer beeindruckt, fast eingeschüchtert.

Kaum haben wir unseren Zug betreten, schließen sich die Türen und er setzt sich in Bewegung. Wir bleiben stehen. Die Sitzplätze sind komplett besetzt – außerdem wäre es kaum möglich, bis dorthin durchzudringen.

»Wer Platzangst hat, sollte wohl lieber ein Taxi nehmen«, stelle ich nüchtern fest. Eigentlich könnte ich darauf verzichten, mich festzuhalten – wir stehen hier so dicht an dicht, dass theoretisch niemand umfallen könnte.

Die Abstände zwischen den Haltestellen sind erstaunlich kurz. »Im Durchschnitt alle fünfhundert Meter«, erklärt Till, »und an der nächsten müssen wir auch schon raus.«

Wieder mischen wir uns unter die Menge. Till bahnt uns einen Weg zum gegenüberliegenden Bahnsteig, ich halte mich dicht hinter ihm. Ihn hier zu verlieren wäre selbst im Vergleich zu meinen bisherigen Missgeschicken des heutigen Tages der reinste Super-GAU.

Die Station heißt »Bastille«, lese ich. Ob danach wohl der Roman *Sturm auf die Bastille* benannt wurde? Nein, halt – das war ja gar kein Buch, sondern ein historisches Ereignis. Genau, jetzt taucht ganz deutlich das verknautschte Gesicht meiner ehemaligen Geschichtslehrerin vor meinem inneren Auge auf, wie sie verkündet: »Und damit, Kinder, nahm die Französische Revolution ihren Anfang.«

Hat das Ganze also was mit dem Nationalfeiertag zu tun? Muss wohl. Der ist bekanntlich am 4. Juli – oder nein, das verwechsele ich wohl gerade ... aber womit? Jetzt hab ich's: mit dem amerikanischen Unabhängigkeitstag. Wie in diesem Film mit Tom Hanks, *Geboren am 4. Juli*. Ich bleibe stehen: »Oder war es Tom Cruise?«

Till schaut sich ungläubig um: »Tom Cruise?« Nicht nur er hat gehört, was ich da eben laut gedacht habe. »*Quelqu'un a vu Tom Crüüüs!*«, ruft eine Frau laut und schaut sich aufgeregt um. Viele machen es ihr nach. Himmel, ich werde doch wohl hier keine Massenhysterie verursachen?

»Ich dachte nur an einen Film. Wegen des Nationalfeiertags. Du weißt schon – Sturm auf die Bastille und so«, raune ich Till zu, während direkt neben uns ein Zug der Linie 1 einfährt. Gnädigerweise übertönt er mein Gefasel.

»Was war das eben mit Tom Cruise?«, fragt Till, nachdem wir eingestiegen und losgefahren sind.

»Ach, nichts«, behaupte ich, »nur ein Missverständnis.«

Und um das Thema zu wechseln, frage ich, wohin wir überhaupt unterwegs sind. Ich erfahre, dass unser Vier-Sterne-Hotel »Les Jardins de la Villa« heißt, und verzweifele an dem Versuch, diesen Namen auszusprechen.

»Sorry, dass ich nicht das Hotel ›Notre-Dame‹ gebucht habe oder ein anderes mit unkomplizierterem Namen – aber dieses ist zufällig mein absolutes Lieblingshotel und es liegt für mich ausgesprochen günstig«, erklärt Till.

Als Ausgangspunkt *wofür* die Lage günstig ist, erfahre ich aber nicht, denn wir haben unsere Zielhaltestelle erreicht: die Station »Porte Maillot«.

»Von hier aus sind es nur noch ein paar Schritte bis zum Hotel«, verspricht Till, und tatsächlich: Wir sind da. Ich lasse mich in einen der bequemen Sessel im eleganten Foyer fallen und überlasse Till den Gang zur Rezeption. Mit meinem wiedergefundenen Personalausweis kann er sogar die lästige Anmeldeprozedur für mich übernehmen.

Unsere Zimmer liegen in derselben Etage, aber nicht direkt nebeneinander. »Was hast du jetzt vor?«, fragt Till, als wir uns vor meiner Tür verabschieden. Ich habe keine Ahnung.

»Was machst du denn?«

»Muss zu meinem Geschäftstermin – *Salon Saveurs des plaisirs gourmands*. Da trifft sich heute die ganze Branche.«

Hat er vorhin schon erzählt, in welchem Bereich er tätig ist, und ich habe es bloß überhört? Erinnern Sie sich etwa daran? Ich mag nicht zugeben, dass ich diesbezüglich auf dem Schlauch stehe, vermute aber, dass es irgendwas mit Wissenschaft zu tun hat. Bewusst frage ich also etwas vage, was denn das Thema sei.

»Na, Gastro allgemein«, antwortet er und schreibt mir seine Handynummer auf ein Stück Papier: »Ruf mich einfach später an, ich lade dich zum Abendessen ein. Einverstanden?«

»Aber gerne«, freue ich mich. Gemeinsam lecker speisen in Paris – das klingt verheißungsvoll. Auch wenn es sich selbstverständlich nicht um ein Date handelt.

Mein Zimmer ist eine Wucht! Ein Traum in Schwarz, Weiß und Rot – edle Stilmöbel gekonnt kombiniert mit modernem Luxus. Leben wie Gott in Frankreich – jetzt weiß ich auch, was es mit dieser Redewendung auf sich hat ... Fast könnte ich mir vorstellen, in einer solchen Umgebung zu konsequenter Ordnung fähig zu sein. Weil es einfach zu schade wäre, das perfekte Stillleben dieses Ambientes durch herumliegende Bücher, Socken, Briefe oder Kekse zu zerstören. Nachdem ich das Badezimmer besichtigt, das Bett als Trampolin zweckentfremdet, den Ausblick in den Garten bewundert, den Fernseher ausprobiert, die Minibar inspiziert und die Toilette benutzt habe, fahre ich mein Laptop hoch und probiere aus, ob ich Internetverbindung habe.

Ich habe. Im Posteingang ist eine neue Nachricht von Tante Amanda: »Na, ist meine Lieblingsnichte wohlbehalten in Saarbrücken angekommen?« Die Mail ist erst ein paar Minuten alt. Vielleicht ist Amanda sogar noch online? Wir werden ja sehen. Ich schreibe zurück: »Wohlbehalten angekommen schon, aber nicht in Saarbrücken ...«

Wenige Sekunden später ist die Antwort da: »Chat. Jetzt! Sonst platze ich vor Neugier!!!« Grinsend logge ich mich in unserem privaten Chatroom ein.

Q *Wo in aller Welt steckst du?*

               Im wohl nobelsten Hotelzimmer,
               das ich je betreten habe.

Q *Keine Spielchen, Vroni. Wo???*

               In der Stadt mit Europas viertältester U-Bahn.

Q *Du hast den Halt in Saarbrücken verpennt. Sag, dass das nicht wahr ist!*

               Ich hätte dich noch ein bisschen
               länger zappeln lassen sollen.

💬 *Dann hättest du mir keinen so eindeutigen Hinweis geben dürfen. Das mit der viertältesten Metro weiß doch jedes Kind! Du etwa erst seit heute?*

Ich nehme mein Zeugnisverweigerungsrecht 💬
in Anspruch. :)

💬 *Sei nicht albern ...*

Nach Albernheiten ist mir ganz und gar nicht 💬
zumute. Nach alldem, was heute schon schief-
gegangen ist ... Freitag der 13., eben.

💬 *Du BIST albern! Freitag der 13. ist ein Tag wie jeder andere. In deinem Fall sogar ein Glückstag!*

Wie kommst du darauf? 💬

💬 *Ganz einfach. Wärst du morgen erst angereist und hättest dabei den Ausstieg verpennt, kämst du definitiv zu spät zur Hochzeit. So kannst du es problemlos schaffen. Außerdem hattest du doch sowieso keine Lust auf dieses ulkige Engere-Kreis-Treffen.*

Das sagt Till auch. 💬

💬 *???*

Mein Retter in der Not – er hat mir mit Geld 💬
fürs Hotel und das Zugticket ausgeholfen.

💬 *Gut aussehend?*

Glatzkopf. 💬

💬 *Abgesehen davon also umwerfend?*

Das wüsstest du wohl gerne! 💬

💬 *Ja, das wüsste ich gerne. Und ich weiß es auch gleich. Weil du ihn mir nämlich beschreiben wirst.*

Nur, wenn du mit hundertprozentiger Treffsicher- 💬
heit errätst, wie die liebe Ariane reagiert hat, als
ich sie vorhin anrief.

💬 *Nichts leichter als das! Ich wette, sie war ziemlich angesäuert und hat in etwa Folgendes genörgelt: ›Glaubst du denn, ich weiß mit meiner Zeit nichts Besseres anzufangen, als vergebens am Bahnhof auf meine unzuverlässige Schwester zu warten? Immerhin habe ich das Haus voller Gäste und bin schließlich die BRAUT! Also ehrlich, Nicki, was fällt dir eigentlich ein? Und wie blöd kann man denn überhaupt sein? Verschlafen – lächerlich …‹*

> Okay, du hast gewonnen – eine perfekte Ariane-Parodie. Ich will gar nicht wissen, ob du auch mich so gut imitieren kannst.

Ich nehme mein Zeugnisverweigerungsrecht in Anspruch und bestehe auf sofortiger Einlösung meines Hauptgewinns! Also – wie sieht der Knabe aus?

> Hellblaue Augen. Sympathisches Lächeln. Entzückendes Grübchen. Groß und schlank. Dreitagebart. Und Glatze.

Ein Gottesgeschenk!

> In meiner Situation als Nothelfer – absolut!

Was macht er denn beruflich?

> Internist, glaube ich. Jedenfalls ist er gerade auf einem Gastroenterologen-Kongress. Irgendwas mit ›Science‹ und ›Gastro‹. Gruselig, was? Einer, der seine Mitmenschen mit Magenspiegelungen und weisen Ratschlägen zu gesunder Ernährung nervt …

Ich sag's doch: ein Gottesgeschenk. Schicker als Internist ist nur noch Pilot. Oder Thronfolger. :)

> Na ja, es gibt Schlimmeres. Aber Till ist einfach nicht mein Typ. Sag mir lieber, was ich mit dem Nachmittag anfangen kann.

Was für eine Frage. Du schaust dir Paris an! Wo liegt denn das Hotel?

Moment, auf dem Briefpapier steht die Adresse: 💬
5 Rue Belidor, 17. Palais des Congrès – Arc de
Triomphe, 75017 Paris. Ist das zentral?

💬 *Zentraler geht's kaum! Du bist in zwanzig Minuten am Louvre,*
am Eiffelturm oder am Triumphbogen – mit der Metro natürlich
noch schneller.

Metro? Um Himmels willen! Wer weiß, wo ich 💬
damit lande ... Nein, ich geh lieber zu Fuß.

💬 *Und wie verbringt Madame ihren Abend?*

Till hat mich zum Essen eingeladen. 💬

💬 *Rein freundschaftlich, natürlich, was?*

Ich nehme an, bei ihm ist es Mitleid. 💬
Und bei mir Kohldampf.

💬 *Kindskopf!*

Hab dich auch lieb, Tantchen. :) 💬

8. KAPITEL

Der Turm

Den sicheren Hafen des Hotels mit dem unaussprechlichen Namen zu verlassen, kostet durchaus etwas Überwindung. Eigentlich wäre ich vollauf damit zufrieden, in meinem *chambre deluxe* ein Nickerchen zu machen und mich anschließend ein wenig aufzuhübschen. Beim Nicht-Rendezvous mit Till wäre ich dann wunderbar ausgeruht und sähe einfach reizend aus statt übernächtigt und abgespannt. Aber erstens haben mir meine letzten ungeplanten Nickerchen nicht eben Glück gebracht und zweitens hat Tante Amanda – wie immer – vollkommen recht: Ich bin in Paris. In Paris! Das werde ich mir ja wohl nicht entgehen lassen ... Sonst halten Sie mich womöglich noch für feige.

Etwas unentschlossen stehe ich in der Hotellobby. In praktischen Schuhen, einer verwaschenen Jeans und der Aldi-Windjacke, die ich schon letztes Jahr hätte entsorgen sollen. So etwas trägt man einfach nicht an der Seine! Höchstens am norddeutschen Wattenmeer – oder an der Saar. Nun, Paris wird meinen Anblick schon verkraften. Ausländische Touristen in wenig ansehnlichem Aufzug gehören hier garantiert zum Alltag. Im Grunde tue ich den schicken Pariserinnen damit einen enormen Gefallen – dank Frauen wie mir verteidigen sie mühelos ihren Ruf als eleganteste Geschöpfe unter der Sonne und können ihrem Mitleid mit unzivilisierten Alemanninnen freien Lauf lassen.

Ich hingegen habe ganz andere Sorgen: Wie in aller Welt soll ich mich in einer Weltstadt wie Paris zurechtfinden? Mein Orientierungssinn versagt ja sogar schon in Mannheim, wo die Straßen im Zentrum durchnummeriert sind wie die Felder eines Schachbretts. Die Chance, unversehrt zu den einschlägigen Sehenswürdigkeiten zu kommen, statt mich in einem Industriegebiet, einer Arbeitersiedlung oder einem Diplomatenviertel zu verirren, ist eher gering. Wie ich mich kenne, werde ich weder Louvre noch Place de la Concorde oder Arc de Triomphe zu Gesicht kriegen, sondern verloren in den jeweiligen Parallelstraßen umherschleichen und nicht die geringste Ahnung haben, wo ich gerade bin. Was meinen Sie: Soll ich es wirklich wagen, auf eigene Faust loszuziehen?

»Möchten Sie vielleicht einen Stadtplan, Madame?«, fragt mich ein junger Mann in alberner Uniform. Ein Hotelpage. Es gibt sie also wirklich, nicht nur in Fünfzigerjahre-Filmen! Der blasse Jüngling mit unvorteilhaftem Seitenscheitel und blühenden Aknelandschaften im Gesicht widerlegt gerade das Vorurteil, Franzosen sprächen keine Fremdsprachen.

»Gerne«, erwidere ich dankbar. Yves – wie ich dem Namensschild entnehme – überreicht mir einen Plan mit der Aufschrift »Paris entdecken – exklusiv für Gäste des Hotels ›Les Jardins de la Villa‹« und deutet dabei einen Diener an. Ich bin beeindruckt und bedanke mich. Er macht noch einen Diener. In diesem Haus scheint man wirklich großen Wert auf formvollendete Manieren zu legen. Respekt! Ich frage nach unserem aktuellen Standort und er zeigt mir, dass die Lage des Hotels auf der Karte mit einem großen blauen Punkt markiert ist. Narrensicher. Als Pickel-Yves sich erneut verbeugt, wird mir klar, dass er ein Trinkgeld erwartet. Meine Güte, was bin ich doch für ein Bauerntrampel! Beschämt überreiche ich ihm einen Fünfeuroschein und ernte dafür ein strahlendes Zahnspangenlächeln.

Ein kurzer Blick auf den Stadtplan verrät mir den Weg ins Zentrum. Kinderleicht! Nun kann nichts mehr schiefgehen. Ich falte die Karte wieder zusammen und stecke sie in die Innentasche meiner Windjacke. Dann atme ich tief durch, straffe meine Schultern und marschiere los. Die Sonne scheint, Paris zeigt sich von seiner schönsten Seite, ich strotze vor Energie! Wie weggeblasen die Zweifel, die Ängste, die feige Veronika von eben. Wäre doch gelacht, wenn ich hier keinen unvergesslichen Nachmittag erleben würde!

Die Avenue, die ich entlanglaufe, ist eine der Lebensadern dieser Stadt – und ich fühle mich wie ein Blutkörperchen, das in Richtung ihres Herzens gespült wird. Ich bin, wie viele andere, Teil eines Organismus und als solcher völlig unspektakulär. Niemand beachtet mich. Niemand macht sich über meinen Mangel an Eleganz lustig. Und über meine Anwesenheit wundert sich auch keiner. Irgendetwas im Universum wollte, dass ich genau jetzt genau hier bin, würde ich denken, wenn ich Esoterikerin wäre. Was nicht der Fall ist. Stattdessen nehme ich mir vor, den verdammt besten Café au Lait dieser Stadt ausfindig zu machen.

Als ich um eine Ecke biege, entdecke ich einen kleinen, entzückend romantischen Platz voller Marktstände, Tische und Menschen: einen Flohmarkt. Ich liebe Flohmärkte über alles! Sie verleihen Menschen wie mir eine Daseinsberechtigung: Denn das, was Charlotte und ihresgleichen, ohne mit der Wimper zu zucken, in den Abfall werfen würden, ist mir so manchen Freudenschrei wert. Die Anordnung der Stände ist wunderbar chaotisch, die Auswahl der angebotenen Waren ebenso. Herrlich! Ich nehme mir viel Zeit, um alles genauestens unter die Lupe zu nehmen. Eine Tiffany-Stehlampe hat es mir angetan, doch ich will ihr und mir die gemeinsame Zugfahrt nicht antun. Vor allem kann ich auf Arianes herablassenden Kommentar verzichten, wenn ich zur Trauung bewaffnet mit einem derartigen Monstrum von Leuchtmöbel auftauche. Vor meinem inneren Auge sehe ich schon, wie sie missbilligend die Augenbrauen bis zum Haaransatz hochzieht.

Ich sollte Ariane und Rüdiger diese Lampe einfach schenken – nur um sie zu ärgern, denke ich und male mir aus, wie die beiden gute Miene zum bösen Spiel machen müssen, um Schein, Anstand und Würde zu wahren. Doch das schadenfrohe Grinsen hat keine Zeit, sich in meinem Gesicht breitzumachen. Denn mit einem Mal fällt mir ein, was ich vergessen habe: ein Geschenk! Liebe Güte, was bin ich für eine erbärmliche Schwester ...

Wie hieß es noch gleich auf der Einladungskarte? Ich versuche, mich an den Text zu erinnern: Spart das Brautpaar etwa für eine Weltreise? Bittet man womöglich um eine Spende an *Ärzte ohne Grenzen*? Oder gibt es einen Hochzeitstisch im edelsten Laden der saarländischen Hauptstadt? Ich kann mich beim besten Willen nicht entsinnen. Alles, was ich weiß, ist, dass gar kein Präsent noch schlechter ist als ein unerwünschtes.

Also auf zur Mission Hochzeitsgeschenk! Irgendwo auf diesem Markt wartet es darauf, von mir entdeckt zu werden. Ich weiß zwar noch nicht, was es ist und wie es aussieht, aber die Bedingungen stehen fest: Es muss etwas Besonderes sein, dem Anlass angemessen, dabei aber nicht zu platzraubend und vor allem nicht zu teuer. Denn meine finanzielle Situation ist bescheiden: Till hat mir hundert Euro geliehen. Siebzig Euro kann ich also maximal ausgeben – den Rest brauche ich, um meinen Leib vor dem Verdursten zu bewahren und mir nachher den Rückweg zum Hotel per Taxi leisten zu können.

Im hintersten Winkel des Flohmarktes entdecke ich einen Stand, an dem Silberkunst angeboten wird. Historisch anmutende Handspiegel, pompöse Bilderrahmen, verschnörkelte Kerzenständer. Der Verkäufer – ein verhutzeltes Männchen von etwa dreihundert Jahren, grob geschätzt – fängt sofort an, ungestüm auf mich einzureden, als er mein vages Interesse erahnt. Ich verstehe kein Wort. Doch muss man Französisch verstehen, um sich in einen wunderschönen silbernen Kerzenhalter zu verlieben? Ganz offensichtlich nicht. Ich bin bereits vollkommen vernarrt in dieses Meisterwerk menschlicher Handwerkskunst! Wenn ich dereinst heirate und Sie mir so ein edles Stück schenken, werde ich auf ewig dankbar sein – versprochen! Und jeder, der einigermaßen bei Verstand ist, wird ebenso empfinden. Selbst Ariane wird dieses Teil lieben, da bin ich sicher.

Alles, was mich noch vom perfekten Hochzeitsgeschenk trennt, ist die Frage nach dem Preis. Deshalb bemühe ich mein rudimentär vorhandenes Schulfranzösisch, das sich auf lächerlich wenige Brocken beschränkt, deute auf den Kerzenhalter und frage: »*Combien?*« Der zahnlose Mund des Alten schleudert mir strahlend die Antwort entgegen: »*Sägewerk*« sagt er – oder wenigstens so ähnlich.

Mein Gesicht muss ein einziges Fragezeichen sein. Jedenfalls ist mein Bedarf an kompetenter Unterstützung so offensichtlich, dass sich ein etwa zehnjähriges Mädchen mit Nickelbrille und Pferdeschwanz einmischt. »*Aj lörrn Inglisch at scül*«, strahlt sie mich an und präsentiert mir dabei eine Zahnlücke, die Vanessa Paradis zur Ehre gereichen würde. Es dauert ein paar Sekunden, bis mir klar wird, dass das eben kein Französisch war, sondern nur so klang. Oh, wunderbar – mein Englisch ist fast so gut wie ihres. Optimale Voraussetzungen also für eine Verständigung auf Augenhöhe!

»*How much for this candle...äh...ständer?*«, frage ich und deute auf das Objekt meiner Begierde. Das Mädchen gibt die Frage – gespickt mit unaussprechlichen Nasallauten – an den greisen Verkäufer weiter und übersetzt mir anschließend seine *Sägewerk*-Antwort: »*Cinquante-cinq – sätt minns fifty-five Öhro.*«

55 Euro also. Geht eigentlich. Oder werde ich hier gerade gewaltig übers Ohr gehauen?

»*Rrrriel silvör*«, betont meine Dolmetscherin, als ich zögere. Nach einem weiteren Redeschwall des Alten übersetzt sie mit Händen und Füßen, dass eine Gravur inklusive sei. Perfekt! Ich schreibe auf einen Zettel, was auf dem Fuß des Kerzenständers stehen soll:

Für Ariane und Rüdiger
14. Mai 2011
von Veronika

Ich will dem Mädchen fünf Euro zustecken, um mich für die Hilfe zu bedanken, aber sie wehrt ab: »*Non, non, Madame, iiit wos a bläscher tu mi*!« Doch dann lässt sie sich wenigstens auf eine Cola einladen, während der Alte mit der Gravur beschäftigt ist.

Ich erfahre, dass sie Amélie heißt und Tänzerin werden will. Die Frage, ob sie masochistisch veranlagt ist und blutende Füße einem blutigen Steak vorzieht, verkneife ich mir wohlweislich. Stattdessen nippe ich an meinem vorzüglichen Café au Lait und signalisiere Bewunderung. Dann lasse ich mir unseren Standort auf dem Hotelstadtplan zeigen und frage, welche Sehenswürdigkeit ich auf keinen Fall verpassen sollte. Ihre Antwort kommt wie aus der Pistole geschossen: »*La Tour Eiffel*!« – der Eiffelturm. Wahrzeichen der Stadt, gigantisches Bauwerk, unvergleichlicher Aussichtsplatz.

Ich nicke. Ja, der muss es sein. Kann man nach Paris reisen, ohne den Eiffelturm zu besichtigen? Eigentlich ein Unding. Das wäre ja wie nach Ägypten fahren, ohne die Pyramiden zu sehen. Oder nach Hamburg ohne einen Besuch auf der Reeperbahn: ein nicht zu entschuldigendes Versäumnis.

Ich bezahle den Kerzenständer, bedanke mich bei dem strahlenden Zahnlosen, verabschiede mich von Amélie und mache mich auf den Weg. Selbst ohne Stadtplan wäre es eine Kunst, sich jetzt zu verlaufen: Der Eiffelturm überragt die Pariser Stadthäuser mit den beeindruckenden Fassaden um Längen, man sieht ihn von überall. Wie ein Leuchtturm weist er mir den Weg vorbei an schicken Boutiquen, einladend wirkenden Bistros und kleinen Bäckereien, aus denen es herrlich nach Croissants duftet. Dem Klischeebild von Paris zuliebe müssten die Straßen nun noch bevölkert sein mit rauchenden Radfahrern, die auf dem Kopf eine schräg sitzende Baskenmütze und unter dem Arm ein Baguette tragen. Das einzige Klischee weit und breit aber scheine ich selbst zu sein: die unmöglich gekleidete Deutsche mit Plastikeinkaufstüte und Stadtplan in der Hand auf dem Weg zur Nummer eins des Touristenprogramms.

Offenbar bin ich weder die Erste noch die Einzige, die heute Nachmittag auf diese glorreiche Idee gekommen ist – sondern vielmehr die Letzte in einer langen Reihe geduldig wartender Nichteinheimischer. Vor mir in der Schlange liest sich ein junges Pärchen aus Franken gegenseitig aus einem Parisführer vor: »*Morchens frrüh und schbeeed ohmds ist die beste Zeit für an B'such aufm Aajffldurrm*«, verkündet die moppelige Rucksackträgerin mit schriller Stimme ihrem wanderbeschuhten Partner.

Na klasse! Und warum steht ihr dann gerade *jetzt* hier an und verlängert meine Wartezeit?, hätte ich am liebsten gefragt, nachdem ich ihre schwer verständliche Botschaft entschlüsselt habe. Doch da hat er ihr das Buch schon aus der Hand gerissen und liest weiter: »*Die Öffnungszaidn werrn je noch Hellichgajd un Durisdnandrang angäbassd.*«

Du liebe Zeit – der Wanderschuhmann sieht aus wie der junge Bill Gates und klingt wie der alte Lodda Matthäus! Dieses Geschwafel darf ich mir jetzt also noch eine geschätzte Dreiviertelstunde lang anhören? Herzlichen Glückwunsch, Veronika!

Doch dann geschieht etwas, was selbst das Franken-Pärchen zum Schweigen bringt: Ein Reisebus hält an und spuckt mehrere Dutzend Senioren aus. Sie alle scheinen zuvor Gast auf derselben Verkaufsveranstaltung gewesen zu sein und sich mit identischen beigefarbenen Popelinejacken, fußfreundlichen Bequemschuhen (in Weite H) und mit kleinen, handlichen Digitalkameras ausgestattet zu haben. Auf den ersten Blick sehen sie aus wie lauter Klone, auf den zweiten erkenne ich subtile Unterschiede: Bei den Herren gibt es drei Typen – den mit vollem, weißem Haar, den mit dürftigem Haarkranz und den ganz ohne Kopfhaare. Die Damen kennen die Varianten flotter Kurzhaarschnitt, distinguierter Pagenkopf und traditionelle Schäfchenlockendauerwelle. Der Haarkranz und die Schäfchenlocke dominieren die Herde, wie es scheint.

Nein, falsch gedacht: Eine schwarzhaarige Dame mit streng zurückgeschnalltem Eiskunstlauftrainerinnen-Dutt, azurblauem Trenchcoat und gelbem Regenschirm dominiert die Herde! Sie hält den aufgespannten Schirm wie eine Trophäe hoch über ihrem Kopf, obwohl der Himmel blau und weit und breit keine Regenwolke zu erblicken ist.

»Wir versammeln uns hier bitte schön vor dem Eiffelturm, dem meistbesuchten Bauwerk der Welt, dessen mehr als fünf Millionen Besucher der Stadt Paris jährlich über sechs Millionen Euro einbringen«, leiert die Schirmfrau im typischen Stadtführer-Singsang herunter. Mir bleibt aber auch nichts erspart!

Dann frage ich mich, ob das, was sie da verkündet, überhaupt stimmen kann. Hieße das nicht logischerweise, dass der Eintritt pro Person weniger als einen Euro kostet? Oder ist etwa nur die Steuer gemeint, die der private Betreiber an die Stadt zahlen muss? In dem Fall hoffe ich sehr, dass die knapp vierzig Euro, die mir noch geblieben sind, ausreichen.

Schäfchenlocke, Pagenkopf und Kurzhaarschnitt ersparen sich verwirrende Kopfrechenübungen. Beeindruckt machen sie »Ah« und »Oh«, während die Herren der Schöpfung missmutig feststellen, dass sie das gigantische Bauwerk aus der Nähe nur teilweise aufs Foto bekommen, was sie zutiefst enttäuscht. Ganz nach dem Motto: Was man nicht aufs Bild bannen und ins Album kleben kann, bedeutet verlorene Zeit. Die Schirmlady setzt ihren Vortrag fort und lässt alle Umstehenden wissen, dass der Stahlfachwerkturm nach dreijähriger Bauzeit zur Pariser Weltausstellung 1889 und damit genau einhundert Jahre nach der Französischen Revolution fertiggestellt wurde. Benannt ist er nach seinem Erbauer Gustave Eiffel, der von 1832 bis 1932 lebte. Damit war er, wie ich überrascht registriere, zum Zeitpunkt seines Todes genauso alt wie die Revolution bei Einweihung des Eiffelturmes. Zufall oder Schicksal? Auf jeden Fall hat Herr Eiffel ein gesegnetes Alter erreicht.

Ob ich es wohl bis 2075 schaffe? Nicht, wenn man mich weiterhin dermaßen mit hirnverbrannten Fakten quält wie diesen: »Inklusive der Fernsehantenne ist der Turm genau 324 Meter hoch. Die Aussichtsplattformen befinden sich auf 57 Metern, 115 Metern und 276 Metern Höhe. Bei günstigen Wetterverhältnissen beträgt die Sicht von dort oben bis zu siebzig Kilometer.«

Wo lernt man eigentlich, an sich wissenswerte Informationen dermaßen gelangweilt abzuspulen? Ob die Schirmfrau wohl eine ehemalige Mitarbeiterin der Deutschen Bahn ist? »Am Eiffelturm bitte zurücktreten, Fahrstuhltüren schließen selbsttätig, Vorsicht bei der Aussicht« – ich würde mich nicht im Geringsten wundern, das jetzt zu hören. Stattdessen folgt ein monotoner Vortrag über das Gesamtgewicht des Turms und die wechselnde Anstrichfarbe im Laufe der vergangenen

122 Jahre ... Ich überlege schon, dem unerträglichen Geleier durch einen gezielten Schlag mit dem Hochzeitskerzenhalter ein Ende zu machen, als mir unmissverständlich klargemacht wird, dass damit niemandem geholfen wäre.

»*Schau amo, Gadja, bis zur zwajdn Bladdforrm gibds au Drebbn, des is viel billicher*«, dringt es von vorn an mein Ohr. Die Franken! Der Sinn dieser Äußerung dringt schon nach wenigen Sekunden zu meinem Hirn durch: Wenn ich ebenfalls laufe, statt den Aufzug zu nehmen, spare ich jede Menge Geld – und werde gleichzeitig die Weißkopfherde mit der Gelbschirmlady los. Denn die entscheiden sich garantiert für den Lift. Genial! Wenn ich Franken-Katja wäre (wie kann man nur in einer Region, deren Dialekt weder K noch T kennt, ein Kind so nennen?!), würde ich sagen, damit sind »*zwaaj Fliechn mit ajner Glabbe g'schlaachn*«.

So ein bisschen Treppenlaufen ist für eine sportliche Frau wie mich ja wohl kein Problem! Immerhin war ich bis gestern, als mir mein Drahtesel geklaut wurde, leidenschaftliche Fahrradfahrerin – und ich werde es auch wieder sein, sobald ich mir ein schickes, modernes Mehrgang-Bike zugelegt habe. Als ich endlich an der Kasse angelangt bin, wähle ich also, ohne zu zögern, die gleiche Sparfuchsvariante wie meine beiden Vorderleute: zu Fuß bis zur zweiten Etage und von dort aus den Lift ganz nach oben.

Schon nach fünfzig Treppenstufen bereue ich meine Entscheidung. Rucksack-*Gadja* und ihr Wanderschuhträgerfreund sind längst außer Sicht, was mir zwar nicht im Geringsten leidtut, mich aber andererseits entsetzlich frustriert. Wie kommt dieses fränkische Moppelchen dazu, fitter zu sein als ich? Daran muss der Schlafmangel schuld sein! Als ich endlich auf der ersten Plattform ankomme, bin ich völlig außer Atem. Ich tue so, als interessierte mich die Videovorführung zur Geschichte des Turmes, die hier in einem kleinen Museum gezeigt wird. In Wahrheit nutze ich die Verschnaufpause lediglich, um meine Pulsfrequenz auf einen halbwegs normalen Wert zu senken. Als ich wieder Luft zum Sprechen habe, bestelle ich mir im Lokal »Altitude 95« einen Espresso und ein Wasser. Dadurch schwindet mein Bargeldvorrat zwar deutlich weiter und ich zweifele langsam daran, ob er überhaupt noch reicht für ein Taxi, aber ich habe keine Wahl: Wenn ich mich jetzt nicht stärke, brauche ich stattdessen einen Krankenwagen …

Am liebsten würde ich noch länger pausieren, doch da sammelt sich die Seniorentruppe, die per Expressfahrstuhl längst die erste Plattform erreicht hat, um die Gelbschirmlady und lauscht deren Vortrag über das berühmte Gourmetrestaurant des Eiffelturms – das luxuriöse »Jules Verne« in der zweiten Etage. Ich verschwinde hastig in Richtung Treppenaufgang und bekomme gerade noch mit, dass für die Restaurantgäste im Südpfeiler ein eigener Fahrstuhl zur Verfügung steht, dass man einen Tisch hier aber wochen-, manchmal monatelang im Voraus reservieren muss.

Ich keuche schon auf halbem Weg zur nächsten Plattform, als mir einfällt, dass ich völlig vergessen habe, den Blick von der Aussichtsgalerie zu genießen. Sei's drum – die nächste Galerie kommt bestimmt. In gefühlten zehntausend Stufen. Schäfchendauerwelle, Haarkranz und Co. sind längst da, als ich mit hochrotem Kopf dort ankomme.

Eine zutrauliche Pagenkopfdame lobt meinen Sportsgeist. Ich ziehe eine Grimasse, weil ich kein Lächeln zustande kriege, und steuere kurzentschlossen auf den Fahrstuhl zu. Wozu hier noch viel Zeit verlieren? Ganz oben ist die Aussicht sowieso am allerbesten.

Als sich die Tür des Liftes öffnet, kommt mir das Franken-Pärchen entgegen. Sie sind schon auf dem Rückweg nach unten! Wollen die beiden etwa einen Rekord aufstellen?

»*Garammba, is mir schwindlich*«, klagt der käsebleiche Wanderschuhträger.

»*Von so am hoh'n Durrm därrfst a nie direggd runderschaun!*«, belehrt Rucksack-*Gadja* ihren Begleiter.

Höre ich da einen leicht gereizten Unterton? Moppelchen wäre wohl gerne noch länger oben geblieben auf dem *Aajffldurrm*. Grinsend betrete ich den Lift. Schadenfreude hat völlig unverdient so ein schlechtes Image ...

Wenig später stehe ich auf der höchsten Aussichtsplattform des Eiffelturms. Als ich den überdachten Bereich verlasse, pfeift mir trotz des milden Frühlingswetters ein kräftiger Wind um die Ohren. Immerhin sind wir auf 276 Metern Höhe! Ich erkenne den Arc de Triomphe, die Champs Elysées und die Seine, auf der Schiffe wie Spielzeugboote entlangschleichen.

Wo wohl unser Hotel liegt? Bestimmt ist es von hier aus zu sehen. Ich ziehe den Stadtplan aus der Jackentasche, auf der die Lage des Hotels markiert ist. Okay – hier ist der Eiffelturm, dort der Gare de l'Est, hier der Triumphbogen und dort ...

»Sie betreten jetzt den höchsten für Besucher zugänglichen Teil eines Gebäudes innerhalb der EU«, ertönt hinter mir die Stimme der Gelbschirmlady. Vor Schreck zucke ich zusammen. Eine kräftige Windböe weht mir meine Haare ins Gesicht, sodass ich für einen Moment blind bin. Als ich die Locken mit beiden Händen gebändigt und in den Kragen meiner Jacke gesteckt habe, sehe ich ein paar Meter unterhalb der Plattform ein merkwürdig flatterndes Etwas. Es ist weder Vogel noch Fledermaus und schon gar kein unbekanntes Flugobjekt – vielmehr ein sehr bekanntes: mein Stadtplan!

Entsetzt schaue ich ihm hinterher. Er wird hin und her geweht, schwebt immer weiter davon und trägt die Wegbeschreibung zu meinem sicheren Hafen unerbittlich davon in Richtung Seine.

Da stehe ich nun auf der höchsten Besucherplattform der EU im Herzen von Paris – und kann mich beim besten Willen nicht daran erinnern, wie mein Hotel heißt. Ich weiß nur, dass der Name schier unaussprechlich ist! Mein Schrei des Entsetzens verkommt zu einem verzweifelten Krächzen ...

*

An den Abstieg kann ich mich kaum erinnern – allein meine zittrigen Beine sind ein Zeichen dafür, dass ich gerade im Eiltempo mehrere Hundert Treppenstufen nach unten gelaufen bin. Wobei auch die verzweifelte Situation, in der ich mich gerade befinde, genügen würde, um mir weiche Knie zu machen.

Was nun? Ich stehe vor dem Eiffelturm und habe – abgesehen von einem frisch gravierten silbernen Kerzenständer – gerade mal 17 Euro bei mir. Und nicht die geringste Ahnung, wo ich herkomme. Beziehungsweise hinwill. Selbst wenn meine Barschaft noch ausreicht für ein Taxi zum Hotel – welches Ziel sollte ich dem Fahrer nennen? Ohne den Stadtplan, auf den Name und Adresse des Hotels unübersehbar groß aufgedruckt waren, bin ich völlig orientierungslos.

Ich muss mich konzentrieren. Ich muss! Wie hieß der Laden noch gleich? Irgendwas mit Blumen. Nein, mit Bäumen. Was heißt Baum auf Französisch? Keine Ahnung. Halt: War es nicht Moulin Rouge? Oder Sacré Coeur? Notre Dame? Fleurs du Mal? Verdammt. Es hat einfach keinen Zweck ...

Vor Verzweiflung schießen mir Tränen in die Augen. *Na fein, Veronika Kramer, jetzt fängst du auch noch an zu flennen,* schimpfe ich mich in Gedanken selbst aus. Das hilft. Vor allem, wenn es Tante Amandas belustigte Stimme ist, die in meiner Fantasie zu mir spricht. Tante Amanda, die eher einen Tag hungern würde, als vor Zeugen die Beherrschung zu verlieren. Contenance ist ihr Allheilmittel in allen Lebenslagen: »Durch Heulen und Zähneklappern hat sich noch selten ein Problem von selbst in Luft aufgelöst«, pflegte sie mir immer zu sagen, als ich ein Teenie war und bei ihr aufwuchs.

Das ist zwar länger her, als ich manchmal wahrhaben will, aber ihre Erziehung wirkt noch immer nach – auch heute: Die Tränen versiegen, die Nase allerdings läuft weiter. Ich durchwühle meine Jackentaschen nach Papiertaschentüchern. Die rechte Hand findet eines, die linke nur einen Zettel. Ich schnäuze kräftig in das Taschentuch, dann werfe ich einen flüchtigen Blick auf den Zettel. Bis auf ein paar Zahlen ist er leer. Ich zerknülle ihn und werfe ihn in die Gosse. Dann packt mich mein schlechtes Gewissen. Immerhin habe ich bei der letzten Kommunalwahl Grün gewählt. Also hebe ich den Zettel wieder auf, um ihn in den nächsten Papierkorb zu werfen. Ich finde keinen. Stattdessen sagt mir meine innere Stimme, dass diese Zahlen einen zweiten Blick verdient haben. Sind es vielleicht meine Lottoglückszahlen? Nein, so sehen sie nicht aus. Eher wie eine Telefonnummer. Genauer gesagt: eine Handynummer.

Tills Nummer!

Aber natürlich! Er hat mir vorhin vor dem Hotelzimmer diesen Zettel zugesteckt und gesagt, ich solle mich später melden, damit wir uns zum Abendessen verabreden können. Eigentlich wollte ich erst anrufen, wenn ich frisch geduscht und ein wenig passender gekleidet bin. Doch derartige Eitelkeiten kann ich mir nicht leisten in meiner jetzigen Situation ...

Um die Ecke finde ich eine Telefonzelle, die noch mit Münzgeld funktioniert. Eine Rarität im modernen Europa. Till meldet sich nach dem dritten Klingeln.

»Hallo?«

»Hallo Till. Ich bin's, Veronika.«

»Oh, Veronika. Bist du schon zurück im ›Jardin de la Villa‹?«

Aaaaah. Stimmt ... So heißt das Hotel! Ich erinnere mich. Jetzt könnte ich theoretisch auflegen und eilig ein Taxi suchen, bevor mir der Name wieder entfällt. Aber das würde wohl ziemlich verschroben wirken, oder? Ich improvisiere lieber weiter:

»Nein, ich bin noch unterwegs, aber ich sterbe vor Hunger. Wann können wir uns treffen – und wo?«

»Du willst also nicht erst ins Hotel zurück, um dich ein wenig frischzumachen?«

Natürlich will ich das – was für eine alberne Frage! Aber das kann ich jetzt wohl kaum zugeben ...

»Ach was, so eitel bin ich nicht.«

Zum Glück sieht Till nicht, dass ich gerade knallrot werde – wie bei jeder Lüge. Man könnte meinen, Schneewittchen und Pinocchio seien meine direkten Vorfahren.

»Respekt – ich kenne keine Frau außer dir, die über solche Äußerlichkeiten erhaben ist. Es macht dir also nichts aus, mit Jeans und Parka in einem Sternerestaurant aufzukreuzen?«

Ins Sternerestaurant? In diesem Aufzug? Grundgütiger!

»Och, öhm, nö. Nicht das Geringste.«

»Wow. Dann packe ich den Anzug wieder weg und komme auch in Jeans und T-Shirt. Je feiner das Lokal, desto größer ist die Wahrscheinlichkeit, dass man uns in diesem Aufzug für Millionäre hält.«

Je abgewrackter, desto edler? Ich lach mich weg! Diese Gleichung gefällt mir ...

»Wir treffen uns in zwanzig Minuten vor dem Eiffelturm. Schaffst du das?«

»Bin quasi schon da!«

*

Till ist pünktlich. »Kennst du das ›Jules Verne‹?«, fragt er.

Dank der Gelbschirm-Nervensäge weiß ich bestens Bescheid: »Du meinst das Luxuslokal auf der zweiten Turmebene mit eigenem Expresslift im Südpfeiler?«

»Exakt. Das mit den unendlich langen Wartezeiten für Platzreservierungen!«

»Wow – und du hast welche?«

»Und ich habe welche!«

Hätte ich erneut die Treppen erklimmen müssen, würde ich jetzt trotz aller Neugier eine Frittenbude vorziehen. Doch mit dem Exklusivaufzug sind wir in null Komma nichts oben. Sofort nehme ich den ketzerischen Frittenbudengedanken zurück – es würde sich auch lohnen, auf allen vieren hier hinaufzukraxeln: Das Ambiente ist famos, die Aussicht unübertrefflich ... und die Unangemessenheit meines Outfits überwältigend. Ohne Till an meiner Seite, der sich in seinem Alltagsdress so selbstsicher bewegt, als trüge er einen Smoking, würde ich vor Scham im Erdboden versinken.

»Ich vertrage alles außer Rotwein«, beantworte ich Tills Frage, ob ich irgendwelche Aversionen, Allergien oder Nahrungsunverträglichkeiten habe, woraufhin er – wie ich annehme – für uns beide bestellt. Die klangvollen Worte, die aus Tills Mund perlen, motivieren den Oberkellner und seine Herren Kollegen zu betriebsamer Geschäftigkeit. Einer von ihnen eilt in Richtung Küche, um die Bestellung weiterzuleiten, ein weiterer ergänzt das schier unglaubliche Besteck-, Geschirr- und Gläsersortiment um kristallene Sektflöten, ein Dritter serviert teuer aussehenden (und noch teurer mundenden) Champagner.

Es folgen die edelsten Weine, feinstes Tafelwasser und ganze sieben Gänge eines Menüs, das alles übertrifft, was mir an Essbarem jemals zuvor untergekommen ist. Leichte Konversation und gute Laune inklusive. Till ist wirklich ausgesprochen unterhaltsam. Gemeinsam bewundern wir die grandiose Aussicht auf das inzwischen abendlich beleuchtete Paris. Selten habe ich mich in Begleitung eines Mannes so pudelwohl gefühlt. Vielleicht weil ich ihn bis heute Mittag noch nicht kannte? Oder weil zwischen uns kein amouröser Funke überspringt – höchstens wird gerade ein freundschaftliches Band locker geknüpft, das sich möglicherweise schon morgen, nach der gemeinsamen Zugfahrt, wieder für immer auflöst?

Zum Dessert serviert uns der Küchenchef persönlich zwei Espressos. Dann umarmt er Till, lässt einen Redeschwall auf ihn herabprasseln, klopft ihm mehrmals freundschaftlich auf die Schulter und verschwindet wieder in die Küche, um gleich darauf mit einem Schuhkarton in der Hand zurückzukehren. Till wirft einen Blick hinein und nickt zufrieden.

Wenn ich doch nur etwas verstünde! Meine Neugier ist kaum noch zu steigern. Woher kennt Till den Küchenchef des »Jules Verne«? Hat er die heiß begehrten Platzreservierungen durch Vitamin B ergattert? Und was in aller Welt ist in diesem Schuhkarton?

Es folgt ein weiterer näselnder Wortwechsel, von dem ich außer »*Oui*« und »*Merci*« nichts verstehe. Bevor Till den Deckel des Kartons wieder schließen kann, gelingt mir ein verstohlener Blick hinein. Es ist gar kein Schuhkarton. Jedenfalls befindet sich kein Schuhwerk darin. Sondern die Verpackung eines kunstvoll gearbeiteten Zuckerguss-Brautpaares – die Spitze einer Hochzeitstorte. Die Braut trägt eine Doris-Day-Föhnfrisur und am Ringfinger ihrer knubbeligen Hand einen auffälligen Brillantring. *Genau wie Ariane.* Ihre unberingte Hand hält die des bärtigen, hornbebrillten Bräutigams.

»Aber ... das ist ja der Nephrologe!«, rufe ich schockiert aus. Wie in aller Welt kommt der Chefkoch des »Jules Verne« dazu, aus Zuckerguss ein Abbild meiner Schwester und ihres Verlobten zu zaubern?

Till lächelt mich etwas verlegen an. Dann sagt er: »Du hast absolut recht – die Zuckerskulptur soll Ariane und Rüdiger darstellen. Und – mein Bruderherz ist tatsächlich Nierenspezialist.«

9. KAPITEL

Die Hochzeit

Die erste Erkenntnis des Tages lautet: Wer den telefonischen Weckdienst des Hotels bestellt, sollte das Telefon lieber nicht ausstöpseln, nur um zu verhindern, dass *dieser Mistkerl* anruft. Es war schon fast acht, als mich heute früh ein Klopfen an der Tür aufweckte: Till. Bestens gelaunt und frisch rasiert.

Ob ich auf dem Zimmer gefrühstückt habe, wollte er wissen. Spaßvogel! *Klar – ich bin um sechs aufgestanden und habe zwei Stunden lang an einer Out-of-bed-Frisur gestylt,* lag mir auf der Zunge, doch für ein Geplänkel war ich schlichtweg zu müde.

An Frühstück war natürlich nicht mehr zu denken – es sei denn, ich hätte mich dafür entschieden, ungeduscht auf der Hochzeit meiner Schwester aufzukreuzen. Die Zeit reichte nur noch für eins von beidem, also entschied ich mich gegen frische Croissants und für einen neuen persönlichen Rekord in Sachen Körperhygiene.

Schon zwanzig Minuten später saßen wir im Taxi zum Gare de l'Est. Till fröhlich mit dem Chauffeur plappernd, ich mit feuchten Haaren, unausgeschlafen, hungrig und noch immer stocksauer auf meinen künftigen Schwippschwager. Wie konnte er mich bloß dermaßen hinters Licht führen? War das alles ein abgekartetes Spiel oder purer Zufall? Und warum war ich so naiv, einem völlig Fremden zu vertrauen, der schließlich so fremd gar nicht ist, sondern sich als etwas weit Schlimmeres entpuppt hat: als zukünftiges Familienmitglied?

Diese Fragen beschäftigen mich übrigens seit gestern Nacht. Ich denke auch jetzt über nichts anderes nach, während ich durch das Fenster des Hochgeschwindigkeitszuges die Landschaft betrachte, die leider nicht das tut, was sie sonst zu tun pflegt – nämlich vorbeirasen. Denn, so lautet die zweite Erkenntnis des Tages: Auch wenn man gerade noch rechtzeitig den TGV in Richtung Saarbrücken erreicht, ist das noch längst keine Garantie dafür, dass man dort rechtzeitig zur Trauung eintrifft – eine Herde ausgebüxster Walliser Schwarznasenschafe kann die Bremsen zum Quietschen und den schönsten Zeitplan ins Wanken bringen ...

Nun sitzen wir also fest in unserem *Train à Grande Vitesse*. Seit einer Stunde geht gar nichts mehr. Wir sind von Schafen umzingelt, die es alles andere als eilig haben. Hätte ich auch nicht, wenn mein Leben nur aus Grasen und Glotzen bestünde. Tatsächlich besteht mein Leben zur Zeit daraus, mich zähneknirschend zu fragen, warum sich Schicksal, Tierwelt und der schienengebundene Personenfernverkehr gegen mich verschworen haben.

Till steht auf und streckt sich.

»Ich hole mir mal einen Kaffee. Möchtest du auch einen?« Eigentlich habe ich mir heute Nacht, als mich mein Zorn um den wohlverdienten Schönheitsschlaf brachte, fest vorgenommen, nie wieder ein Wort mit Till zu wechseln. Aber ein Kaffee wäre jetzt einfach traumhaft! Ich nicke also. Schweigend.

»Vielleicht auch ein Croissant dazu, wenn sie welche haben?«

»Au ja, das wäre genial«, rufe ich aus.

So viel also zum Thema »nie wieder« ...

Als Till in Richtung Bordrestaurant verschwindet, strecke ich ihm hinter seinem Rücken heimlich die Zunge raus. »Mistkerl, verlogener«, murmele ich vor mich hin. Plötzlich fühle ich mich ertappt. Aber von wem? Alle Sitze in Sichtweite sind leer. Da ist niemand, der mich beobachtet.

Doch: von draußen. Das Schaf, das mir direkt in die Augen schaut, scheint mir zuzuzwinkern. Dann schüttelt es leicht den Kopf, als wolle es sagen: »Sei nicht so streng mit ihm, Veronika. Dass er dir ein Käffchen mitbringt, ist seine Art, dir zu zeigen, wie leid ihm die Sache tut. Hat er nicht gestern Nacht zutiefst zerknirscht um Verzeihung gebeten? Außerdem – im Grunde hat er gar nicht wirklich gelogen. Nur eben ein paar Kleinigkeiten unerwähnt gelassen.«

Kleinigkeiten? Dass ich nicht lache!

»Zugegeben«, blinzelt das Schaf, »er hätte dir gleich gestehen sollen, dass Rüdiger sein Bruder ist. Aber ist es nicht unheimlich aufmerksam von ihm, dass er sich eigens auf die Begegnung mit dir vorbereitet hat, indem er eines deiner Bücher las?«

Das schon ...

»Dass du den Ausstieg in Saarbrücken verpennt hast und er dir gegenüber saß, war purer Zufall. Schließlich hättest du den Zug verlassen sollen, bevor er eingestiegen ist.«

Na gut. Wahrscheinlich war es also kein abgekartetes Spiel. Aber gelogen hat er trotzdem. Und garantiert hätte ich nicht so bedenkenlos über Rüdiger, den bärtigen Langweiler, gelästert, wenn mir ein gewisses unwichtiges Detail bekannt gewesen wäre ... Das Schaf schließt kurz die Augen. Offensichtlich entnervt von so viel Uneinsichtigkeit meinerseits. Dann wackelt es mit den Ohren und mähähähääät.

Ja, ja, du hast recht. Ich bin ja selbst nicht besser. Im Grunde belüge ich permanent diejenigen, denen ich all meinen Erfolg verdanke: die Leser meiner Bücher.

Zufrieden nickt das Schaf, zwinkert mir aufmunternd zu und wendet sich dann ab, um weiter zu grasen.

»Na, zählst du Schäfchen?«, fragt Till grinsend und überreicht mir einen Milchkaffee sowie zwei Schokocroissants.

»Nein, ich unterhalte mich mit ihnen«, antworte ich todernst. Dann überwinde ich mich dazu, sein Friedensangebot anzunehmen: »Danke – schmeckt super!«

Mit jedem Schluck Kaffee und jedem Bissen hellt sich meine Laune weiter auf. Vor allem, als wir beobachten, wie draußen ein Geländewagen angebraust kommt, aus dem ein Hutträger und drei Hütehunde springen. Sofort beginnt der Schäfer, die Hunde zu dirigieren. Mit Feuereifer machen sie sich an die Arbeit. Innerhalb weniger Minuten gelingt, was zuvor weder dem Zugpersonal noch der Polizei oder der Feuerwehr glücken wollte: Sie bringen die störrische Herde dazu, kauend, meckernd und defäkierend die Geleise zu räumen.

Endlich kann die Fahrt weitergehen! Ich bin erleichtert. Doch Till sorgt für Ernüchterung: »Wird knapp«, stellt er nach einem prüfenden Blick auf die Uhr fest, »wahrscheinlich kommen wir zu spät zur Kirche. Es sei denn, du bleibst so angezogen.«

Ganz sicher habe ich *nicht* vor, dort in verwaschenen Jeans, Turnschuhen und einem T-Shirt aufzukreuzen, das vorn die Aufschrift »Unersättlich« trägt und hinten »Füttern auf eigene Gefahr«! (Charlottes Geschenk zu meinem letzten Geburtstag ist ihre Art, sich dafür zu rächen, dass mein Stoffwechsel so viel figurfreundlicher ist als ihrer.) Eigentlich finde ich das Shirt ziemlich lustig. Nur ist es eben nicht das ideale Outfit für den heutigen Anlass.

»Ich dachte, wir schauen zuerst noch im Hotel vorbei!« Doch Till schüttelt bedauernd den Kopf: »Sorry, Veronika, aber dazu reicht die Zeit jetzt nicht mehr – wir müssen direkt vom Bahnhof zur Traukirche fahren, wenn wir pünktlich um 14 Uhr dort sein wollen.«

Na großartig! Also verpasse ich entweder die Zeremonie oder ich wohne ihr in diesem Aufzug bei. Oder aber ...

Entschlossen stehe ich auf, schnappe mir meine Reisetasche und marschiere los. »Bis gleich«, rufe ich dem verblüfften Till über die Schulter zu.

Haben Sie sich schon mal in einer Zugtoilette zurechtgemacht? Wenn Sie es vermeiden können: Tun Sie's nicht! Das

Ganze ist etwa so bequem, wie in einer Telefonzelle Handstand zu üben. Einmal betätige ich sogar aus Versehen die Toilettenspülung! Wie durch ein Wunder landen weder meine Spangenpumps im Abfluss, noch bekommt mein silberfarbener Langarm-Bolero Wasserflecken. Ich verheddere mich auch nicht in meinem Kleid und steche mir – dem Himmel sei Dank – kein Auge aus, als der Zug ruckelnd in eine Kurve einfährt, während ich gerade mit schwarzem Kajal an der Ausdrucksstärke meines Wimpernkranzes arbeite.

Kurz bevor die Lautsprecherstimme krächzend verkündet, dass wir in wenigen Minuten den Saarbrücker Hauptbahnhof erreichen, werfe ich einen letzten prüfenden Blick in den Spiegel. Das Make-up lässt mich – der Realität zum Trotz – frisch und ausgeruht erscheinen, das Kleid ist einfach traumhaft und unter Garantie das schönste Stück Textil, das in diesen vier Wänden je getragen wurde. Zum Schluss stecke ich meine Locken hoch – und fertig.

Der Weg zurück zum Platz gleicht einem Spießrutenlauf. Ich versuche, die neugierigen Blicke der Mitreisenden zu ignorieren, und schreite auf meinen eleganten Trichterabsätzen durch die Reihen, als wäre es das Normalste von der Welt, in festlicher Abendrobe zu reisen. Tatsächlich fühle ich mich etwa so overdressed, als trüge ich beim Stallausmisten ein Ballettröckchen und auf dem Kopf ein Diadem.

»Warum hat die Frau sich verkleidet?«, fragt ein kleines Mädchen seine Mutter, die es – peinlich berührt – zum Schweigen bringt: »Pssssst!«

»Weil sie eine Prinzessin ist«, antwortet eine vertraute Stimme. Till.

Ich lächele ihm dankbar zu, als er mir den Rest meines Gepäcks überreicht.

»Hier, deine Laptoptasche, Prinzessin Nic«, grinst er. »Super Kleid übrigens. Du wirst allen die Show stehlen!«

»Oh, danke für das Kompliment!«, freue ich mich.

»Kein Kompliment. Reine Tatsache«, gibt Till trocken zurück.

Sein Wagen steht ganz in der Nähe des Bahnhofs. Tröstlicherweise. Denn schon nach wenigen Metern wird mir klar, dass die Spangenpumps nicht gerade langstreckentauglich sind. Aber eine Hochzeit ist schließlich keine Wandertour. Und tanzen kann man notfalls auch barfuß.

Wie durch ein Wunder finden wir einen freien Parkplatz unweit der Kirche. Till tauscht – nur ungenügend verdeckt von der Heckklappe seines Geländewagens – sein T-Shirt gegen ein schickes hellblaues Hemd und einen Sakko von feinstem Zwirn. Dieser Anblick bleibt all denjenigen verborgen, die pünktlicher waren als wir. *Die Ärmsten!* Könnte mich die Musterung eines maskulinen Körperbaus um den Verstand bringen, wäre ich wohl für die nächste Viertelstunde zu keinem klaren Gedanken fähig. *Du liebe Zeit – da hätte weder Modelleisenbahn-Thomas noch ein anderer meiner nicht gerade zahlreichen Verflossenen mithalten können.* Zum Glück habe ich meine primitiven Instinkte so weit im Griff, dass ich zwar nicht unbeeindruckt, aber dennoch imstande bin, auf das herannahende Brautpaar hinzuweisen und Till wortgewandt zur Eile zu mahnen:

»Da. Die Kutsche. Los. Schnell!«

Immerhin schaffen wir es, kurz vor dem feierlichen Einmarsch des Brautpaares durchs Seitenportal der Kirche hineinzuschlüpfen und in der dritten Reihe Platz zu nehmen. Schon erklingen die ersten Töne eines dramatischen Orgelvorspiels. Dann haben die Hauptdarsteller der heutigen Festivität ihren Auftritt. Alle Gäste erheben sich, um so zu tun, als erwiesen sie dem Brautpaar die Ehre – während sie in Wahrheit nur ihre Neugier befriedigen: Welches Kleid trägt die Braut? Wie steht es ihr? Sieht sie schwanger aus? Wie verliebt wirkt der Bräutigam? Zeigt er Zeichen der Panik? Wie groß stehen die Chancen, dass einer von beiden die alles entscheidende Frage mit »Nein« beantwortet?

Einigermaßen erstaunt stelle ich fest, dass der Nephrologe sehr sympathisch wirkt. Unsterblich verliebt himmelt er meine aufgebrezelte Schwester durch die dicken Gläser seiner Hornbrille an. Die jedoch schafft es, ihm nicht nur huldvoll zuzulächeln, sondern mir gleichzeitig einen gefährlichen Blick zuzuwerfen, der mir einen Hinweis darauf gibt, wie wütend sie auf mich gewesen wäre, wenn ich es *nicht* pünktlich geschafft hätte.

Wie alles, was meine Schwester plant und organisiert, verläuft die Trauung perfekt – aber relativ emotionslos. Nicht einmal die Riege der älteren Tanten greift verstohlen zu ihren umhäkelten Taschentüchern, um Tränen der Rührung wegzuwischen. Glauben Sie mir: Jede einzelne Folge von *Heidi* ist ergreifender!

Die Sopranistin singt eine sehr hohe, sehr schwierige, sehr italienische Arie und tut dies mit der Inbrunst, als handele es sich um eine Nationalhymne – nicht um ein Liebeslied. Das Eheversprechen, das Ariane und Rüdiger sich gegenseitig geben, ist wunderbar formuliert, doch meine Schwester trägt es so gefühlvoll vor wie eine Kriminalbeamtin, die einen soeben verhafteten Straftäter darauf hinweist, dass alles, was er jetzt sagt, gegen ihn verwendet werden kann. Und natürlich beeindruckt das märchenhafte Kleid, das die Braut trägt – zweifellos eines der teuersten und aufwändigsten, das ich je gesehen habe. Aber Schleier, Spitze und Puffärmel lassen sie mindestens zehn

Kilo schwerer und fünf Jahre älter erscheinen, als sie tatsächlich ist. Zudem wirkt sie im Vergleich zu ihrem überdimensionalen Brautstrauß aus Rosen und Maiglöckchen (*sehr passend: giftig wie sie selbst*) noch zwergenhafter als ohnehin. Kurz gesagt: Ich bin hochzufrieden!

Die Dramaturgie der Zeremonie erreicht ihren Höhepunkt, als pünktlich zum Schlusssegen ein heftiges Gewitter über der Kirche niedergeht. Es donnert ohrenbetäubend und die bunt bemalten Kirchenfenster beeindrucken – vom Zucken der Blitze erhellt – mit einer magischen Lightshow. Sind Gewitter nicht faszinierend?

Jemand öffnet die Tür. Windböen jagen die Blumengirlanden vor dem Portal in alle Himmelsrichtungen und der Regen peitscht auf den Asphalt, als habe Petrus einen Hochdruckwasserstrahl auf uns gerichtet.

Tja – Ariane wird wohl einsehen müssen, dass auch die perfekteste Organisation nicht vor den Unwägbarkeiten des Wetters gefeit ist ... Ich bin gespannt: Bekommt sie jetzt einen Wutanfall? Oder zieht sie das Programm durch wie geplant? Ihre Miene ist versteinert, die schmalen Lippen presst sie fest aufeinander. *Ariane, die Gnadenlose.* Mich persönlich würde es nicht wundern, wenn sie auf Einhaltung des vorgesehenen Ablaufs bestünde – inklusive Reiswerfen und Baumstammsägen. Falls etwas derart Provinzielles überhaupt beabsichtigt ist.

Ebenso plötzlich, wie der Regen angefangen hat, lässt er auch wieder nach. Der bärtige Bräutigam führt zwei, drei kurze Telefonate. Dann verkündet er mit überraschend sonorer Stimme durch das priesterliche Mikrofon, der Champagnerempfang fände nun doch nicht vor der Kirche statt, sondern im Hotel. »Dort treffen wir uns alle in einer Viertelstunde wieder.«

Elegant gelöst, Herr Doktor! Obwohl ich natürlich ein bisschen enttäuscht bin: Eine Braut in Rage kriegt man nicht allzu oft zu sehen!

*

»Zum Goldenen Schlosstor« ist eine erstklassige Wahl – das sehe ich schon vom Parkplatz aus. Das Hotel-Restaurant wirkt elegant und charmant zugleich, liegt ausgesprochen idyllisch außerhalb der Stadt und begrüßt seine Besucher mit mediterranem Flair. Ich stöckele – mit vorsichtigen Schritten im Slalom den Pfützen ausweichend – durch den romantischen Innenhof auf den Eingang zu und bin ausgesprochen dankbar, dass Till mein Gepäck schleppt.

Mein Zimmer – Himmelbett und Blümchentapete – liegt in der zweiten Etage mit Fenster zu einem kleinen Teich. Im Stillen frage ich mich, warum das Hotel »Zum goldenen Schlosstor« heißt und nicht etwa »Villa am See«. Weit und breit ist kein Schloss zu sehen – und ein goldenes Tor schon gar nicht. Aber sei's drum: Hauptsache, hier gibt es einen leckeren Cappuccino!

Zuerst aber wird auf das Brautpaar angestoßen. Mit Champagner, nicht mit Kaffee. Ich reihe mich in die Schlange der Gäste ein, um dem Brautpaar zu gratulieren. Einer nach dem anderen wünscht den beiden eine lange, glückliche Ehe (*die kennen Ariane nicht!*), behaupten, die Braut sehe einfach bezaubernd aus (*was für elende Heuchler*), und überreichen dann mit Schleifen verzierte Kuverts aus kostbarem Edelpapier. Merkwürdig – ist es heutzutage üblich, den Frischvermählten Briefe zu schreiben? Erst als mir auffällt, wie unerbittlich Arianes Griff nach den Umschlägen ist und wie sorgfältig sie die Beute in ihrem weißen, kleinen Handtäschchen verstaut, wird mir klar, dass es sich hier um nichts Geringeres als pekuniäre Präsente handelt. Das mit den Spenden für einen guten Zweck auf der Einladung hat wohl niemand so ganz ernst genommen. Wenn es um Geld geht, hat Ariane noch nie Spaß verstanden. Das weiß ich, seit ich mit acht Jahren mal – im Scherz – ihre Spardose versteckt habe. Was mich dann eine Handvoll Locken kostete, die sie mir vor Wut ausriss ...

Jetzt gerade könnte ich mir selber die Haare raufen: mein Geschenk! Das liegt natürlich, sorgfältig in französisches Zeitungspapier gehüllt, im Seitenfach der Reisetasche. Seufzend gebe ich meinen inzwischen weit vorgerückten Platz in der Warteschlange auf und eile zurück in mein Zimmer. Auf der vorletzten Stufe gerate ich ins Straucheln und verliere einen meiner Spangenpumps.

»Aber es ist doch noch gar nicht Mitternacht, schöne Cinderella«, ist eine Bemerkung, die Till sich einfach nicht verkneifen kann. Er reicht mir zuerst die Hand, um mir aufzuhelfen, und überreicht mir dann den silbernen Schuh.

Dieser Mann scheint wirklich Talent darin zu besitzen, mich in peinlichen Situationen zu ertappen und dann – der kahlköpfige Ritter erlöst die holde Jungfer – daraus zu erretten.

»Wohin so eilig?«

»Hab das Hochzeitsgeschenk noch im Zimmer«, murmele ich.

»Oops, ich auch«, lacht Till und kehrt auf dem Absatz um.

»Bin wirklich mal gespannt, wie meine einzigartigen Tortenfiguren ankommen.«

Ich hätte es ihm gleich sagen können, dass Ariane keinen Spaß versteht. Vor allem, wenn sie über sich selbst lachen soll. Das ist wahrlich keine ihrer Kernkompetenzen. Darin, andere verächtlich zu machen, war sie dagegen schon im Kindergarten ganz groß. Keine besonders liebenswerte Eigenschaft. Ihr Rüdiger bringt immerhin ein halbherziges Schmunzeln zustande, als er erkennt, dass es sich bei Tills Zuckergussbrautpaar um eine Karikatur seiner selbst nebst der frisch Angetrauten handelt.

»Tja, darauf hättest du nun wirklich nicht gewettet«, sagt Rüdiger, woraufhin Till sich grinsend am kahlen Kopf kratzt. Wahrscheinlich ein brüderlicher Insider-Gag. Ariane dagegen ignoriert Tills Geschenk völlig und konzentriert sich lieber darauf, meinen silbernen Kerzenständer zu begutachten, angesichts des Zeitungspapiers ein spitzes Mündchen zu machen, die Inschrift kritisch zu beäugen und mir dann mit der Herzlichkeit einer Justizvollzugsbeamtin dafür zu danken.

Ich hatte eigentlich mit ein wenig mehr Begeisterung gerechnet. Andererseits kenne ich meine Schwester seit ihrer Geburt. Deshalb hätte mich ihr plötzlicher Konterangriff nicht wundern sollen: »Habe ich jemanden übersehen, oder ist dir dein Begleiter abhanden gekommen?« Mir ist nicht gleich klar, wovon sie redet, denn Till steht immerhin direkt neben mir. Dann begreife ich, dass sie Charlotte meint – beziehungsweise den mysteriösen Gefährten, als den ich sie angekündigt habe. Wobei die Tatsache, dass es sich um eine Frau handelt, ja eine Überraschung hätte werden sollen.

Ich gestehe, dass meine Begleitung leider krank geworden ist. Woraufhin mir Ariane einen abschätzigen Blick zuwirft, die Augenbrauen hochzieht und höhnisch schnappt: »Warum nur wundert mich das kein bisschen?«

Ziege!

Doch auch Till, vor dem mir Arianes Andeutung ausgesprochen peinlich ist (als wäre es so was von klar, dass ich mal wieder keinen abgekriegt habe), kommt nicht ungeschoren davon: »Und deine Partnerin hat sich ebenfalls aus dem Staub gemacht, wie ich höre?« Er nickt. Und Ariane bohrt weiter: »Also ist Daphne doch noch zur Besinnung gekommen. Nur schade, dass sie damit nicht warten konnte bis nach unserer Hochzeit.«

Na das ist nun wirklich hochinteressant. Wer in aller Welt ist Daphne? Und warum bringt Arianes Bemerkung Till zum Erröten?

»Aber Liebling, heute geht es nur um ein Paar – um uns beide. Nicht um die vergangenen, gegenwärtigen oder zukünftigen Beziehungen unserer Geschwister«, beruhigt Rüdiger die grantige Braut, die sich daraufhin tatsächlich eine weitere – mit Sicherheit giftige – Bemerkung verkneift.

In diesem Moment ertönt ein Gong und alle strömen in den großen Speisesaal. Nicht zum Nachmittagskaffee, wie man angesichts der Uhrzeit vielleicht vermuten könnte, sondern zum abendlichen Bankett ist gedeckt. Nun ja – wenn man sich das Durchschnittsalter der Gäste betrachtet, sind sie frühe Mahlzeiten sicher gewohnt: Frühstück um sechs, Mittagessen um elf, Abendbrot um fünf. Aber mir soll's recht sein – bei dem Kohldampf, den ich schon wieder schiebe ...

Ich unterbreche meine weiteren Recherchen in Sachen Daphne also für das mehrgängige Festmenü. Das zwar ausgezeichnet mundet, aber dieser Gaumengenuss ist bitter verdient. Mein Tischherr – ein Hals-Nasen-Ohren-Arzt mit Spitzbauch und ohne jeglichen Esprit – ist noch freudloser als befürchtet. Das Gespräch gerät schon ins Stocken, bevor es überhaupt in Fahrt kommt. Um die Peinlichkeit zu überspielen, erwähne ich sogar die chronisch trockenen Nasenschleimhäute meiner Vermieterin, doch auch dieses Thema ist schon nach wenigen Minuten erschöpft.

Nach einer trostlosen Viertelstunde reift in mir der Plan, als Nächstes ein Sachbuchkonzept zu entwickeln mit dem Titel *Rette sich, wer kann: Schreckenssituationen des sozialen Le-*

bens. Was man in so entsetzlich öden Momenten wie diesem braucht, sind echte Survival-Tipps. *So überleben Sie langweilige Familienfeste, ohne einzuschlafen, durchzudrehen oder ins Fettnäpfchen zu treten.* Wenn das kein Bestseller wird!

In Ermangelung unterhaltsamerer Alternativen wende ich mich an meine Sitznachbarin zur Linken. Dort sitzt eine schwerhörige Großtante des Bräutigams, die meine Frage, ob es denn schmeckt, mit »1928« beantwortet. Offenbar ihr Geburtsjahr. Und mir gegenüber? Turteln zwei Kollegen von Rüdiger miteinander – in einer Sprache, die ich nicht verstehe, worüber ich in diesem Fall auch heilfroh bin.

Herr, lass Abend werden!

Und es wird Abend. Der schlimmste Hunger ist gestillt – nun kommt die große Stunde der Redner. Bräutigamsvater, Trauzeugen, Freunde und Kollegen ergehen sich in wohlformulierten Grußworten. Du liebe Zeit! Unter dieser Horde von Langweilern würde Tante Amanda auffallen wie ein Trapper. Oder mindestens so wie damals bei den Elternabenden in Arianes Klasse. Die Gute hatte sich für ein katholisches Mädcheninternat entschieden und fand es mehr als peinlich, wenn die lebenslustige und alles andere als fromme Tante Amanda in aller Öffentlichkeit Meinungen vertrat, die bei den anderen Müttern pures Entsetzen auslösten. Schade, dass sie heute nicht da ist – zumindest für mich wäre der Abend gerettet. Ich unterdrücke ein Gähnen – und beschließe, dass ich einen Kaffee brauche. Dringend!

Dass ich den Saal verlasse, fällt nicht weiter auf. Auf der Suche nach der Toilette entdecke ich einen hübschen, kleinen Nebenraum – ein gemütliches Bistro. Ich lasse mich auf einen Barhocker sinken und bestelle einen Espresso.

»Zwei, bitte«, sagt Till und nimmt neben mir Platz.

»Was für eine schnarchige Veranstaltung«, stöhnt er.

»Immerhin kennst du hier mehr Leute als ich«, stelle ich fest.

»Ja, die bucklige Verwandtschaft. Na herzlichen Dank. Darauf kann ich verzichten.«

»Mit den Freunden und Kollegen der beiden sieht's auch nicht besser aus. Wäre das Essen nicht so köstlich gewesen, hätte ich die letzte Stunde nicht überstanden. Langeweile pur!«, jammere ich.

»Also dieses Golfseminar – das *müssen* Sie einfach buchen, Verehrteste, ganz großartig, und so exklusiv«, imitiert Till den affektierten Tonfall der Saarbrücker High Society.

Feixend packe ich zwei Würfel Zucker aus und rühre sie in meinen Espresso, während ich mit einer Imitation des humorbefreiten Hals-Nasen-Ohren-Fritzen kontere: »Sehen wir uns demnächst auf den Hatschi-Fidschi-Inseln beim 37. internationalen Heuschnupfen-Kongress? Sie dürfen meinen Vortrag über das Feuchtbiotop Nasenschleimhaut auf keinen Fall verpassen!«

Wann hatten Sie eigentlich Ihren letzten Lachanfall? Sehr zu empfehlen, vor allem auf tranigen Familienfeiern! Natürlich brauchen Sie einen guten Lachpartner, sonst macht es nicht halb so viel Spaß. Till erweist sich als ausgesprochen albern. Und als kompetenter Kaffeeliebhaber! Während im Saal die Torte angeschnitten wird, diskutieren wir lebhaft über Padmaschinen kontra Kapselautomaten (Pads!), traditionelles Aufbrühen kontra Vollautomaten (einstimmig: Vollautomaten!) und klassischen Filterkaffee kontra Instantkaffee (keins von beidem!). Endlich kann ich mich mit jemandem unterhalten, der beim Stichwort »Dosenmilch« ebenso die Augen verdreht wie ich.

Doch als ich ein weiteres Päckchen Würfelzucker auswickele, stutzt Till. »Wie süß trinkst du denn deinen Espresso?«

»Je nach Laune, Tagesform und Energiereserven«, erkläre ich, »aber meistens reichen zwei Teelöffel.«
»Heute anscheinend nicht.«
»Wieso? Ein Zuckerwürfel ist doch weniger als ein Teelöffel voll Zucker!«, behaupte ich, ohne es genau zu wissen.
Till wettet sofort dagegen: »Wohl kaum: Würfelzucker ist gepresst, also kompakter. Ein Würfel ist auf jeden Fall mehr als ein Teelöffel!«
»Niemals!« Inzwischen bin ich ziemlich sicher, dass ich irgendwo schon mal was darüber gelesen habe.
»Um ein Essengehen«, fordert Till mich heraus.
Ich schlage ein und stehe auf.
»Wohin?«
»Recherchieren. Bin gleich zurück«, grinse ich und mache mich auf den Weg in mein Zimmer.
Als Erstes fahre ich das Notebook hoch. Dann befreie ich meine geschundenen Füße von den wunderschönen, aber auf Dauer fürchterlich unbequemen Pumps und mache es mir auf dem Bett gemütlich. Wie erwartet finde ich die Antwort auf unsere Wettfrage schon nach wenigen Klicks – und es überrascht mich nicht sonderlich, dass ich recht behalte. Mein Gedächtnis für nutzloses Halbwissen ist ziemlich gut. Meist erinnere ich mich zwar nicht an die exakten Fakten, aber doch zumindest daran, irgendwann mal etwas über ein Thema gehört oder gelesen zu haben. Im Zweifelsfall im World Wide Web. Wie haben die Menschen nur früher recherchiert, bevor es diese gigantische Fundgrube an Informationen gab?
Aus reiner Gewohnheit schaue ich nach, ob Tante Amanda online ist. Und habe Glück:

💬 *Na, Vroni, ist das Fest schon zu Ende? Her mit den bösen Kommentaren: Wie geschmacklos ist das Brautkleid? Wie verkocht das Essen? Und wie einschläfernd der Tischherr?*

>Oh, Tante Amanda, schön dich zu lesen!!! Hier 💬 die Antworten in umgekehrter Reihenfolge: Unsäglich langweilig – kein bisschen verkocht, sondern köstlich – und das Kleid ist edel, war sicher furchtbar teuer und hätte vor etwa vierzig Jahren als topmodern gegolten. Nur leider schmeichelt es Größe und Figur der Braut kein bisschen.

💬 *Hihi. Dann stiehlst du ihr mit deinem Traum in Mint und Silber natürlich gnadenlos die Show!*

>Sagte Till vorhin auch. 💬

💬 *Till? Vorhin? Hat er dich etwa zur Hochzeit begleitet? Nachtigall, ick hör dir trapsen ...*

>Ähm. Na ja. Begleitet kann man nicht sagen. Er war 💬 sowieso eingeladen – als Bruder des Bräutigams.

💬 *Nein!*

>Doch. 💬

💬 *Wann hat er dir das gestanden?*

>Gar nicht. Ich hab's gestern Abend 💬 selbst herausgefunden.

💬 *Dieser Schlingel! ;)*

>Du meinst wohl: dieser Mistkerl!!! 💬

💬 *Das ist Definitionssache.*

>Und wovon abhängig? 💬

💬 *Zum Beispiel davon, ob er dich in eine üble Spelunke verschleppt oder elegant ausgeführt hat. Also: Wo wart ihr in Paris zum Abendessen?*

> Ich nehme an, das ›Jules Verne‹ gehört nicht gerade in die Kategorie Spelunke ...

Du machst Scherze: DAS ›Jules Verne‹???

> Genau das. Im Eiffelturm. Nette Adresse. ;)

Das, meine Liebe, ist wohl die Untertreibung des Jahres. Weißt du, wie lange im Voraus man da reservieren muss?

> Monate, ist mir klar. Aber erstens kennt Till den Küchenchef und zweitens vermute ich, dass er den Tisch mit der Wahnsinnsaussicht auch tatsächlich vor langer Zeit bestellt hat. Allerdings war damals nicht ich als Begleiterin vorgesehen, sondern – wenn mich nicht alles täuscht – eine gewisse Daphne.

Respekt – du betätigst dich wohl nebenbei als Miss Marple?

> Wer Ohren hat zu hören ...

Kluges Mädchen!

> I learned from the best.

Es folgt die nächste Lektion: sofort zurück zum Fest, bevor er sich mit einer anderen amüsiert!

> Keine Gefahr, bei dieser Gästeliste. Und außerdem, zum wiederholten Mal: Till ist nicht mein Typ!

Aber Kindchen ... Warum hast du ihn dann ›Mistkerl‹ genannt?

Was ist denn das für eine verrückte Logik? Da hat sich aber jemand gewaltig verkalkuliert! Und so lautet meine dritte Erkenntnis dieses Tages: Niemand hat immer recht – nicht einmal die klügste aller Lieblingstanten.

10. KAPITEL

Die Achillesferse

Auch wenn Tante Amanda sonst in Liebesdingen einen erstklassigen Riecher hat: Diesmal ist sie schief gewickelt. Till und ich – niemals! Klar, er bringt mich zum Lachen und ist mit Abstand der unterhaltsamste Schwippschwager, den man sich nur wünschen kann. Aber auch die beeindruckendste Bauchmuskulatur kann eine fehlende Kopfbehaarung nicht wettmachen. Sorry, so ticke ich nun mal. Wahrscheinlich ist das fürchterlich oberflächlich und politisch unkorrekt, obendrein unzeitgemäß und diskriminierend, außerdem lächerlich und ein bisschen verschroben – aber ich kann es nicht ändern: *Glatzköpfe turnen mich ab!*

Dennoch befolge ich Amandas Rat und mache mich auf den Weg zurück ins Bistro. Nicht, um Till zu betören, sondern um ihn darüber zu informieren, dass ich die Wette gewonnen habe:

»Wenn überhaupt, dann entspricht ein Zuckerwürfel einem gestrichenen Teelöffel – ein gehäufter Teelöffel Zucker dagegen ist so viel wie zwei Würfel«, erläutere ich triumphierend.

Till erweist sich als fairer Verlierer: »Glückwunsch! Ich bin beeindruckt. Recherche hast du wohl wirklich gut drauf.«

Ich puste mir eine verirrte Locke aus dem Gesicht: »Wäre auch schlimm, wenn nicht – bei meinem Job.«

»Aha – so schaffst du es wohl, als unverbesserliche Chaotin über das genaue Gegenteil zu schreiben, und das auch noch beeindruckend strukturiert und informativ.«

Puh. Das musste wohl früher oder später kommen! Dass ich den Schlamassel anziehe wie das Licht die Motten, durfte Till gestern live miterleben. Nun hält er mich todsicher für eine Hochstaplerin. Oder zumindest für eine Art Frau Doktor Jeckyll und Miss Hyde ...

Unfair, eigentlich. Es ist ja nicht so, als wäre ich der Papst und hätte eine Anleitung zum Ehebruch verfasst! Alles fing ganz harmlos damit an, dass ich einen Zeitschriftenartikel zum Thema Ordnungssysteme schrieb. Und weil der so gut ankam, häuften sich bald die Aufträge. Aus Artikeln wurden Bücher und aus der anonymen, chaotischen Journalistin eine gefragte Aufräum-Expertin. Die ihre Ratschläge selbst am wenigsten befolgt. Aber – na und? Mal angenommen, ich schriebe als Schwarzhaarige ein Buch über Blondinenwitze. Oder als Vegetarierin über Nutztierhaltung. Oder als Hausbesitzerin über Mieterschutz: Würde man sich darüber wundern? Eher nicht. Dabei funktioniert das Prinzip auch in meinem Fall nicht anders: »Recherche, Können, Routine. Damit kann man über fast jedes Thema schreiben – auch über Ordnung«, erkläre ich schulterzuckend.

Aus Erfahrung erwarte ich jedoch wenig Verständnis, sondern heftigen Widerspruch. Doch statt auf meiner Schwäche herumzureiten, wechselt Till kurzerhand das Thema:

»Lust auf einen Kaffee mit Schuss?«

Ein Vorschlag ganz nach meinem Geschmack ...

Beim nächsten Getränk lassen wir den Kaffee weg und wechseln zum Mokkalikör. Gerade als wir uns zuprosten, schaltet der Barkeeper einen kleinen Fernseher ein.

»Ich werd verrückt – der Raab und lauter Lena-Doubles singen *Satellite*«, rufe ich aus! Dass heute der *Eurovision Song Contest* stattfindet, hatte ich völlig vergessen.

»Welche ist denn die echte?«, erkundigt sich Till.

»Wahrscheinlich gar keine«, vermute ich und werde sofort von Fräuleinwunder Meyer-Landrut eines Besseren belehrt: Eine der 42 Doppelgängerinnen ist sie tatsächlich selbst.

»Wusstest du eigentlich, dass Elvis Presley mal in einem Hamburger-Restaurant an einem Elvis-Ähnlichkeitswettbewerb teilgenommen hat – und Dritter wurde?«, fragt Till.

Nein, wusste ich nicht. Aber ich zücke sofort ein kleines Notizbüchlein und notiere diese weltbewegende Information. »Nur für den Fall, dass ich mal was über Promis schreibe«, erkläre ich.

Wir ordern zwei weitere Gläschen Likör und dazu jeweils einen Cappuccino. »Mit Schokopuder auf dem Milchschaum oder mit Zimtzuckerherz?«, will der Barkeeper wissen.

»Zimtzuckerherz«, antworten wir beide wie aus der Pistole geschossen.

»Zimt ist gut fürs Gemüt«, sage ich.

»Zimtzuckerherz ist einfach ein großartiges Wort«, findet er und fängt zum Beweis gleich an zu singen: »Zimtzuckerherz, oh mein Zimtzuckerherz ... Darüber sollte der Raab mal ein Lied für den *Grand Prix* schreiben!«

»*And finally our twelve points go to Germany for the wonderful song: ›Du bist das Zimtzuckerherz auf meinem Cappuccinoschaum‹!*«, verkünde ich mit übertrieben pseudobritischem Akzent, so als hätte ich gerade die Votings des Vereinigten Königreichs bekannt gegeben.

»Du machst dich lustig über mich!«, beklagt sich Till.

»Aber nein – der Zimtzuckersong wird garantiert gewinnen«, lache ich, »für Stefan Raab ein Klacks – wer mit *Maschen-Draht-Zaun* einen Hit landet, der kann alles vergolden.« Und auf die Melodie dieses legendären Trash-Countrysongs stimme ich an: »*Zimtzuckerherz in the morning, Zimtzuckerherz late at night, Zimtzuckerherz in the evening, Zimtzuckerherz makes me feel alright ...*«

»Musik machen, das kann er, der Raab«, gibt Till zu, »und verrückte Ideen zu Geld machen auch. Aber Marlène Charell war eleganter damals.«

Wer in aller Welt ist Marlène Charell? Bei dem Namen klingelt es in meinem Hinterkopf: Nur – in welchem Zusammenhang er mir begegnet ist, will mir partout nicht einfallen. Kennt man sie als Schlagersängerin? Als Serienfigur aus der *Lindenstraße*? Oder vielleicht als Stargeigerin? Ich stehe vollkommen auf dem Schlauch. Dabei hatte ich erst einen Sekt, einen Kaffee mit Schuss und zwei mickrige Likör.

Till kann nicht glauben, dass ich mich nicht entsinne – an den *Grand Prix Eurovision de la Chanson* 1983 in München: »Marlène Charell hat damals moderiert – und als Pausenfüller sogar getanzt! Du erinnerst dich bestimmt: Die Inkarnation der Barbie-Puppe mit blonder Mähne fast bis zum Po, unfassbar langen Beinen und einem Lächeln wie aufgemalt.«

»Sag mal, wie alt bist du eigentlich?«, wundere ich mich, »1983 war ich gerade mal acht.«

»Ich auch. Jahrgang 1975. Wann war denn dein erster *Grand Prix*?«

Ich überlege. Zahlen sind nicht meine Stärke – schon gar keine Jahreszahlen. In Geschichte war ich eine Katastrophe. Ich behalte eher Namen und Titel als Daten und Fakten: »Keine Ahnung, in welchem Jahr das war – aber gewonnen hat damals Luxemburg mit einem dramatischen Lied auf Französisch. Und der deutsche Beitrag hieß *Vorsicht* – nein, halt: *Rücksicht*.«

Till schlägt mit der flachen Hand auf die Theke: »Bingo! Das war 1983. Du *musst* dich an Marlène Charell erinnern!«

Moooooooment – ich muss gar nichts. An eine Barbie-Moderatorin mit endlos langen Beinen entsinne ich mich nun wirklich nicht. Aber an eine, die sämtliche Ansagen mehrsprachig machte: »Der Komponist – the composer – le compositeur ...«

»Ja! Jetzt ist es dir also doch eingefallen!« Till tut so, als hätte ich die ganze Zeit auf der Leitung gestanden. Dabei hätte er mir die Dame nur *richtig* beschreiben müssen. Was interessieren mich Frauenbeine! Das absurde mehrsprachige Gestammel dagegen ist mir auf ewig im Gedächtnis geblieben.

Wir feiern die Klärung dieser Frage mit einem weiteren Mokkalikör und schließen eine weitere Wette ab – über das mutmaßliche Abschneiden von Lena. Till prophezeit, dass ihr Elektropopsong *Taken by a Stranger* auf dem letzten Platz landet – ich dagegen setze voll auf Sieg.

»Um einen Zimtzuckerherzstreuer«, schlage ich vor. Till ist einverstanden.

*

Zweieinhalb Stunden und jeweils acht Mokkalikör später zeichnet sich ab, dass wir nicht nur beide unrecht haben – Lena landet auf Platz zehn –, sondern auch gehörig einen sitzen. In diesem Zustand zu tanzen ist nicht unbedingt empfehlenswert. Aber wir kommen nicht drum herum, denn Ariane ertappt uns: »Hier im Bistro versteckt ihr euch also die ganze Zeit! Vielleicht wäre der Herr Schwager so gnädig, mit der Braut zu tanzen?«

Das ist ein Befehl, ganz zweifellos. Till trottet ihr folgsam hinterher: »Jawollja, gnädig mit der Braut tanzen, gerne, wenn die Braut büddebüddebüdde auch ganz gnädig mit dem Schwager ist ...«

Mir ergeht es auch nicht viel besser: Mit einem galanten Diener fordert mich Rüdigers Patenonkel, dem er offenbar seinen Taufnamen verdankt, zum Wiener Walzer auf. »Kannst mich Onkel Rüdi nennen«, keucht er mir zwischen zwei flotten Drehungen zu, die mir Schwindel verursachen. Vermutlich wirkt der Likör dabei als Katalysator. Dann fragt Rüdi, ob ich Ärztin oder Krankenschwester sei. Als kämen weitere Möglichkeiten sowieso nicht infrage. Ich verzichte auf eine Klärung der Berufsfrage und teile ihm stattdessen mit, dass ich die Brautschwester bin. Sofort erkennt Rüdi die Familienähnlichkeit, die mir bisher verborgen geblieben ist – immerhin bin ich groß, schmal, blass und schwarzhaarig, während meine solariumgebräunte kleine Schwester aussieht wie eine Mischung aus Doris Day und einem Troll.

»Stimmt, das sagen die Leute immer wieder«, gebe ich Onkel Rüdi dennoch recht, um ihn nicht zu weiteren Äußerungen zu ermuntern und mir seinen Knoblauch-Kukident-Atem zu ersparen. Dann stelle ich mit riesengroßer Erleichterung fest, dass der Alleinunterhalter gerade die Schlussakkorde von *Delilah* spielt. *Ich habe es überstanden.*

Doch der Versuch, mich unauffällig aus dem Staub zu machen, misslingt. Zu den ersten Tönen von *Ein bisschen Spaß muss sein* übernimmt der Trauzeuge – ein souveräner Tänzer, dem es herzlich wenig auszumachen scheint, dass ich fast aus den Latschen – beziehungsweise den Silberpumps – kippe. Tanzen ist ganz eindeutig Hochleistungssport! Vor allem mit alkoholischem Dopinghintergrund.

Eine Polka, einen Cha-Cha-Cha und einen Tango später bin ich mit meinen Kräften am Ende. Mein aktueller Tanzpartner – Rüdigers Doktorvater, natürlich ebenfalls Nephrologe – hat ein Einsehen und tut so, als brauche auch er eine Pause. Dass er zu *Aber bitte mit Sahne* bereits wieder mit der 1928 geborenen Großtante eine heiße Sohle aufs Parkett legt, übersehe ich geflissentlich. Es wäre ihm sonst vielleicht peinlich.

Mir dagegen ist nichts peinlich. Vom Liedtext inspiriert fällt mir ein, dass ich die Hochzeitstorte noch nicht probiert habe. Deshalb schnappe ich mir kurzerhand einen Goldrandteller und belade ihn mit einem gigantischen Stück dieses großartigen Meisterstücks saarländischen Konditoreihandwerks.

Hmmmmmmm ... Schmeckt wunderbar nach Schoko, Pistazie, Sahne und Marzipan. Göttlich!

»Offenbar gehörst du nicht zu den Frauen, die Angst um ihre schlanke Linie haben«, kommentiert Till, dem vom Tanzen ebenfalls die Schweißperlen auf der Stirn stehen.

»Angst? Habe ich vor ganz anderen Dingen«, seufze ich – teils vor Genuss, teils schaudernd an meine schlimmsten Albträume erinnert. Torten und Kalorien gehören definitiv nicht dazu.

Till will nicht glauben, dass mir überhaupt vor irgendetwas bange ist. Hat der eine Ahnung! Ich fürchte mich vor Gewittern, vor Schlangen und Spinnen, Erdbeben und Vulkanen, Flugzeugabstürzen und Flutkatastrophen, Unterzuckerung und Dehydrierung – und natürlich vor *der großen Enttarnung*. Noch nie habe ich mit jemandem darüber gesprochen – abgesehen natürlich von Charlotte. Und ich habe auch jetzt nicht vor, daran etwas zu ändern. Es sei denn, Till legt vor mit einem Geständnis.

»Erst verrätst du mir deine Achillesferse«, fordere ich ihn auf: »Was ist deine größte Angst?«

Betreten senkt Till den Kopf. »Ach, Nic – ist das nicht offensichtlich?«

Nic – so hat mich noch niemand genannt. Gefällt mir eindeutig besser als Vroni! Aber was meint er mit »offensichtlich«?

»Schau mich doch an! Nicht übel, dieser Typ, denkst du vielleicht, aber so ganz ohne Haare ...« *Ooops. Ich bin restlos durchschaut.* Hoffentlich sieht er im Halbdunkel nicht, wie ich erröte.

»Mein größter Albtraum ist, dass ich eines Tages meiner absoluten Traumfrau begegne – und sie mich abblitzen lässt, nur weil sie Glatzen nicht ausstehen kann.«

»Na das könnte ich aber gut verstehen«, plappere ich spontan und könnte mir sofort auf die Zunge beißen. *Da bin ich wohl mal wieder mit Anlauf und beiden Füßen ins Fettnäpfchen gesprungen!* Sofort versuche ich, den Schaden zu begrenzen: »Ich meine, ähm, dass ich dich gut verstehen kann. Denn solche oberflächlichen Frauen soll's ja geben, ich meine vereinzelt. Ja, nur ganz vereinzelt. Da hast du Glück. Im Vergleich zu mir.«

»Wieso? Was kann schon schlimmer sein, als von einer Angebeteten zurückgewiesen zu werden?«

»Natürlich enttarnt zu werden«, sprudelt es aus mir heraus. *Mein großes Geheimnis.* Das ich jahrelang gehütet habe wie meinen Augapfel. Aber dass Veronika Kramer alles andere ist als ein Musterbeispiel für das, was die Erfolgsautorin Vera Kroemer predigt, hat Till ja sowieso schon längst herausgefunden.

Jetzt allerdings steht er auf dem Schlauch: »Enttarnt? Inwiefern?«

»Na ist doch klar: Wenn bekannt wird, dass ich in Wahrheit eine unpünktliche, unstrukturierte und unordentliche Vollblutchaotin bin, werde ich nicht nur meinen Verlagsvertrag verlieren, sondern auch meine treuen Leser und mein Einkommen. Einfach alles. Ein echter Super-GAU!« Allein der Gedanke daran lässt mich fast hyperventilieren.

»Keine Sorge, ich werde dich nicht verpetzen«, winkt Till lässig ab. Als ob mein berufliches Schicksal unwichtiger wäre als seine nicht vorhandene Haarpracht!

Etwas angesäuert marschiere ich zum Buffet und belade meinen Teller mit einem weiteren Stück der wirklich vorzüglichen Hochzeitstorte. Genüsslich schiebe ich mir eine Gabel voll Pistaziencreme mit Marzipan in den Mund und beschließe, dass das genau der richtige Moment ist, um meine Ermittlungen fortzusetzen:

»Lag es bei Daphne auch an der Glatze?«, wechsele ich nicht eben taktvoll zurück zu seinem Geständnis – und hin zu meinem detektivischen Projekt. Till schweigt einen Augenblick. Dann senkt er den Kopf und murmelt: »Ach, Daphne ... Das ist eine ganz andere Geschichte.« Über die er offensichtlich nicht reden will.

Ich schließe messerscharf, dass Daphne die besagte Traumfrau ist, die ihn aus den genannten Gründen verlassen hat. So etwas ist natürlich unschön.

Aber zu verkraften: »Rund 51 Prozent der knapp 82 Millionen Deutschen sind Frauen. Die Wahrscheinlichkeit, eine Partnerin zu finden, die lieber kahle Kopfhaut krault als eine dichte Lockenmähne, ist mit Sicherheit größer als die Chance, ein zweites Mal als Sachbuchautorin durchzustarten.«

Till zeigt sich unbeeindruckt von meiner faktengespickten Argumentation. Stattdessen dreht er den Spieß um und will nun seinerseits wissen, was mit meinem Begleiter passiert ist. Für einen kurzen Moment fühle ich mich zurückversetzt in die Grundschulzeit, in der unsere Klassenlehrerin »der, die, das« nicht »Artikel« nannte, sondern – kindgerecht – als »Begleiter« zu bezeichnen pflegte.

Dann wird mir klar, dass Charlotte gemeint ist.

»Nicht *der* Begleiter, sondern die Begleiter*in*«, erkläre ich ihm: »Eigentlich wollte meine beste Freundin Charlotte mitkommen, die zugleich meine beste Recherchequelle in Sachen Ordnung ist.«

Und die vor Neid überschnappen würde, wenn sie sähe, dass ich noch ein Stück Torte vertrage.

Till besorgt uns zwei Mokkalikör. Dann erkundigt er sich nach meinem neuen Buch: »Steht der Titel schon fest?«

Was vor allen Dingen feststeht, ist der Abgabetermin ...

»*Mach Platz!*«, antworte ich – und stelle im gleichen Moment fest, dass das ohne den Untertitel *Freiräume schaffen – Kapazitäten erhöhen* eher nach einem Hundeerziehungsratgeber klingt.

»So eins wollte ich schon immer mal schreiben«, eröffnet mir Till, »beziehungsweise im Gegenteil: einen Anti-Erziehungsratgeber. Denn nur, wer weiß, was er alles falsch machen kann, ist in der Lage, Dinge bewusst richtig zu machen. Statt bloß zufällig.«

»Ist es nicht völlig gleichgültig, ob ich etwas zufällig richtig mache oder gezielt?« Ich habe fast mein ganzes Leben lang in Hundehaushalten verbracht – und dort gab es nicht einen einzigen Erziehungsratgeber. Ganz zu schweigen von einem Anti-Ratgeber!

Till schüttelt entschieden den Kopf: »Im Gegenteil! Wenn du etwas nur *zufällig* richtig machst, kann das neunundneunzig Mal gelingen – doch beim hundertsten Mal geht es schief. Und du hast nicht die geringste Ahnung warum.«

Mir ist das alles zu theoretisch. Jedenfalls um diese Uhrzeit. Ich will Anti-Tipp-Beispiele!

»Pass auf«, legt Till los und deklamiert: »Sie wollen einen Hund, der garantiert nicht gehorcht? Dann belohnen Sie jedes Fehlverhalten mit einem Leckerli!«

Jetzt habe ich das Prinzip verstanden. »So vermitteln Sie Ihrem Hund, dass er Chef im Rudel ist: Begrüßen Sie zunächst ihn, wenn Sie nach Hause kommen, und zwar möglichst überschwänglich. Danach erst – ganz leidenschaftslos und eher beiläufig – die anderen Familienmitglieder«, ergänze ich lachend.

»Du hast es erfasst«, nickt Till und fährt mit dem nächsten Anti-Tipp fort: »Wollen Sie vermeiden, dass Ihr Hund das

Nicht-auf-die-Couch-Kommando befolgt? Dann seien Sie unbedingt inkonsequent und verwirren Sie ihn, indem sie es ihm hin und wieder erlauben. Nur so kann Ihr Hund nie sicher sein, ob das Sofa wirklich tabu ist ...«

Ich zücke mein Notizbüchlein und schreibe in Großbuchstaben das Stichwort »Anti-Tipps« hinein.

»Gar kein schlechtes Prinzip, um klarzumachen, was man tun soll – beziehungsweise was auf gar keinen Fall«, gebe ich anerkennend zu. Dann muss ich herzhaft gähnen. Ariane, die zum wiederholten Mal den Geschenketisch inspiziert (wo mein Kerzenständer eine echte Augenweide darstellt unter all den anachronistischen Kristallvasen, den sündhaft teuren Spitzenklöppeltischdecken und den Porzellantellern, die ich mir höchstens für meinen Polterabend vorstellen könnte), zieht die Augenbrauen hoch. »Schon müde?«

Ja, tatsächlich, stelle ich fest. Sie hat recht.

»Hundemüde«, gebe ich zu. Immerhin ist es schon halb drei in der Nacht. Dafür, dass ich in den letzten Tagen weder gut noch viel geschlafen habe, ist das nicht übel. Noch am Nachmittag hätte ich kaum darauf gesetzt, dass ich so lange durchhalten würde.

»Wir sehen uns morgen früh«, verabschiede ich mich von Ariane und Rüdiger.

»Mit mir solltest du zum Frühstück lieber nicht rechnen«, warnt Till mich vor, »ich werde hier keinesfalls früher als Urgroßtanten Jahrgang 1928 die Segel streichen – und muss deshalb morgen gründlich ausschlafen.« Das ist natürlich einzusehen.

»Mein Zug geht schon um zwanzig nach zehn«, sage ich ein wenig bedauernd, »dann werden wir uns also gar nicht mehr begegnen.« »Sag niemals nie«, lacht Till – »spätestens, wenn ich meine Wettschulden einlöse, treffen wir uns wieder.«

Oh, stimmt ja – das hätte ich fast vergessen. Till muss mich zum Essen einladen! Ich krame eine Visitenkarte aus der Handtasche und gebe sie ihm.

»Kannst mich ja anrufen, wenn du in der Stadt bist«, sage ich.

Als ich im Bett liege, fällt mir ein, dass auf der Visitenkarte meine Handynummer steht. Ich sollte unbedingt im Fundbüro nachfragen, ob mein Mobiltelefon abgegeben wurde. Allein für den Fall, dass die Talkshow-Redaktion wieder anruft. Oder Till. Ich lösche das Licht und drehe mich gemütlich auf die Seite. Aus der Ferne ist ein Bellen zu hören.

Wenn Sie wollen, dass Ihr Hund Komplexe bekommt, nennen Sie ihn »Katze«, denke ich. Und wenn Sie wollen, dass man Sie für irre hält, wenn Sie in Wald und Flur nach ihm rufen, dann nennen Sie ihn »Taxi«.

Haben Sie sich schon mal in den Schlaf gekichert?

*

Als ich aufwache, scheint mir die Sonne auf die Nase und bringt mich zum Niesen. Drei Mal nacheinander. Sofort bin ich putzmunter. Wenn man von dem leichten Kater absieht, der jedoch mit einem großen Glas Wasser und einer Aspirin in den Griff zu kriegen sein sollte ...

Wenn ich einen echten Kater hätte, würde ich ihn »Marlène Charell« nennen, überlege ich mir, während ich mir mit einem breiten Grinsen die Zähne putze.

Im Frühstückssaal schaue ich mich vergeblich nach Ariane um. Rüdiger winkt mich zu sich an den Tisch: »Leistest du mir Gesellschaft? Deine Schwester ist noch nicht so weit.«

Ich höre einen gewissen Unterton, der irgendwie sehr ... *verheiratet* klingt. »Du meinst – sie ist unpässlich?«, hake ich erbarmungslos nach. Dass Ariane, die stets Perfekte, einen Brummschädel hat und unter den Nachwehen der Feier leidet, erfüllt mich nicht eben mit Anteilnahme.

»So könnte man es auch ausdrücken«, gibt mein Schwager zu, während er mir Kaffee einschenkt. Nett ist er ja. Auch mit Eigelb im Bart.

Warum konnte Rüdiger nicht derjenige sein, der das familiäre Glatzen-Gen erbt, statt seines Bruders?

Es gibt Dinge, die kann man eben nicht ändern. Andere dagegen schon. Zum Beispiel Hunger und Durst. Ich frühstücke ausgiebig: Brötchen, Rührei, Schinken, Marmelade, Obstsalat, mehrere Tassen Kaffee und mindestens vier große Gläser Orangensaft vertreiben das flaue Gefühl im Magen. Rüdiger beschränkt sich auf schwarzen Kaffee und Toast mit Butter. Ein genügsamer Typ. Muss er auch sein, sonst hätte er sich wohl kaum freiwillig für Ariane entschieden. Wahrscheinlich sind sie sich bei einem Vortrag zum Thema »Energiesparen im Haushalt« zum ersten Mal begegnet. Oder am Wasser-ohne-Kohlensäure-Pfandflaschen-Rückgabeautomaten.

»Wo habt ihr euch eigentlich kennengelernt?«, frage ich zwischen zwei Happen Rührei.

»Das weißt du nicht?«, wundert sich Rüdiger, der mit Till offenbar in engerem Kontakt steht als ich mit Ariane. »Das war beim Tauchkurs auf den Malediven.«

Ich verschlucke mich fast am Orangensaft: Etwas Spannenderes als »beim Schnitzkurs im Schwarzwald« oder »beim Angeln in Mecklenburg« hätte ich niemals vermutet. Ariane im Taucheranzug und unter Palmen ist ein Bild, das schwer vorstellbar ist.

Noch unwahrscheinlicher wäre es höchstens, dass ich selbst mich jemals zu einem Tauchkurs anmelde. Mehr Nervenkitzel als beim Planlos-in-Paris-Herumirren brauche ich wirklich nicht, um mich lebendig zu fühlen. Für gewöhnlich meide ich alles, was potenzielle Adrenalinstöße mit sich bringt. Wenn ich nicht gerade – erschöpft von spontanen Aufräumanfällen – auf dem Bürofußboden meinen Rausch ausschlafe, bin ich deshalb auch lieber eine halbe Stunde zu früh am Bahnsteig als auf den letzten Drücker. Sicher ist sicher.

Nachdem ich schon zum fünften Mal unruhig auf die Armbanduhr geschaut und festgestellt habe, dass mir nur noch eine Stunde Zeit bleibt bis zur Abfahrt, schlägt Rüdiger von sich aus vor, mich zum Bahnhof zu fahren. Dankbar nehme ich sein Angebot an – denn was ich an Bargeld übrig habe, reicht nicht ganz für eine Taxifahrt. Und die Schmach, um weitere Leihgaben betteln zu müssen, erspare ich mir lieber.

»Dann lass uns aufbrechen«, sagt Rüdiger und zieht seine großväterliche Strickweste über.

Natürlich sind wir viel zu früh da. Nachdem ich mich artig bedankt und von Rüdiger – mit lieben Grüßen an die Frau Gemahlin – verabschiedet habe, muss ich mindestens noch eine Viertelstunde warten, bevor der Zug einfährt. Zum ersten Mal seit fast 48 Stunden denke ich daran, was mich in meinem Büro erwartet – das Riesendurcheinander und die Sisyphusarbeit, die mir beim Aufräumen bevorsteht. Da stehe ich nun auf dem Saarbrücker Bahnhof und will nur noch weg. Aber dort, wohin ich unterwegs bin, lauert das pure Grauen!

Aus dem Nichts heraus fällt mir eine Deutscharbeit ein, auf die ich in der elften Klasse mal eine Vier minus bekommen habe. Damals habe ich nicht verstanden, was Brecht meinte, als er schrieb: »Ich bin nicht gern, wo ich herkomme. Ich bin nicht gern, wo ich hinfahre. Warum sehe ich den Radwechsel mit Ungeduld?« Heute bin ich Brecht sogar einen Schritt voraus:

Ich erwarte den Zug voller Langmut. In der Hoffnung, dass mir vor seinem Eintreffen noch irgendein Ort auf der Welt einfällt, an dem ich jetzt lieber wäre als auf diesem zugigen Bahnsteig.

Okay, ich gebe es zu – der bequeme Fensterplatz mit Tisch im Erste-Klasse-Abteil des ICEs ist eindeutig ein angenehmerer Ort. Ich bin schon überzeugt. Was ist da eben nur in mich gefahren? Ich neige doch sonst nicht zur Schwermut! Wahrscheinlich haben mich die Aufregungen dieses Wochenendes einfach nur ... etwas verwirrt.

Diesmal bin ich vorbereitet, als mir der Zugbegleiter einen Latte macchiato anbietet. Heute ist es nicht der Kobold-Butler, sondern ein stämmiger Riese, der in krachledernen Trachtenhosen nicht halb so verkleidet wirken würde wie in seiner viel zu engen Uniform. »Gerne«, antworte ich souverän, als wären derartige Offerten völlig alltäglich für mich. Während mein Notebook hochfährt, genieße ich das koffeinhaltige Heißgetränk. *Zimtzuckerherz in the morning* ... Die 3,50 Euro sind eine gute Investition!

Dann öffne ich den vorgestern – war das wirklich erst vorgestern? – angefangenen Artikel zum Thema »Zeitfenster sinnvoll nutzen«, um ihn kritisch durchzulesen. Nicht übel, eigentlich. Gut aufgebaut, informativ, vielseitig. Ich bin fast zufrieden. Aber irgendwie fehlt der entscheidende Pep! Da ist zu viel erhobener Zeigefinger im Spiel – und zu wenig Humor. Keine gute Kombination: Welcher Leser erfährt schon gerne, dass er völlig unzulänglich ist? Viel lieber liest er über andere, die noch tausend Mal unzulänglicher sind – um sie darum schadenfroh belächeln zu können und sich im Vergleich umso besser zu fühlen.

So wie bei Tills Anti-Hundeerziehungsbuch. »Belohnen Sie jedes Fehlverhalten mit einem Leckerli ...« Die Idiotie dieser

Anweisung bleibt fraglos keinem verborgen. Und die eigentliche Botschaft ergründet der scharfsinnige Leser per Umkehrschluss höchstselbst. All die Situationen, in denen er – sei es aus Nachlässigkeit, sei es aus Unwissenheit – genau den beschriebenen Erziehungsfehler begangen hat, werden kurzerhand verdrängt ...

Die Anti-Tipp-Methode müsste doch eigentlich bei jedem Thema funktionieren, oder? Exakt so könnte also auch ich vorgehen. Was meinen Sie? Ja, das ist gut. Richtig gut sogar!

Sofort fange ich an zu schreiben: »Wollen Sie möglichst viel Zeit ungenutzt verstreichen lassen? Dann nehmen Sie bloß keinen Notizblock mit, wenn Sie unterwegs sind – und schon gar kein Laptop ...«

Die Ideen sprudeln nur so aus mir heraus. Ich ergänze, lösche, redigiere, überarbeite, tippe und tippe und ... Plötzlich implodiert mein Notebook. Wird einfach schwarz! Was ist nur los? Ich schnüffele. Verbrannt riecht es nicht. Immerhin – ein gutes Zeichen. In Ermangelung jeglichen technischen Sachverstands klappe ich den Deckel mehrmals zu und wieder auf und klopfe beschwörend auf das schwarze Plastik.

»Akku leer?«, fragt der stämmige Riese im Zugbegleiterkostüm. Einen Moment lang glaube ich, er meint mich und schlägt mir vor, einen kleinen Happen zu essen. Ich starre ihn an – doch er reicht mir keineswegs die Bordspeisekarte, sondern deutet auf mein Notebook. Dann endlich verstehe ich: Es hat keinen Saft mehr. Verdammt!!! Da hat man mal einen echten Schreibflow, und dann so etwas! Ich schaue auf die Uhr: noch 35 Minuten. Ich muss wohl oder übel abwarten, bis ich zu Hause weiterschreiben kann.

Moment – zu Hause? Das Ladekabel für das Notebook ist nicht zu Hause. Sondern im Büro.

Entweder also warte ich bis morgen und arbeite erst dann an meinem Artikel weiter – oder aber ich wage schon heute den Weg ins große Schlamassel meines Büros. Mein Zögern dauert nur kurz: Was du heute kannst besorgen, das verschiebe nicht auf morgen – denn wer weiß, was bis dahin geschieht. Vielleicht verschwinden über Nacht all meine guten Ideen, meine angedachten Formulierungen und überhaupt sämtliche Talente und Fähigkeiten, die man zum Schreiben braucht, im Nirwana?

Außerdem erwartet Tante Amanda garantiert heute Abend einen gepfefferten E-Mail-Nachbericht. Ausreden wie »ich hatte kein Ladekabel« würde sie da gewiss nicht gelten lassen: »Papperlapapp, abwarten und Tee trinken ist keine Option: Tee trinkt man, wenn man krank ist. Und morgen könnten wir alle schon tot sein!«

*

Die Busverbindung vom Bahnhof zu meinem Büro ist denkbar schlecht. Ich hätte eine halbe Stunde warten und dann zweimal umsteigen müssen. Taxi? Zu teuer. Jedenfalls angesichts meines kümmerlichen Barvermögens. Es bleibt mir nichts anderes übrig, als zu laufen – und zu schleppen. Dabei erweist sich meine Reisetasche als schwere Bürde: Ihr Riemen schneidet mir tief in die Schulter, zudem hängt die Laptoptasche quer vor meinem Körper und klatscht mir mit jedem Schritt auf die Oberschenkel.

Ich keuche, transpiriere, fluche leise vor mich hin. Zweifellos sind meine Wangen hochrot und meine schwarzen Locken strähnig verschwitzt. Schneewittchen braucht eine Dusche!

Was für eine Erlösung, nach dem gar nicht mal so langen, dafür aber umso leidvolleren Fußmarsch endlich die Bürotür aufschließen zu können! Ich lasse das Gepäck auf den Boden fallen und sehe das Blinken des Anrufbeantworters, noch bevor mir sein Signal verrät, dass neue Nachrichten darauf gespeichert sind. Eigentlich müsste ich dringend auf Toilette, aber die Neugier siegt. Also drücke ich den Wiedergabeknopf:

»Hallo Veronika, ich weiß, du bist noch unterwegs, aber ich habe einen großartigen Vorschlag für nächsten Samstag.«

Robert! Der Mann mit den Rehaugen und den süßen Löckchen. Das ist ja nett ... Vielleicht will er mich ins Kino einladen?

»Hast du Lust, dir die Welt mal von oben anzuschauen? Ich habe einen Tandemsprung gebucht. Na, wie hört sich das an?«

Ein Tandemsprung? Mit dem Fallschirm? Grundgütiger! Das hört sich nach NEIN an. Nein, nein und nochmals nein.

»Ich würd mich jedenfalls riesig freuen, wenn du mitkommst.«

Träum weiter, Robert. Das kommt ja so was von überhaupt nicht infrage! Eher würde ich nackt Modell stehen für eine deiner widerwärtigen Kunstfotografien. Mit Komodowaran-Maske auf dem Schädel vor einem Hochofen. Aber kein Fallschirmsprung. Alles, bloß das nicht ...

Robert ahnt nichts von meinem stillen Protest. Im Gegenteil, er klingt fröhlich und von Vorfreude beseelt, wie er da seine Telefonnummer auf Band spricht. So viel steht fest: Ich rufe erst dann zurück, wenn mir eine erstklassige Ausrede einfällt. Oder soll ich einfach so tun, als sei der Anruf versehentlich gelöscht worden? Warum eigentlich nicht: In Krisensituationen sind Notlügen erlaubt. Und wenn dies keine Krisensituation ist, was dann?

Charlotte macht mir einen Strich durch die Rechnung, wie mir die nächste Nachricht verrät:

»Hi Vero, na, hattest du ein schönes Wochenende und bist jetzt auch Hochzeitsfan?«

Immer schön den Ball flachhalten, meine Liebe. Ich hab's überstanden – was zwar besser als befürchtet, aber von Begeisterung noch weit entfernt ist!

»Jedenfalls hoffe ich, du hörst das hier ab. Zu Hause hast du ja keinen Anrufbeantworter mehr, und dein Handy ist wohl immer noch weg.«

Erwischt. Stimmt, man erreicht mich im Grunde nur im Büro.

»Du, ich habe zufällig Roberts Nachricht mitgehört und mir erlaubt, ihn zurückzurufen ...«

Charlotte, du wunderbare Freundin! Welche geniale Ausflucht hast du dir einfallen lassen, um meine Höhenangst zu verheimlichen? Eine gefährliche Störung des Gleichgewichtssinns? Eine seltene Erbkrankheit?

»... um zuzusagen. Ich hoffe, du bist mir nicht böse.«

Wie bitte? Hat sie völlig den Verstand verloren?

»Fallschirmspringen ist ein echter Kindheitstraum – das wollte ich schon immer mal. Verzeihst du mir, wenn ich mir deinen Robert nächsten Samstag auf einen Sprung ausleihe? Ich weiß, dein Ding ist so etwas eh nicht.«

Halleluja! Eine Sorge weniger. Ich könnte Charlotte küssen! Und Robert vor lauter Erleichterung gleich dazu.

»Als Ausgleich habe ich das Trümmerfeld in deinem Büro beseitigt. Ich hoffe, du fühlst dich auch ohne das gewohnte Chaos einigermaßen wohl ...«

Du liebe Zeit: Wie verpeilt muss man sein, um die wundersame Verwandlung meiner Lotterwirtschaft in einen adretten, systematisch sortierten Arbeitsraum nach Charlotte-Standard einfach so zu übersehen? Vorgestern noch sah es hier aus wie nach einer Naturkatastrophe. Und nun? Die aus den Regalen gekippten Ordner, die ausgeleerten Schubladen, die Bücherstapel auf dem Boden, das ganze Tohuwabohu – einfach verschwunden!

Sprachlos lasse ich mich auf meinen Schreibtischstuhl sinken und betrachte mit großen Augen die fast leere Arbeitsfläche, die hübsch ordentlich eingeräumten Regale, die praktischen Ablagekörbe und den neuen Teppich in der Mitte des Raumes. Der mich lebhaft an mein Jugendzimmer bei Tante Amanda erinnert! Das gleiche Muster aus Spiralen und Quadraten, dieselben erdigen Farbtöne. Ich höre sogar Tante Amandas unverwechselbare Stimme, mit der sie damals meist meine schlechten Zensuren in Französisch kommentierte:

Kein Wunder, dass du dich erinnerst, Vroni – dieser Teppich ist weder neu noch dem in deinem Jugendzimmer ähnlich – es IST dein alter Teppich, und er liegt hier schon seit Jahren.

Oh. Dann war er wohl die ganze Zeit über von meinen Zeitschriftenstapeln verdeckt?

11. KAPITEL

Das Handy

Es gibt viele Zeichen, die uns täglich daran erinnern, wie schnell doch die Zeit vergeht. Bei vielen ist es zum Beispiel das eigene Spiegelbild, in dem weder Krähenfüße noch graue Haare zu ignorieren sind. Bei anderen sind es die Kinder, die von Tag zu Tag größer werden. Oder der Jahreslauf, der sich zu beschleunigen scheint: schon wieder Weihnachten, Fasching, Ostern, Urlaub, Herbstanfang ...

Bei mir sind es die Abgabetermine, auf denen meine persönliche Relativitätstheorie von Raum und Zeit basiert. Kaum acht Wochen ist es her, da saß ich gut gelaunt im Interview und beantwortete Stella Westermanns Frage nach dem neuen Buchprojekt voller Gelassenheit. Damals blieb mir noch jede Menge Zeit für mein Manuskript – gute vier Monate. Zwar hatte ich noch keinen einzigen Satz zu Papier gebracht, aber das war kein Grund zur Sorge. Inzwischen haben wir Mitte Juni, und was das Schreiben betrifft, gibt es kaum nennenswerte Fortschritte zu vermelden. Meine Nervosität dagegen nimmt – ganz im Gegensatz zum Umfang des Manuskriptes – permanent zu. Ich komme einfach nicht voran! Tag für Tag sitze ich in meinem (dank Charlottes Heldentat) unfassbar ordentlichen Büro, starre auf den Monitor – und drehe Däumchen. Auch heute.

Es ist ein sommerlich heißer Freitagnachmittag, perfektes Baggerseewetter. Oder wie Charlotte es vorhin formulierte: optimale Voraussetzungen zum Wakeboarden. Nach diesem Fallschirmsprung neulich ist sie völlig besessen von waghalsigen Trendsportarten. Aus freien Stücken doubelt sie mich bei sämtlichen Stunts, die eine Freundschaft mit Robert Steinbrecher einer Frau abverlangt – und überlässt mir die Dates der harmloseren Kategorie. Kaffee trinken, ins Kino gehen und so. Ich bin ihr unglaublich dankbar! Bevor ich mich freiwillig auf ein Brett schnallen und von einem Motorboot in halsbrecherischem Tempo über einen See zerren lasse, verbringe ich lieber ein ganzes Wochenende bei Wasser und Brot am Schreibtisch.

Nun ja, Wasser und Brot ist leicht übertrieben. Tatsächlich kippe ich einen Espresso nach dem anderen in mich hinein und verschlinge ganze Familienpackungen an Gummibärchen. Seufzend schaue ich auf die Uhr. Kurz nach halb drei. Noch knapp eine halbe Stunde, bis ich mit Tante Amanda zum Chat verabredet bin. Die Wahrscheinlichkeit, dass mich vorher der entscheidende Geistesblitz ereilt, ist gleich null. Ebenso gut kann ich eine Pause einlegen. Vielleicht hilft ein kurzer Spaziergang?

Ich beschließe, mir nebenan im Eiscafé »Dolomiten« zwei Riesenkugeln zu gönnen: Pistazie und Kirsche ... oder lieber Zitrone? Ach, was soll's, drei Kugeln dann eben. Auf dem Rückweg genieße ich die köstliche Abkühlung. Die Überdosis Zucker tröstet mein flattriges Nervenkostüm, und als ich die Treppen zum Büro hochsteige, bin ich schon wieder so weit, dass mein Veronika-Kramer-Ich meinem Vera-Kroemer-Ich Mut zusprechen kann: Noch zwei ganze Monate bleiben dir bis zum Abgabetermin. Das sind – ohne die Wochenenden – beruhigende vierzig Arbeitstage. Fünf Seiten am Tag schaffe ich locker, wenn ich dranbleibe! Mit anderen Worten: Kein Anlass, in Panik zu geraten, denn ich bin noch immer perfekt im Zeitplan.

Schon bevor ich den Schlüssel aus der Handtasche krame, höre ich das Telefon klingeln. Robert kann es nicht sein – er begeistert gerade Charlotte für diese höllische Mischung aus Wasserski und Wellenreiten. Vielleicht Till? Nach der Hochzeit habe ich nichts mehr von ihm gehört. Seit einem ganzen Monat also. Er wird doch nicht sauer sein wegen meiner etwas abfälligen Bemerkung zum Thema Glatze? Ach was, das sieht er sportlich. Schließlich gehöre ich für ihn ja wohl kaum zur Kategorie Traumfrau. Vielmehr bin ich der Typ »kumpelhafte Schwippschwägerin«. Der er noch ein Essengehen schuldet. Nun ja, Wettschulden verjähren schließlich nicht ...

Vielleicht schaffe ich es rechtzeitig zum Telefon, bevor der Anrufbeantworter anspringt? Hastig schließe ich die Tür auf – und schaffe es nicht. Meine Leider-bin-ich-momentan-nicht-erreichbar-Ansage übertönt mein Fluchen: Das schöne Eis ist mir entglitten und bildet jetzt auf dem Parkett im Korridor einen unschönen See in Grün-Rot-Weiß. Scheibenkleister!

Manchmal kommt's wirklich knüppeldick: Als ob es nicht schon ärgerlich genug wäre, dass das köstlichste Speiseeis der ganzen Stadt auf dem Fußboden schmilzt statt auf meiner Zunge, höre ich nun auch noch die heisere Botschaft von Rosemarie Nägeli – meiner Verlagslektorin. Sie erinnert mich keineswegs an den Abgabetermin – nein, viel schlimmer: Sie schlägt eine Straffung des Zeitplans vor.

»Wenn Sie mir bis zum nächsten Wochenende die ersten, sagen wir, hundert Seiten schicken könnten, wäre das ganz prima«, spricht sie mit rauer Stimme ein Angst einflößendes Urteil.

Hundert Seiten! HUNDERT!

Das sind ziemlich genau 82 Seiten mehr, als ich bis jetzt habe. In einer Woche ... Wie soll ich das nur schaffen?

Ein paar Sekunden lang stehe ich fassungslos vor meinem Anrufbeantworter und starre ihn an, als könnte ich durch pure Willenskraft das eben Gehörte ungeschehen machen. Dann fange ich an, fieberhaft nach meinem Taschenrechner zu suchen. Wo hat Charlotte ihn bloß hingeräumt? Früher, in der guten, alten Chaoszeit, lag er meistens in einem Schuhkarton zwischen den humoristischen Postkarten, dem Geschenkband, den Halsbonbons und tausend anderen Dingen, die immer griffbereit sein müssen. Dieser Karton stand entweder auf dem Laserdrucker oder unter dem Schreibtisch. Jetzt gibt es keine Schuhkartons mehr und es liegt auch nichts mehr auf Druckern oder unter Tischen herum. Mit anderen Worten: Ich habe nicht die geringste Ahnung, wo der Taschenrechner seinen neuen Platz haben könnte.

Zum Glück hat auch mein PC einen Kalkulator, denn im Kopfrechnen schlägt mich jeder mittelmäßig begabte Grundschüler (und das sogar, wenn ich weniger verzweifelt bin als jetzt gerade).

82 Seiten geteilt durch sieben Tage ergibt ... 11,714285 – also rund zwölf Seiten am Tag. Hm. Ist das realistisch? Wenn ich meine fiese Schreibblockade augenblicklich überwinde, eine Woche durchrackere und meinen bisherigen Schreibrekord mehr als verdoppele – dann ist es nicht ausgeschlossen. Und was nicht ausgeschlossen ist, das ist immerhin möglich. Also lautet die Antwort: Ja, ich kann es schaffen. Jedenfalls versuche ich, mir das einzureden. Doch überzeugt bin ich noch lange nicht.

Die Turmuhr der Marienkirche reißt mich aus den Gedanken. Es ist drei Uhr – Zeit für meine Online-Verabredung mit Tante Amanda. Sie betritt den Chatroom kurz nach mir.

💬 *Pardon, liebe Vroni, ich habe mich verspätet – ein besonderes Dessert hat meine Verabredung zum Mittagessen gekrönt: ein Arm-in-Arm-Spaziergang mit einem Verehrer.*

                Oh, Tante Amanda – du Schwerenöterin. :) 💬

💬 *Nimm dir lieber mal ein Beispiel an mir. Was macht die Liebe?*

Gute Frage. In den letzten Wochen habe ich mich dreimal mit Robert zum Kaffeetrinken getroffen und wir waren einmal im Kino. Nicht in einer romantischen Komödie, wie ich es erhofft hatte, sondern in *127 Hours* – dem wohl grässlichsten Streifen seit *Jackass*. Kennen Sie dieses unsägliche Drama über den furchtlosen Extremkletterer, der in eine Felsspalte gerät und nur dadurch am Leben bleibt, dass er sich selbst einen Arm amputiert? Dass das Ganze auf einer wahren Geschichte basiert, macht die Sache nur schlimmer. Sogar die Lust auf salziges Popcorn mit extra viel Butter vergeht einem da! Und die auf romantisches Gekuschel sowieso ... Warum gerate ich bloß ständig in solche Situationen? Wenn Kollege Amor daran schuld ist, verzichte ich wohl künftig lieber ganz auf Herzklopfen, weiche Knie und Leidenschaft. Doch damit kann ich Tante Amanda nicht kommen – es würde ihr Weltbild zerstören. Ich antworte lieber ausweichend:

> Die Liebe? Sie verlockt mich mit Kandidaten, die einfach nicht kompatibel sind, und tröstet mich dann damit, dass ich sowieso keine Zeit für irgendwelche Romanzen habe.

Irrtum, Chérie: ICH habe Romanzen. DU bist auf Partnersuche. Und da du den Zeitfaktor schon ins Spiel bringst – während man für Romanzen nie zu alt ist, sieht die Sache ganz anders aus, wenn man auf Ehe und Familie erpicht ist!

> Wer sagt denn, dass ich das bin?

Etwa nicht?

> Für Männergeschichten bleibt mir momentan keine Zeit: Ich weiß ja so schon nicht, wo mir der Kopf steht! In einer Woche muss ich hundert Manuskriptseiten abgeben und komme einfach nicht voran ...

💬 *Wieso das? Ich dachte, du hast noch zwei Monate Zeit. Steht das so etwa im Vertrag?*

Moment ... 💬

💬 *Sag nicht, du hast dort nicht nachgesehen!*

Ich bin noch nicht dazu gekommen – die Lektorin 💬 hat eben erst angerufen. Augenblick, hier steht's: ›Abgabetermin Buchmanuskript: 15. August. Abgabe einhundert Seiten Teilmanuskript: Ende KW 25.‹ Das hatte ich wohl überlesen. :(

💬 *Dann musst du dich jetzt sputen. Zwölf Seiten am Tag sind üppig. Wie viele schaffst du denn sonst so im Durchschnitt?*

Es ist wie verhext: In den letzten zwei Wochen 💬 habe ich gerade mal fünf Seiten zustande gebracht. Insgesamt!

💬 *Willst du meine Theorie hören?*

Wenn sie eine praktische Lösung enthält, gerne. 💬

💬 *Dir fehlt dein Chaos. Deine inspirierende Lotterwirtschaft. Diese neue Ordnung bremst deine Kreativität aus!*

Charlotte bringt mich um, wenn ich ihre Aufräumaktion rückgängig mache, nur weil mir das schöpferische Durcheinander fehlt. 💬

💬 *Kleine Zwischenfrage: War sie auch in deiner Wohnung zugange?*

Natürlich nicht. Dort sieht's aus 💬 wie bei Hempels unterm Sofa!

💬 *Et voilà – da hast du deine Lösung!*

??? 💬

💬 *Ganz einfach: Du schnappst dir jetzt dein Notebook und verziehst dich sofort heim aufs Sofa – zur einwöchigen Schreibklausur. Dies ist ein Befehl!*

Wenn das funktioniert, bist du 💬 die Allergrößte, Tante Amanda!

💬 *Bin ich das nicht sowieso? Nein, Vroni: Wenn das funktioniert, bist du hinterher urlaubsreif. Fühl dich eingeladen! Die spanische Sonne wird dir guttun. :)*

Einfach so? 💬

💬 *Einfach so. Nach einer Mammut-Woche müssen deine Akkus garantiert dringend aufgeladen werden. Außerdem gibt Señora de Winter am ersten Juliwochenende ein Sommerfest!*

Das lass ich mir natürlich 💬
nicht entgehen, Tantchen!

💬 *Die Tickets sind übrigens schon gebucht. Müssten morgen in der Post sein. ;)*

Du bist ... einfach unglaublich! 💬

💬 *Apropos – du triffst dich doch noch mit diesem Fotografen, oder?*

Wenn er nicht gerade aus Flugzeugen springt oder sonst irgendeinen halsbrecherischen Unsinn veranstaltet – gerne. Neulich hat er mich begleitet und ganz hervorragend beraten, als ich mein neues Zwölfgangrad gekauft habe. Anschließend waren wir noch lecker zusammen essen, das war nett. Sehr nett sogar!

Klar, warum? 💬

💬 *Weil das zweite Ticket für ihn ist.*

Eine Viertelstunde später bin ich beladen wie ein Packesel und bereit, all meine Arbeitsutensilien nach Hause zu kutschieren. Zum Glück parkt unten mein Wagen. Die Laptoptasche umgehängt, den Materialordner unterm linken Arm und einen kleinen Karton voller Fachbücher in der rechten Hand, steuere ich auf den Ausgang zu, als es an der Eingangstür klingelt. Ohne die Sachen abzustellen, eile ich in Richtung Tür. Der Ordner versperrt mir die Sicht, und so kann ich nicht sehen, worauf ich da gerade trete – doch es ist etwas sehr Weiches und sehr Rutschiges ... Das Eis! Ich lande auf dem Allerwertesten und schlittere wie ein Curlingstein durch den Flur, bis ich schließlich mit beiden Füßen gegen die Tür donnere.

Autsch!

Einen Moment lang könnte ich Stein und Bein schwören, mindestens zehn Knochenbrüche erlitten zu haben. Einen davon am Steiß. Verdammt, tut das weh!

Dann gelingt es mir, mich aufzurappeln. Langsam, ächzend und irgendwie durchnässt. Vor der Tür steht der Paketbote.

»Eine Sendung für Charlotte Wunderlich. Sind Sie das?«

Er schaut mich prüfend an und hält mir dann das Unterschriftenpad hin.

Offenbar hält er das, was er da sieht, für dermaßen *wunderlich*, dass er keine Zweifel an meiner Identität hegt: Meine hellblaue Jeans ist nicht nur gerissen, sondern auch mit geschmolzenem Zitronen-, Kirsch- und Pistazieneis verschmiert, das mir übrigens sogar in den Locken hängt.

Ich kann mich nicht dazu überwinden, den Paketboten zu enttäuschen. Heute Abend beim Stammtisch wird er seinen Freunden von der Irren erzählen, deren Name einfach perfekt zu ihrem Aussehen passt. Wie könnte ich ihn dieses Silberstreifs am Horizont seines freudlosen Zusteller-Alltags berauben? Wortlos unterschreibe ich, so unleserlich es geht. Mit etwas Fantasie könnte man »Wunderlich« erkennen. Oder »Veronika«. Wer weiß?

Der Paketbote ist hochzufrieden und überreicht mir einen Karton mit der Aufschrift »Diver's Paradise«. Ein neues Modelabel? Nie gehört. Bestimmt Fashion in Übergrößen. Vielleicht wartet Charlotte sehnsüchtig darauf? Weil sie heute gewiss nicht mehr ins Büro kommt, rufe ich sie rasch an. Nach dem zehnten Läuten geht sie endlich an ihr Handy. Im Hintergrund ist Lachen und Geschirrgeklapper zu hören.

»Wir sind noch im Strandcafé am Baggersee, das Wakeboarden war megaklasse!« Sie klingt so fröhlich wie schon lange nicht mehr.

Na Hauptsache, ich musste diesen Irrsinn nicht mitmachen! Auch wenn die Rutschpartie durch den Flur eben auch nicht von schlechten Eltern war. Man müsste dem Kind nur einen coolen Namen geben, und schon wäre »Floorgliding« die neueste Trendsportart – wetten?

»Hör mal, hast du Klamotten bestellt bei ›Diver's Paradise‹?«, frage ich. Charlotte lacht glucksend: »Klamotten? Könnte man so sagen. Das wird wohl mein Neoprenanzug sein. Für den Tauchkurs.«

Grundgütiger!

»Ach übrigens«, wechselt Charlotte das Thema, »Robert lässt fragen, ob du nachher mit ins Kino gehst. In *Klitschko* – den neuen Film über diese wahnsinnig erfolgreichen Boxer.«

Ich bin einigermaßen entsetzt: »Du meinst diese zwei Milchschnitte-Heinis mit dem schrägen Akzent?«

»Genau die«, lacht Charlotte, »aber die beiden haben eine irre spannende Biografie, der Film soll absolut sehenswert sein.«

Seit wann findet Charlotte Boxerbiografien interessant? Zum Glück habe ich eine gute Ausrede: »Nein, lass mal – geht ihr lieber allein ins Kino. Ich habe zu tun. Mein Abgabetermin wurde sozusagen vorverlegt und deshalb habe ich mir selbst eine Woche Schreibklausur verordnet – zu Hause.«

Charlotte findet das sehr vernünftig: »Dort wirst du wenigstens nicht vom Alltagsgeschäft abgelenkt.«

Ich korrigiere sie nicht. Obwohl mir das Alltagsgeschäft herzlich egal ist – solange das Umfeld nicht so keimfrei wirkt wie ein Operationssaal ...

*

In meiner Dreizimmerwohnung gibt es nichts, aber auch gar nichts, das an eine sterile Umgebung erinnert: Auf der Küchenarbeitsplatte stapelt sich dreckiges Geschirr, das Sofa im Wohnzimmer ist Lagerplatz für Körbe voller Bügelwäsche, das Schlafzimmer gleicht – trotz meines klösterlichen Lebenswandels – einem Schlachtfeld und auf dem Weg zum Bad könnte man, wenn man nicht aufpasst, über einen ameisenhaufengroßen Berg Schuhe stolpern. Was mir natürlich nicht passiert, denn erstens habe ich heute schon mein Soll an Stürzen erfüllt und zweitens ist mir der große Schritt über den Schuhhaufen längst in Fleisch und Blut übergegangen.

Laptop, Ordner und Bücherkiste stelle ich auf dem Wohnzimmertisch zwischen Gläsern und leeren Chipstüten ab, die Einkaufstüten räume ich in der Küche aus. Auf dem Heimweg habe ich mich noch rasch mit Vorräten eingedeckt, um während meiner Schreibklausur nicht darben zu müssen: Mehrere Tiefkühlpizzen, eine Großpackung Butterkekse, eine Fertig-Lasagne, insgesamt anderthalb Kilo Schokolade in verschiedenen Geschmacksrichtungen und eine 2-Liter-Box Erdbeereis verstaue ich nacheinander in Eisfach, Kühlschrank und Vorratskammer.

Während das Notebook zum Leben erwacht und dabei seine üblichen grollenden und fauchenden Hochfahrgeräusche produziert, stopfe ich den gröbsten Unrat in einen Müllsack. Leere Salzstangenschachteln wandern ebenso hinein wie die nicht mehr gültige TV-Zeitschrift, ein Einkaufszettel von vorletzter Woche und die Reste des Porzellantellers, den ich eben offenbar mit meiner Bücherkiste zerschlagen habe. Ich mochte ihn sowieso nie.

Dann stopfe ich meine eisverschmierte Jeans und die nicht minder beschmutzte Bluse in die Waschmaschine. Stattdessen schlüpfe ich in ein kuscheliges Sweatshirt und in das, was die jüngere Frauengeneration heutzutage als »Chillhose« bezeichnet: eine ausgebeulte, uralte, verwaschene, aber herrlich gemütliche Jogginghose, die ich schon bei den unterschiedlichsten Freizeitvergnügungen getragen habe, bloß nie beim Dauerlauf.

Schließlich bereite ich mir noch rasch einen Cappuccino zu, platziere allerhand Naschwerk in Greifnähe und schaue auf die Uhr: Es ist exakt 17.07 Uhr mitteleuropäischer Zeit. In ziemlich genau 167 Stunden erwartet Rosemarie Nägeli die ersten hundert Manuskriptseiten. Die nicht irgendwie so na ja sein dürfen, sondern brillant, unterhaltsam, informativ. Eben typisch Vera Kroemer.

Nun denn – frisch ans Werk!

Drei Tassen Cappuccino und eine ganze 100-Gramm-Tafel Trauben-Nuss-Schokolade später schaue ich zum ersten Mal wieder auf die Uhr. Kann das stimmen? Schon gleich Zeit für die *Tagesschau*. Ich recke und strecke mich ein wenig und betrachte dann zufrieden die Früchte meiner Arbeit: In den letzten knapp drei Stunden habe ich das Buchkonzept komplett überarbeitet, die Inhalte auf elf Kapitel verteilt und für fast alle auch schon knackige Überschriften gefunden. Außerdem habe ich – in Anlehnung an Tills geniale Idee – *Lilo Lotter* erfunden: eine Fantasiefigur, die in jedem Kapitel als lebendige Antiheldin zeigt, wie man's nicht machen soll. Ein genialer Schachzug, finden Sie nicht? Denn Lilo Lotter, das ist natürlich niemand anders als ich selbst. Um Paradebeispiele werde ich mir also kaum den Kopf zerbrechen müssen – ich schöpfe einfach aus meinem reichen Erfahrungsschatz an Pleiten, Pech und Pannen. Auf diese Weise bekommt mein Saustall sozusagen einen höheren Sinn, denn er wird Quelle wunderbarer Warnhinweise.

Als Nächstes liste ich Lilo Lotters erhellende Untugenden stichwortartig auf, um sie danach den Kapiteln zuzuordnen. Ich habe jede Menge Ideen und komme gut voran, doch dann unterbricht mich das Telefonklingeln.

»Kramer«, melde ich mich.

»Fabian Engel, guten Abend.«

Fabian Engel? Ich kenne keinen Fabian Engel.

»Schön, dass ich Sie erreiche, Frau Kramer. Bitte entschuldigen Sie die späte Störung ...«

Volltreffer. Ein Callcenterfritze!

»Ich hoffe sehr, Sie wollen mir jetzt kein Zeitschriftenabonnement und schon gar kein Klassenlotterielos aufschwatzen«, antworte ich nicht gerade charmant. Ich schätze es nicht, wegen Nichtigkeiten unterbrochen zu werden, wenn es mit dem Schreiben so großartig läuft wie heute Abend.

Der unbekannte Herr Engel lacht leise: »Weder-noch. Ich rufe wegen Ihres Mobiltelefons an.«

Will der Kerl mir etwa einen neuen Tarif verkaufen?

»Kein Interesse – ich habe mein Handy nämlich verloren. Schon vor vielen Wochen.«

»Ich weiß. Denn ich bin derjenige, der es gefunden hat.«

Oh. Oooooooh!

Das ist natürlich etwas völlig anderes! Wäre ich mal lieber nicht so resolut gewesen! Meine Abwehrhaltung sollte ich mir für echte Telefonmarketing-Anrufe aufheben. Statt mir regelmäßig Fernsehzeitschriftenabos andrehen zu lassen, die ich eigentlich gar nicht brauche – aber die mir für einen Moment verlockend erscheinen, weil es einen Hotelgutschein gratis dazu gibt. Den ich nie einlöse ...

Fabian Engel schlägt ein Treffen im Café »Papillon« vor. Zum Glück nicht bei mir zu Hause. Nicht, dass ich Angst vorm bösen Wolf habe – meine Wohnung befindet sich einfach in keinem geeigneten Zustand für eine Audienz.

»Jetzt gleich?«, frage ich etwas überrascht.

»Das wäre mein Vorschlag. Ab morgen bin ich nämlich wieder für zehn Tage auf Geschäftsreise. Wenn es Ihnen heute nicht passt, ginge es erst wieder Anfang Juli ...«

Noch länger ohne Handy? Auf keinen Fall! Die Steinzeit ist vorbei – ich will nicht länger von der Außenwelt abgeschnitten sein. Außerdem wird mir eine kleine Pause guttun.

»Ich kann in einer Viertelstunde da sein«, willige ich ein.

Nur fünf Minuten davon kostet mich der kurze Fußweg zum »Papillon«. Die anderen zehn Minuten verbringe ich damit, vorm Spiegel zu diagnostizieren, dass sich mein Äußeres in einem desolaten Zustand befindet: Schlabberklamotten, wirres Haar, müde Augen. Zum Glück ist das Treffen kein Date, sondern nur eine Fundsachenübergabe. Dafür genügt es, dass ich die Jogginghose gegen eine saubere Jeans tausche, die Locken rasch hochstecke und ein klein wenig Lippenstift auftrage. Keine große Sache.

*

Als ich das Café betrete, wird mir sofort klar, was für ein Riesenfehler das war: Mehr Zeit zum Aufbrezeln wäre eine Investition in die Zukunft gewesen, denn Fabian Engel ist kein Geringerer als: Orlando Bloom!

Oh. Mein. Gott.

Erinnern Sie sich an diesen gut aussehenden Typen aus der Boutique »Belladonna«, dessen Flirtversuche ich damals blöderweise total ignoriert habe – weil ich die Frau in seiner Begleitung für seine Partnerin hielt? Dabei war sie bloß seine Schwester. Ich blödes Huhn habe es damals völlig vermasselt. Das darf mir nicht schon wieder passieren!

Orlando-Fabian erkennt mich nicht. Sein Blick ist auf den Eingang gerichtet, doch er schenkt mir keine Aufmerksamkeit – im Gegenteil, er scheint durch mich hindurchzusehen, als ob ich gar nicht existierte. Kein Wunder: Das letzte Mal, als er mich sah, trug ich eine traumhafte Robe in Mint. Heute ist es ein verwaschenes rotes Kapuzensweatshirt, das mir zwei Nummern zu groß ist.

Ich muss hier weg!

Noch ist Zeit dafür. Mir wird schon noch eine gute Ausrede für mein Nichterscheinen einfallen: Ich wurde überfallen ... Mein Auto hatte eine Panne ... Ich war Zeugin eines Unfalls und musste Erste Hilfe leisten ... Ich leide unter einer seltenen Gedächtnisstörung und habe die Verabredung spontan vergessen ... Ich habe das Café »Papillon« mit dem Café »Purpur« am anderen Ende der Stadt verwechselt ... Ja, das ist glaubwürdig.

»Verzeihung – Frau Kramer? Sind Sie das?«

Mist, zu spät: Jetzt hat er mich doch identifiziert!

Er kann seine Enttäuschung recht gut verbergen. Denn er *muss* enttäuscht sein, mich so zu sehen. Statt Schneewittchen erscheint Aschenputtel. Doch Fabian Engel bleibt ganz Gentleman – steht auf, begrüßt mich mit festem Händedruck und einem Lächeln, das zum Dahinschmelzen ist.

Ich gebe zu, Veronika Kramer zu sein, nehme Platz und bestelle mir einen doppelten Espresso. Fabian-Orlando wählt einen Kräutertee. Dann greift er in die Innentasche seiner Cooler-und-teurer-geht's-nicht-Lederjacke und überreicht mir mein verlorenes Handy mit den Worten: »Es ist betriebsbereit. Die Tochter meiner Assistentin hat dasselbe Modell. Sie hat mir das Ladekabel geborgt.«

Ladekabel. Hm. Wo ist eigentlich MEIN Ladekabel?

»Verraten Sie mir, wie Sie all die Wochen überlebt haben ohne Mobiltelefon? Ich mag mir das gar nicht vorstellen«, lacht Fabian Engel.

Wenn der wüsste, wie schön es ist, unerreichbar zu sein! Natürlich nicht für meine Mitmenschen. Hundert Mal hat Charlotte mich dazu gedrängt, ein neues Handy anzuschaffen, doch ich habe das immer vor mir hergeschoben. Und nun hat sich das Problem von ganz allein gelöst!

»Nun, offensichtlich ist mir das mehr schlecht als recht gelungen«, grinse ich etwas verlegen und deute mit einer Handbewegung an, dass diese Bemerkung auf meinen Clochard-Look anspielt. »Sie haben mich mitten in einer Schreibklausur erwischt, da ist Bequemlichkeit und höchste Konzentration angesagt, weniger ein repräsentatives Outfit.«

»Aber Sie sehen bezaubernd aus«, lügt Fabian, ohne rot zu werden. Was für ein Charmeur. »Fast so bezaubernd wie in diesem traumhaften Abendkleid, das Sie neulich im ›Belladonna‹ anprobiert haben.«

Aha, er erinnert sich also ebenfalls. Wahrscheinlich auch an mein abweisendes Verhalten dort. Wie unangenehm. Ob ihm wohl von Anfang an klar war, wessen Handy er da gefunden hat? Er hätte es immerhin auch im Fundbüro abgeben können.

»Wie sind Sie eigentlich an meine Festnetznummer gekommen?«, platze ich heraus. Anstatt mich, wie es angebracht wäre, zu bedanken. *Ich Eselin!* Hastig schiebe ich ein »nett von Ihnen« hinterher und wirke wahrscheinlich ziemlich konfus. Ganz und gar nicht geheimnisvoll, ladylike und interessant, wie ich es in meiner Fantasie zu sein pflege, wenn ich einem Traumtypen begegne. Ja, ein Traumtyp ist er wirklich, dieser Fabian Engel – jedenfalls soweit ich das bisher beurteilen kann. Dieses markante Kinn, diese tiefdunklen Augen, diese sanft gewellten Latin-Lover-Haare ...

»Wie ich Ihre Nummer erraten habe? Nun, Sie haben sie unter ›ich‹ gespeichert – das machte die Sache relativ einfach«, reißt mich Fabian mit seiner Antwort und einem entwaffnenden Lächeln aus den Gedanken. Natürlich, stimmt ja. Das war ein Tipp von Charlotte – weil ich mir meine eigene Nummer einfach nicht merken kann. Aber das erwähne ich jetzt lieber nicht. Ich habe mich schon zur Genüge unmöglich gemacht!

Dann entschuldigt sich Fabian Engel seinerseits dafür, dass er mich so lange hat warten lassen: »Ich habe Sie unter dieser Nummer nie erreicht.«

Kunststück – zu Hause bin ich eher selten. Ein Anrufbeantworter wäre wirklich mal eine sinnvolle Investition.

»Außerdem war ich ständig unterwegs: Sydney, Bangkok, Chicago ...«

Aha. Ein Weltreisender. »Sind Sie Vertreter oder so etwas?«, erkundige ich mich – und könnte mich sofort ohrfeigen. Wer bezeichnet sich schon selbst als *Vertreter*?

»Eher ›oder so etwas‹«, antwortet Fabian Engel selbstbewusst. In den folgenden zehn Minuten erfahre ich im Detail, was für eine wichtige Position (Key-Account-Manager – was in aller Welt ist ein *Key-Account-Manager*?) er in einem mir völlig unbekannten Unternehmen (immerhin Weltmarktführer für Spezialschmierstoffe) innehat. Er gerät ins Schwärmen.

Du liebe Zeit. Spezialschmierstoffe! Ich unterdrücke ein Gähnen und ordere einen weiteren Espresso. Dreifach diesmal.

Fabian Engel lacht auf: »Entschuldigen Sie, ich muss Sie ja fürchterlich langweilen!«

»Ähm ... och, das ist doch alles sehr interessant«, behaupte ich – doch ich lüge nicht halb so souverän wie er vorhin.

»Aber so langsam müsste ich mich verabschieden – habe leider noch zu arbeiten.«

»Kein Problem, ich muss morgen auch früh raus. Der Flieger geht um halb sechs«, sagt Fabian und winkt dann die Bedienung herbei: »Jenny! Zahlen, bitte.«

Jenny? Ich kenne die junge Frau. Sie ist die Tochter meiner Vermieterin, studiert im dritten Semester Elektrotechnik und heißt Hanna. Fabian Engel bemerkt meinen fragenden Blick und erklärt ein wenig spöttisch, dass »Frau Ober« zwar korrekt, aber lächerlich sei, »Bedienung« und »Hallo« ihm unpassend erscheinen und auf »Jenny« bisher jede Kellnerin reagiert habe. So auch diesmal. Während ich noch darüber nachdenke, ob ich diese unorthodoxe Lösung kreativ oder einfach nur affig finden soll, nähert sich Hanna unserem Tisch.

Fabian besteht darauf, dass ich sein Gast bin. »Elf zwanzig, bitte«, sagt Hanna und überreicht ihm den Bon. Weltmännisch zückt Fabian eine Platinkreditkarte, doch Nicht-Jenny schüttelt bedauernd den Kopf: »Sorry, aber wir akzeptieren leider keine Karten.« Das hätte ich hier auch nicht vermutet, in diesem hübschen kleinen Eck-Café mit dem Charme des vergangenen Jahrhunderts und den dekorativen Jugendstil-Möbeln. Eher hätte ich gewagt, hier mit D-Mark zu bezahlen ...

Doch Orlando-Fabian hat weder D-Mark noch Euromünzen dabei. »Nur Australische Dollar. Das ist schon meine Reisegeldbörse für morgen.«

Du liebe Zeit – hat er etwa für jedes Land, das er besucht, ein separates Portemonnaie? Wie erschreckend gut strukturiert! Aber offenbar nicht perfekt – sonst hätte er jetzt nicht die falschen Devisen dabei.

»Tut mir leid«, muss Hanna ablehnen, »wenn es US-Dollar wären, vielleicht. Andere Währungen darf ich leider nicht annehmen.«

Doch so leicht gibt ein Key-Account-Manager nicht auf: »Wenn Ihnen nur der Wechselkurs fehlt – den kann ich rasch via iPhone recherchieren.«

Das ist ja nicht mitanzusehen, wie er die Studentin in Bedrängnis bringt. »Ach was, ich übernehm das rasch«, unterbreche ich und drücke Hanna 13 Euro in die Hand. »Stimmt so.«

Erleichtert bedankt sie sich. Fabian ebenso – doch eher verstimmt als erleichtert.

»Akzeptieren keine Kreditkarte, wo gibt's denn so was heute noch«, murmelt er im Hinausgehen vor sich hin.

Vor der Tür verabschiedet er sich formvollendet: »Ich möchte Sie wiedersehen, Veronika, und mich für die Einladung revanchieren. Wenn Sie mögen.«

»Das ist doch nicht nötig«, sprudelt es aus mir heraus. Als mir klar wird, dass er das auch falsch verstehen könnte, korrigiere ich mich sofort: »Ich meine – das mit dem Revanchieren ist nicht nötig. Ich habe Sie gern eingeladen – schließlich verdanke ich Ihnen mein Handy. Aber natürlich würde ich mich freuen, wenn wir uns mal wieder treffen könnten.«

Puh. Warum rede ich nur immer so viel? Und vor allem so viel Unsinn?

»Geschwätz vertreibt die Männer«, sagt Tante Amanda immer. »Schau dir die großen Klassiker an mit Lana Turner, Lauren Bacall, Barbara Stanwyck, Rita Hayworth: Eine Femme fatale betört, verführt, verlockt und wirft schweigend tiefgründige Blicke – aber sie quasselt nicht!« Was wohl erklärt, warum ich Single bin und kein männermordender Vamp.

Fabian Engel nickt und schenkt mir ein letztes blendendes Lächeln: »Ich melde mich, sobald ich zurück bin aus Sydney. Ihre Nummer habe ich ja.«

Für einen kurzen Moment erinnert er mich an Alex. Der sich bei mir melden wollte nach seinem Neuseelandaufenthalt – und stattdessen lieber dortgeblieben war. Im Lächeln sind beide erste Sahne. Hoffentlich bleibt das die einzige Gemeinsamkeit.

Noch ein Händedruck, dann ist er um die nächste Hausecke verschwunden. Nachdenklich schlendere ich in die entgegengesetzte Richtung nach Hause. Ist er das? Mein Mister Right? Was dafür spricht: Er hat Manieren. Er hat Erfolg. Er hat Haare! Aber hat er auch Humor? Herz? Esprit? Ich beschließe, dass ich das wohl erst noch herausfinden muss. Beim nächsten Treffen. Sobald Fabian von seiner Australienreise zurück ist und ich meine einhundert Manuskriptseiten geschrieben habe ...

Aus einem Haus, an dem ich vorbeischlendere, ertönt leise Musik. Ich kenne den Song – *Open your eyes* – und summe leise mit. Als ich drei Häuser weiter bin und die Musik noch immer zu hören ist, wird mir klar, dass das mein Guano-Apes-Klingelton ist. *Das Handy!* Ich habe mich noch nicht daran gewöhnt, es wiederzuhaben. Während ich es hastig aus der Tasche wühle, frage ich mich, was Orlando Bloom wohl vergessen hat. Vielleicht schlägt er gleich ein Date vor?

Ich bemühe mich, meine Stimme nicht nervös klingen zu lassen, sondern ein wenig rau und geheimnisvoll: »Fabian?«

»Hast du Fieber? Du klingst ja total erkältet ... Und wer in aller Welt ist Fabian?«

Till! Nach all den Wochen meldet er sich ausgerechnet jetzt. Wie hätte ich *das* bitte ahnen sollen?

»Oh, hallihallo Lieblingsschwippschwager«, antworte ich ein wenig zu aufgekratzt, »mir geht's prima.«

»Und wo steckst du? Ich habe sämtliche Festnetznummern durchprobiert, die auf deiner Visitenkarte stehen – ohne Erfolg. Seit wann hast du dein Handy wieder?«

»Seit ziemlich genau elf Minuten.«

»Volltreffer! Hör mal, ich hätte nächstes Wochenende Zeit. Können wir uns in genau einer Woche und 13 Stunden im ›Café Bohne‹ treffen? Die machen den weltbesten Mochaccino!«

Ich schaue auf die Uhr. Es ist schon gleich zehn. »Also am kommenden Samstag um elf Uhr vormittags? Nicht gerade die passende Uhrzeit für eine Wettschulden-Einlösungs-Mahlzeit.«

Finden Sie nicht auch? Erst meldet er sich wochenlang gar nicht, dann will er mich mit einem Mochaccino abspeisen. Nichts gegen die göttliche Kreation aus Espresso, heißer Milch, flüssiger Schokolade und Sahne: Ich liebe Caffè Mocha! Aber Wetteinsatz ist Wetteinsatz!

»Ich dachte eher an ein kurzes Treffen, damit *du deine* Schulden bei mir begleichen kannst.«

Ooops. Wo er recht hat, hat er recht. Das Geld, das er mir in Paris geliehen hat, hätte ich längst zurückzahlen müssen. Wie peinlich!

»Glaubst du mir, dass ich das vollkommen vergessen habe?«

»Ob ich es glaube?«, lacht Till. »Ich hätte drauf gewettet!«

12. KAPITEL

Die Planänderung

Mein Wecker kann mich mal! Eine Woche lang hat er mich morgens um halb sechs aus den Federn gejagt, damit mir bloß keine wertvolle Schreibzeit verloren geht. Doch heute gönne ich mir eine Pause in Sachen Schreibklausur! Ich schalte den schrillen Weckton ab und drehe mich zufrieden auf die andere Seite. Hach, ist das gemütlich! Ich liebe diesen angenehm diffusen Schwebezustand zwischen Schlaf- und Betriebsmodus. Anders als beim Einschlafen fühle ich mich weder matt noch erschöpft, sondern beschwingt und gelöst. Stand-by im Liegen. Herrlich!

Ich räkele und strecke mich behaglich und denke an das euphorische Gefühl, das mich überkam, als ich gestern Nacht – besser gesagt: heute früh um halb vier – exakt 103 Manuskriptseiten an rosemarie.naegeli@ogmios-verlag.de abschickte. Ich habe es geschafft! Wie durch ein Wunder. Als ich vorhin ins Bett sank, war ich mindestens so glücklich, zufrieden und abgekämpft, als hätte ich gerade den Ärmelkanal durchschwommen. Hin und zurück.

Ja, für mein Veronika-Kramer-Ich grenzt es an Hochleistungssport, pausenlos so diszipliniert zu sein wie Vera Kroemer – und dabei Kapitel für Kapitel die eigenen Unzulänglichkeiten in Form von Lilo-Lotter-Episoden preiszugeben. Zum Glück weiß keiner meiner Leser, dass ich keinerlei Recherche betreiben musste, um mich zu dieser ausgesprochen fehlbaren Figur inspirieren zu lassen ...

Wenigstens eine positive Eigenschaft unterscheidet mich von Lilo Lotter: Wenn es sein muss, kann ich mich gewaltig zusammenreißen und richtig ranklotzen. Bäume ausreißen. Beziehungsweise 85 Buchseiten schreiben, ohne zwischendurch das Haus zu verlassen oder mich auch nur im Mindesten ablenken zu lassen ... Keine Glotze, keine Dauertelefonate mit Charlotte, kein Entspannungsbad mit Krimi und Gesichtsmaske. Einfach nur: aufstehen, duschen, schreiben, essen, schreiben, schlafen, schreiben – und ab und an kurz mit Tante Amanda chatten. Die menschlichen Grundbedürfnisse eben.

Finden Sie nicht, dass ich mir einen Faulenzer-Vormittag im Bett mehr als verdient habe? Ich sollte nicht mal aufstehen, um ans Telefon zu gehen, das gerade losklingelt. Wer ruft um diese unchristliche Zeit an?

Verdammt, ich bin einfach zu neugierig!

Noch etwas schlaftrunken schwinge ich meine mageren, langen Beine aus dem Bett, schlüpfe in meine heiß geliebten Micky-Maus-Schlappen und schlurfe in die Küche, versuche das Klingeln zu orten und entdecke das Telefon unter einer leeren Pizzaverpackung.

»Hallo«, nuschele ich.

»Rosemarie Nägeli hier, ich hoffe, ich habe Sie nicht geweckt, hahaha.«

Was gibt's denn da zu lachen? An einem Samstag in aller Herrgottsfrühe!

»Nein, nein, ich war schon wach«, antworte ich einigermaßen wahrheitsgemäß. Geschlafen habe ich jedenfalls nicht mehr.

»Ist auch immerhin schon zehn Uhr. Andererseits waren Sie ja aktiv bis in die frühen Morgenstunden, wie ich gesehen habe.«

Aha, sie sitzt am PC und hat die Mail mit meinem Manuskript geöffnet. So ein fleißiges Bienchen!

»Hatten Sie schon Zeit, hineinzuschauen?«

»Hineinzuschauen? Sie machen Scherze: Ich habe es verschlungen! Ganz großartig, dieser neue Stil. Ich liebe Lilo Lotter – ein wirklich genialer Einfall.«

Hören Sie den Stein, der mir vom Herzen fällt?

»Freut mich sehr«, sage ich – jetzt schon deutlich besser gelaunt.

»Weiter so, weiter so! Ich freue mich schon auf die nächsten hundert Seiten!«

Und ich erst ...

Ich wünsche noch artig einen schönen Samstag und beschließe, meinerseits das vor mir liegende Wochenende so richtig zu genießen. Am liebsten würde ich in ein gemütliches Café gehen, eine leichte Lektüre mitnehmen und schön ausgiebig frühstücken!

Moooment.

Moment, da fällt mir was ein: Café. Samstag. Frühstücken ...

Das Treffen mit Till im »Café Bohne«! Das ist – ja, eindeutig: heute. Um elf Uhr. Also in genau 42 Minuten. Hilfe!

Wie ein geölter Blitz springe ich unter die Dusche, trockne mich anschließend in Windeseile ab, begnüge mich damit, die Haare anzuföhnen – draußen ist es ja warm –, und ziehe das Erstbeste an, was mir in die Finger kommt: dunkelgrüne Cordhose, graues T-Shirt mit der Aufschrift »Muckefuck – nein, danke!«, dazu meine neuen Ballerinas, fertig. Ein Blick auf die Uhr zeigt: Ich bin gut in der Zeit, es ist zwanzig vor elf.

Auf dem Weg zum Fahrradkeller begegnet mir der Postbote und überreicht mir einen Brief und eine Ansichtskarte von Ariane und Rüdiger aus den »verspäteten Flitterwochen«. Der gefütterte Umschlag mit spanischen Briefmarken und einer Adressaufschrift in schwungvollen Druckbuchstaben ist von Tante Amanda – die Flugtickets für nächstes Wochenende. Da fällt mir ein, dass ich völlig vergessen habe, Robert zu fragen, ob er mitkommen möchte. Mist! Die Schreibklausur hat mich ganz offensichtlich so sehr beansprucht, dass ich alles andere einfach ausgeblendet habe.

Kurzentschlossen rufe ich Robert an, während ich mit einer Hand das Schloss meines funkelnagelneuen Fahrrades aufschließe und es dann aus dem Keller hinaus auf die Straße schiebe. Als ich mir im Geiste zurechtlege, was ich sagen werde, fällt mir auf, wie anzüglich das Ganze klingen könnte: Eine Einladung zu einem gemeinsamen Wochenende in Spanien – denkt man da nicht sofort an Leidenschaft, Fleischeslust und glühende Liebe? Als Robert sich meldet, bemühe ich mich, möglichst kumpelhaft zu wirken. *Sponti-Trip mit Gratis-Flugtickets* – das klingt nicht unbedingt nach liebeshungriger Mittdreißigerin mit Torschlusspanik, oder?

Die Sorge war völlig unbegründet. Robert findet die Idee »fett« und dreht förmlich durch, als er erfährt, dass Tante Amandas Haus in Marbella liegt: »Andalusien ist wunder-wunder-wunderschön! Dort wollte ich schon immer mal fotografieren. Wie viel Gepäck dürfen wir denn mitnehmen? Meine Ausrüstung wiegt so einiges ...« Ich verspreche, das für ihn in Erfahrung zu bringen und mich später wieder zu melden.

Dank einer Abkürzung durch die Fußgängerzone spare ich mindestens fünf Minuten. Kurz vor dem Ziel fällt mir ein, dass ich zum Geldautomaten muss, wenn ich Till meine Schulden zurückzahlen will. Seufzend kehre ich um, steuere die Bank am Stadtpark an und stelle mich an. Vor mir steht eine Frau mit kurzen, goldblonden Haaren. Sie trägt hochhackige Schuhe, ein ausgesprochen schickes Kleid mit floralem Printmuster in Rot und Weiß und exakt dieselben Ohrringe, die ich Charlotte zu ihrem letzten Geburtstag geschenkt habe. Nein, falsch: nicht dieselben, sondern die gleichen!

»Charlotte?«

Sie dreht sich um: »Mensch, Vero, bist du auferstanden aus deinen Manuskriptruinen?«

»Kann man schon sagen. Und du? Gehst du zum Casting oder wieder zu einem Blind Date?« Die Frage ist berechtigt, denn Charlotte sieht unfassbar gut aus: Im Gegensatz zu mir ist sie sorgfältig geschminkt, flott frisiert und modisch gekleidet. Das ist definitiv kein gewöhnlicher Samstags-mal-eben-ein-paar-Besorgungen-machen-Look!

»Nicht ganz«, antwortet sie mit einem kleinen Lächeln, »ich bin eingeladen – und spät dran. Ich muss los, mach's gut!«

Und weg ist sie. Huch!

Die hatte es ja eilig. Man könnte fast annehmen, sie wollte meinem Verhör entgehen. Wahrscheinlich also doch ein Blind Date. Am Montag im Büro werde ich ihr sämtliche Details entlocken, nehme ich mir vor. Nach einer Woche Einsamkeit freue ich mich mächtig darauf, wieder Tür an Tür mit Charlotte zu arbeiten.

Der Geldautomat spuckt dreihundert Euro aus, die ich in meine Geldbörse stopfe (warum hat man die Scheine nicht den gängigen Portemonnaiefachgrößen angepasst?). Die Turmuhr schlägt elf, als ich mir den Rucksack wieder auf den Rücken schwinge und weiterfahre. Das »Café Bohne« ist gleich um die Ecke. Ich kette mein Fahrrad am Geländer fest. Im gleichen Augenblick fährt Till vor. Jedenfalls ist es Tills Wagen. Der Typ, der darin sitzt, hat Tills verwegenes Grinsen aufgesetzt und seine verschmitzten Lachfalten um die Augen. Das hippe Skatersweatshirt und die Strickmütze, die er auf dem Kopf trägt, sehen dagegen überhaupt nicht nach dem Till aus, den ich kenne. Anders jedenfalls als die Jeans-und-T-Shirt-Variante und vor allem als Maßhemd, Schlips und Anzug.

»Cooles Outfit«, lobe ich grinsend seine grau gerippte Badekappe aus Wolle und umarme ihn flüchtig. *Ob er mit der Mütze seine Glatze verbergen will?*

Er küsst mich freundschaftlich links und rechts und gibt das Kompliment zurück: »Hallo Nic! Cooles Anti-Muckefuck-T-Shirt. Fast so zauberhaft wie das Prinzessinnenkleid!« Und schon hat er mich zum Lachen gebracht.

Wir finden einen netten kleinen Tisch am Fenster und bestellen, wie geplant, zwei Mochaccino. Während wir warten, erledige ich das »Geschäftliche« und überreiche ihm den Betrag, den er mir in Paris geliehen hat, inklusive dessen, was mein Hotelzimmer gekostet hat. »Und das Bahnticket – wie teuer war das?«, frage ich scheinheilig.

»Ist bezahlt«, gibt er knapp zurück und würzt seine Antwort mit einem strahlenden Till-Lächeln.

»Firma dankt«, sage ich und wundere mich kein bisschen über Tills Großzügigkeit, denn es war ja ein 2-for-1-Ticket. Für ihn und diese ominöse Daphne.

Daphne – was ist das überhaupt für ein bescheuerter Name?

Meine Güte, man könnte fast glauben, ich sei eifersüchtig auf die große Unbekannte. Absolut lächerlich. Warum sollte ich?

Der Mochaccino schmeckt unglaublich. Einmalig. Wunderbar! Mannomann, ich bin schwer begeistert: »Das ist eine Offenbarung«, schwärme ich.

»Hab ich's nicht gesagt? Der beste Mochaccino weit und breit!«

»Apropos weit und breit: Heute war eine Postkarte von unseren Geschwistern in der Post. Liebe Grüße von der verspäteten Hochzeitsreise.« Ich krame im Rucksack und präsentiere schwungvoll die Ansichtskarte mit dem Stempel aus ... Norwegen.

»Grüße vom Nordkap«, liest Till laut vor. »Das darf doch nicht wahr sein!«

»Wieso«, frage ich, »hast du was gegen Norwegen? Dort gibt es fröhliche Menschen, einen volksnahen König, beeindruckende Fjorde und putzige Fischerdörfer.«

»Ja – und ein halbes Jahr Dunkelheit, jede Menge Menschen mit Depressionen, fürchterliche Kälte und die einsamsten Einöden Europas.«

»Du meinst ...«

»Genau: Ich kann mir keinen unromantischeren Ort vorstellen, an dem man seine Flitterwochen verbringen könnte, als das Nordkap. Als Sommerurlaub nach fünf oder fünfzig Jahren Ehe – herzlich gerne. Aber als Ziel für eine Hochzeitsreise ist es ungefähr so passend wie Albanien oder Afghanistan.«

»Albanien soll touristisch unheimlich aufgeholt haben. Schicke Hotels, zuvorkommender Service, herrliche Strände, unglaubliche Landschaften. Mein Gott, ich spreche wie eine Repräsentantin des albanischen Fremdenverkehrs!«, unterbreche ich mich lachend.

»Albanien? Du liebe Güte – das ist doch wohl kaum deine Vorstellung vom romantischsten Ort des Planeten!«

»Oh nein«, muss ich zugeben, »der romantischste Ort der Welt ist wo ganz anders.«

»Ich hoffe, du meinst jetzt nicht Venedig. Oder Las Vegas. Oder Heidelberg!« Er tut so, als ob ihn ein Schauer überkommt.

»Du errätst nie, wo für mich der romantischste Ort der Erde liegt«, fordere ich ihn heraus.

»Wie viele Versuche habe ich?«, fragt er. »Moment«, unterbricht er sich selbst, als sein Mobiltelefon klingelt, »das ist wichtig, ich muss rangehen.« Er steht auf und nimmt das Gespräch draußen vor der Tür an. Im gleichen Moment ertönt das Signal, das eine neue SMS ankündigt.

Sie ist von Fabian Engel. »Grüße aus Down Under. War gestern in der Oper von Sydney. Gigantisch! Wäre aber zu zweit noch grandioser gewesen ... Habe eben online Tickets gebucht für *La Bohème* im Stadttheater. Begleiten Sie mich? Es wäre mir eine große Freude. Fabian.«

Wow. Das nenne ich mal eine Überraschung! Wer hätte gedacht, dass jemand, der alle Bedienungen »Jenny« nennt und voller Begeisterung über Spezialschmierstoffe spricht, so romantisch sein kann? Ich fühle mich sehr geschmeichelt und schreibe spontan zurück: »Sehr gerne! Ich freue mich. Grüße nach Sydney von Veronika.«

Seine Antwort kommt umgehend: »Wo darf ich Sie abholen?« Ich schicke ihm meine Adresse per SMS.

Er schreibt zurück: »Ich werde da sein – nächsten Samstag, 19 Uhr. Tragen Sie wieder dieses umwerfende Kleid aus dem ›Belladonna‹?«

Was für eine Frage. *Natürlich – was denn sonst?* Als ob ich den Schrank voller operntauglicher Roben hätte ... Bevor ich genau das eintippe, fällt mir Tante Amandas Ratschlag ein: nicht plappern – lieber die Geheimnisvolle geben.

»Lassen Sie sich überraschen. :)«, schreibe ich stattdessen.

Schon eine Sekunde später habe ich eine neue Nachricht in meinem Posteingang: »Fliegen wir eigentlich ab Frankfurt? Gruß Robert«.

Gute Güte! Nächsten Samstag ... Da bin ich ja in Spanien! Was soll ich Fabian nur sagen? Den Opernbesuch sofort absagen?

Nein, beschließe ich. Lieber warte ich ab. Vielleicht fällt mir noch eine geniale Lösung für dieses Dilemma ein. Oder wenigstens eine glaubwürdige Ausrede. Die Wahrheit kommt natürlich nicht infrage, wenn ich verhindern will, dass Fabian mich für eine treulose, unzuverlässige, wankelmütige Chaotin hält!

»Hast du einen Geist gesehen?«, fragt Till, der sein Telefonat beendet hat und wieder Platz nimmt.

»Nicht ganz«, lächele ich verzagt, »aber ich glaube, ich muss gleich gehen. Es gibt ein kleines Problem...«

»Ich muss auch los«, antwortet Till bedauernd, »aber wir setzen das hier demnächst fort. Sobald ich wieder mehr Zeit habe. Im Moment ist der Teufel los!«

Offenbar sind Magengeschwüre im Trend. Ich will gar nichts davon hören! Unappetitliches Thema, wie überhaupt sein ganzer Beruf. Zum Glück verzichtet er darauf, mir Anekdoten aus dem Leben eines Gastroenterologen zu erzählen.

Als wir uns vor der Tür verabschieden, kommt Till auf unser abgebrochenes Gesprächsthema zurück: »Wenn ich raten soll, welcher Ort für dich der romantischste der Welt ist, habe ich drei heiße Tipps in petto: Entweder ist es der Romeo-und-Julia-Balkon in Verona oder ›Rick's Café‹ in Casablanca aus dem gleichnamigen Film oder aber die Aussichtsplattform des Empire State Buildings in New York wie bei *Schlaflos in Seattle.*« Ich grinse. »Ist die richtige Antwort dabei?«, bohrt Till neugierig nach?

»Genau. Volltreffer. Es ist ...«

»Halt!«, unterbricht mich Till. »Nicht verraten: Ich denke drüber nach – und wenn ich sicher bin, die Antwort zu kennen, lege ich mich fest.«

Na, da bin ich aber mal gespannt.

Auf dem Nachhauseweg grübele ich über die vertrackte Situation nach, in die ich hineingeraten bin. Gedankenversunken radele ich vor mich hin und überfahre beinahe einen altersschwachen Dackel. Sein Besitzer schimpft mir hinterher und droht mir mit dem Stock. Deine Sorgen möchte ich haben, denke ich verdrießlich. Dass ich kurz vor der Haustür noch in einen heftigen Schauer gerate, bessert meine Laune auch nicht gerade. Ich bin völlig durchnässt, als ich meine Wohnung betrete und feststelle, dass es hier aussieht, als habe eine Bombe eingeschlagen. Unfassbar: Und hier habe ich eine Woche lang gearbeitet? Wie gruselig!

Kurzentschlossen ziehe ich trockene Kleider an und fange an, das Chaos zu beseitigen: Müll entsorgen, staubsaugen, Spülmaschine aus- und wieder einräumen, aufwischen. Draußen tobt ein heftiges Gewitter, drinnen übertöne ich das Donnergrollen mit lauter Musik. »*Alles wird gut*«, versprechen die Toten Hosen, doch darauf würde ich momentan lieber nicht wetten. Stattdessen wirbele ich keuchend und schwitzend durch mein 60-Quadratmeter-Appartment, das so langsam wieder einer artgerechten Behausung gleicht, und denke fieberhaft nach: *Spanien oder Oper? Robert oder Fabian? Fliegen oder bleiben?*

Es hat keinen Sinn. Ich brauche Tante Amandas Rat.

Zwei Stunden später bin ich ausgepowert wie nach dem härtesten Work-out. Wozu ins Fitnessstudio gehen? Ein gepflegter Saustall zu Hause ist allemal günstiger!

Ich bringe noch eben die vollen Müllsäcke zum Container, dann lasse ich mir ein Vollbad ein. Das habe ich mir verdient! Danach schlüpfe ich in gemütliche Klamotten und schiebe die letzte Pizza, die noch im Gefrierfach liegt, in den Ofen. Während sie immer knuspriger wird und immer köstlicher duftet, mache ich es mir mit dem Notebook und einem Milchkaffee auf dem Sofa gemütlich. Bei Wikipedia steht, *La Bohème* sei eines der bedeutendsten Werke der italienischen Oper und als »durchkomponierte dramatische Großform in vier Bildern angelegt« – was auch immer das bedeuten soll. Erfreut nehme ich zur Kenntnis, dass sie keine Ouvertüre hat und nur 110 Minuten dauert. Genau wie dieser Boxerfilm, in dem Charlotte neulich mit Robert war. Hinterher erzählte sie nämlich, keine einzige der 110 Minuten sei langweilig gewesen. Ich hoffe, das ist die einzige Gemeinsamkeit zwischen diesem Film und der Oper!

Die Pizza ist gar. Ich schneide sie in Kuchenstücke, damit ich sie nebenbei mit der Hand essen kann, während ich mit Tante Amanda chatte. Im Gegensatz zu mir hat sie das Treffen mit Till keine Sekunde vergessen:

Na, Vroni, war's schön mit dem attraktiven Schwippschwager?
>   Er hat eine Glatze, Tante Amanda, was in meinen Augen einen Widerspruch zu ›attraktiv‹ darstellt – oder zumindest eine extreme, nicht hinnehmbare Einschränkung!

Ob's schön war, hab ich gefragt. :)
>   Oh. Ja, klar, sehr nett! Wir haben über unsere Geschwister gelästert und Mochaccino getrunken. Ein perfekter Vormittag!

Was erzählt er denn so, der Gute?

Hm. Was erzählt er? Wenig. Und überhaupt: Was weiß ich über Till? Nur, dass er Arzt ist und außerdem mein Schwippschwager, dass er Kaffee liebt und witzig ist und dass ich mich in seiner Gegenwart noch nie gelangweilt habe.«
>   Er war ziemlich in Eile, hat viel Arbeit zur Zeit.

In seiner Praxis? Im Krankenhaus? In der Uniklinik?

Nicht einmal das weiß ich. Mensch, offenbar bin ich ziemlich ichbezogen – denn meine Arbeit war in unseren Gesprächen ein häufiges Thema.

Keine Ahnung. Ich weiß es nicht. Das ist auch momentan nicht meine größte Sorge. Was mich viel mehr beunruhigt, ist die SMS von Fabian – und meine Antwort darauf ...

Raus mit der Sprache!

Er hat mich in die Oper eingeladen.

Famos! Krall ihn dir, diesen Gentleman!

Es gibt da bloß ein kleines Problem ...

Er hat Mundgeruch? Ist Bigamist? Oder gar ein gesuchter Massenmörder?

Ach, Unsinn. :)

Dann spricht nichts dagegen, dass du die Einladung annimmst!

Ich habe sie auch schon angenommen. Das ist ja das Problem: Der Opernabend findet nächsten Samstag statt. Und ich kann nicht gleichzeitig in *La Bohème* sitzen und in Marbella mit dir feiern.

Ach daher weht der Wind! Aber mach dir um mich mal keine Sorgen.

Vorhin im Café, als Till gerade draußen war zum Telefonieren und ich Fabian per SMS zusagte, kam eine Nachricht von Robert. Er freut sich wahnsinnig darauf, in Andalusien Naturaufnahmen zu machen ...

Du hast tatsächlich mit Kandidat eins deine Spanienreise geplant und dich gleichzeitig von Kandidat zwei ins Theater einladen lassen, während du mit Kandidat drei im Café warst? Du Luder! :)

Ich bin kein Luder, sondern Single – und von Kandidaten kann nicht die Rede sein ... Jedenfalls ist mir in diesem Moment eingefallen, in was für einer Zwickmühle ich sitze!

💬 *Nämlich?*

  Na, einem von beiden muss ich 💬
  natürlich absagen.

💬 *Dazu besteht nicht der geringste Anlass.*

  Nicht? Aber wie soll das funktionieren? Ich wer- 💬
  de wohl Fabian schreiben, dass es mir leidtut.
  Adé, *La Bohème.*

💬 *Ach was, so eine Chance lässt man sich nicht entgehen. Deine alte Tante kannst du auch ein andermal besuchen!*

  Und Robert? 💬

💬 *Wird er dich sehr vermissen, wenn er auf Fototour geht?*

  Na ja, wohl eher nicht. 💬

💬 *Und für das zweite Ticket fände sich vielleicht auch noch Verwendung: Ich habe Charlotte schon seit Ewigkeiten nicht mehr gesehen! Meinst du, sie hat Lust?*

Und ob Charlotte Lust hat! Am liebsten würde sie mich durchs Telefon hindurch umarmen, als ich sie eine Viertelstunde später anrufe. »Die Tickets gebe ich dir am Montag im Büro«, verspreche ich.

»Tickets – Plural?«

»Ähm, ja – das andere hatte ich Robert schon versprochen. Ich hoffe, es stört dich nicht, dass er mitkommt? Er wollte fotografieren. Andalusien ist wunderschön.«

Schweigen in der Leitung.

Dann sagt Charlotte: »Aber nein, das macht mir gar nichts aus. Wir haben ja schon öfter was zusammen unternommen.«

Ja, das haben sie. Eigentlich öfter, als Robert und ich uns getroffen haben.

Denken Sie jetzt auch, was ich gerade denke?

13. KAPITEL

Der Schock

Der Mensch kann sich an alles gewöhnen. Sogar an Ordnung. Seit einer Woche arbeite ich jetzt wieder im Büro und komme gut voran. In fünf Arbeitstagen sind 25 weitere Manuskriptseiten entstanden. Das ist zwar weniger als in der Wahnsinnswoche davor, aber immer noch ein guter Schnitt. Und obwohl es erst halb neun ist, habe ich heute früh schon eine weitere Lilo-Lotter-Szene geschrieben.

Es geht also auch ohne Schreibklausur. Zumal die chaotische Umgebung als Inspirationsquelle weggefallen ist: Nach meiner Putzaktion ist es zu Hause fast so ordentlich wie im Büro. Außerdem sieht es hier schon gar nicht mehr so steril aus: Das ein oder andere Schokopapier ziert inzwischen meinen Schreibtisch, wo sich auch diverse Papierstäpelchen anschicken, zu neuen Türmen anzuwachsen. Und gestern habe ich sogar die Gelbe-Klebezettel-Sammlung meiner Geistesblitze wiedergefunden: Charlotte hat sie alle in einen Schuhkarton gesteckt, ihn ins Regal gestellt und mit »Ideenbox« beschriftet. Mit anderen Worten: Ich fühle mich wieder wohl.

Vor allem genieße ich die Kaffeepausen, das gemeinsame Mittagessen und die kleinen Zwischendurchgespräche mit Charlotte. Gerade höre ich sie hereinkommen.

»Fröhlichen Unabhängigkeitstag«, rufe ich gut gelaunt. Verdutzt streckt Charlotte den Kopf zur Tür herein: »Unabhängigkeitstag? Das ist heute? Na, so was ...«

»Jawoll, heute ist der 4. Juli. Also *nicht* Thanksgiving«, bringe ich Charlotte mit einem unserer ältesten Running Gags zum Lachen. Wenn ich mich recht erinnere, war es in der achten Klasse, als wir in Englisch einen Aufsatz über Feiertage, Feste und Bräuche in den Vereinigten Staaten schrieben – und Charlotte den Independence Day mit dem amerikanischen Erntedankfest verwechselte. Ausführlich beschrieb sie also, wie am Unabhängigkeitstag überall in den USA Familientreffen stattfinden, bei denen gefüllte Truthähne, Süßkartoffeln und Kürbiskuchen aufgetischt werden.

»Kürbiskuchen habe ich zwar nicht dabei, aber frischgebackene Blaubeermuffins«, grinst Charlotte und deutet auf ihren Weidenkorb.

»Du bist ein Schatz«, freue ich mich, denn ich liebe Blaubeermuffins! Wie überhaupt alle hochkalorischen süßen Backwaren.

Während Charlotte das köstliche Naschwerk auspackt, bereite ich uns zwei Cappuccino zu. Größer als mein Kaffeedurst ist heute nur noch meine Neugier: »Erzähl schon, wie war es in Spanien? Wie geht es Tante Amanda? Und wie war das Fest?«

»Super war's«, sagt Charlotte und nippt an ihrem Cappuccino. »Wir hatten sehr viel Spaß. Das Wetter war prima, das Essen lecker, Tante Amanda geistreich wie immer. Ein perfektes Wochenende.«

»Du klingst wie eine Ansichtskarte«, bohre ich nach, »ich will Details! Seid ihr euch nähergekommen, du und Robert?«

Erschrocken stellt Charlotte ihre Tasse ab, während ich herzhaft in einen Muffin beiße. »Wie meinst du das? Bist du ...?«

»... eifersüchtig? Nein, liebste Charlie, ich würde mich total freuen. Mir ist längst klar geworden, dass ich nie zu einem Stuntgirl werde. Du und Robert dagegen – das passt einfach perfekt. Ihr wärt ein tolles Paar.«

»Na ja. Wahrscheinlich sind wir auch eins«, lächelt Charlotte versonnen. Dann springt sie auf und umarmt mich stürmisch: »Du bist nicht sauer?«

»Aber Unsinn«, wehre ich ab, »ich freue mich riesig für euch. Robert ist genau der Richtige für dich. Und er ist nett. Also alles in Butter!«

Charlotte ist schwer erleichtert. Dann wechselt sie unvermittelt das Thema: »Und wie war dein Wochenende? War es schön mit Fabian in der Oper?«

»Ging so«, antworte ich.

»Ging so? Was ist denn das für eine merkwürdige Antwort!«

Ich seufze. Dann berichte ich von dem Abend, der weder ein Fiasko war noch ein Triumph, sondern etwa so großartig wie ein lauwarmes Wannenbad. Dabei hatte alles so gut angefangen: Fabian war charmant und unterhaltsam. Im Theaterfoyer schlürften wir noch genüsslich zwei Gläser Champagner und beobachteten die Leute, bevor der Gong ertönte. Wir hatten erstklassige Plätze – bestimmt waren sie richtig teuer. Erwartungsvoll freute ich mich darauf, dass der schwere Samtvorhang sich hob. Und das tat er.

Doch was ich dann zu sehen bekam, war ein Schock: Ich hatte eine malerische Kulisse erwartet und fantastische Kostüme. Stattdessen war die Bühne – abgesehen von ein paar Umzugskisten, zwei Isomatten und einem Stapel Zeitungen – komplett leer. Einige Darsteller trugen verwaschene, ausgebeulte Jogginganzüge, andere waren in graue Bademäntel gehüllt.

»Sehr modern inszeniert«, raunte Fabian mir beeindruckt zu.

Modern? Wenn das modern ist, bin ich uralt.

Und die Musik erst ... Das soll eine der schönsten italienischen Opern sein? Dann möchte ich die anderen lieber gar nicht erst kennenlernen. Keine einzige Melodie kam mir bekannt vor, keine blieb mir im Ohr. Haben denn Opernarien keinen Refrain?

Selten sind mir 110 Minuten dermaßen lang vorgekommen. Ich freute mich darauf, anschließend noch ein bisschen tanzen zu gehen. Fabian hat den »Club Calypso« vorgeschlagen und ich habe begeistert zugestimmt: Das soll ein todschicker

Laden sein, in dem manchmal sogar Promis verkehren. Ich war natürlich noch nie dort. Und daran hat sich bis heute nichts geändert ...

»Warum das denn?«, wundert sich Charlotte.

»Tja – weil Fabian gleich nach Ende der Vorstellung sein Handy wieder eingeschaltet hat. Und feststellte, dass sein Geschäftspartner ungefähr 15 Mal versucht hatte, ihn zu erreichen. Irgendein Notfall in der Firma. Er musste sofort weg.«

»Und du?«

»Ich bin dann mit dem Taxi nach Hause gefahren, habe mir einen trostreichen Milchreis mit Zimt gekocht und vorm Fernseher den ganzen Topf leergefuttert.«

»Glaubst du, er meldet sich wieder?«, fragt Charlotte stirnrunzelnd. Offenbar ist es ihr unangenehm, dass mein Wochenende nicht ganz so perfekt gelaufen ist wie das ihre.

»Wer, Fabian? Ja, ich denke schon. Jedenfalls hat er das versprochen.«

Andererseits – ist nicht »Ich ruf dich an« der klassische letzte Satz, mit dem Männer Frauen »schonend« abservieren?

»Ach übrigens: Tante Amanda lässt fragen, wie der Kandidat auf die Sterbeszene reagiert hat.«

Für einen Moment stehe ich voll auf dem Schlauch. Okay, mit »Kandidat« meint sie wohl Fabian. Aber welche Sterbeszene? Dann fällt der Groschen: »Du meinst die Szene in der Oper, in der diese hustende Mimi den Löffel abgibt? Was sich so elend lang hinzieht, dass man am liebsten Sterbehilfe leisten möchte, damit das Elend ein Ende hat?«

»Aus dir wird in diesem Leben wohl kein Opernfan mehr«, lacht Charlotte, »aber ja: Genau diese Szene meine ich.«

Ich überlege kurz, dann sage ich: »Ich bin fast sicher, dass Fabian da Tränen in den Augen hatte. Jedenfalls kramte er danach ein Papiertaschentuch aus der Jackentasche und tat so, als müsste er niesen. Klang aber unecht.«

»Sehr gut«, nickt Charlotte zufrieden, »dann hat er Tante Amandas *La-Bohème*-Gentleman-Test bestanden: Er ist ein Romantiker. Und sehr empfindsam. Du solltest ihn unbedingt wiedersehen.«

Ach wirklich? Wie romantisch ist es denn, wegen eines Spezialschmierstoffnotfalls sitzengelassen zu werden?

Gedankenversunken beginne ich, das Geschirr wegzuräumen. Doch Charlotte scheint heute ausnahmsweise weniger arbeitseifrig zu sein als ich: »Noch einen Cappuccino?«

Ich lasse mich gern überreden. »Bleib sitzen, ich mach das«, sagt Charlotte zuvorkommend. Die Gute! Wäre sie ein Mann, würde ich misstrauisch werden. Aber Charlotte hat keinen Grund für ein schlechtes Gewissen. Die Sache mit Robert gönne ich ihr wirklich von Herzen. Schließlich ist sie mehr als nur meine Büropartnerin.

»Kann man es schöner haben als wir beide hier zusammen?«, denke ich laut. »Eine Bürogemeinschaft mit der besten Freundin – besser geht es nicht.«

»Hmm«, macht Charlie und hantiert mit der Kaffeemaschine herum, »ist 'ne sehr schöne Lebensphase.«

»Lebensphase? Was redest du denn so geschwollen daher«, lache ich auf, »das klingt ja fast so, als käme irgendwann eine neue Phase.«

»Na ja«, antwortet Charlotte leise. Sie wendet mir noch immer den Rücken zu und tut so, als wären die beiden Cappuccino noch nicht fertig.

»Alles endet auch irgendwann. Und dann kommt etwas Neues.«

Vor meinem inneren Auge leuchtet ein Warnlämpchen auf.

»Also ehrlich, Charlie, für eine geniale Idee gibt es kein Mindesthaltbarkeitsdatum, das ablaufen kann. Und die Idee mit der Bürogemeinschaft ist die beste, die du je hattest!«

»Unsere Freundschaft hat natürlich kein Haltbarkeitsdatum«, gibt Charlotte mit rauer Stimme zurück und wendet sich um. Ihre dunkelblauen Augen schauen mich ernst an. Sehr ernst.

In meinem Oberstübchen schrillen sämtliche Alarmglocken!

»Ich weiß nicht, wie ich es dir sagen soll«, seufzt sie – und dann tut sie es einfach geradeheraus: »Ich habe einen neuen Job. Ab 1. September.«

»Was?«, will ich schreien, doch ich bringe nur ein Krächzen heraus. Mein Hals ist wie zugeschnürt.

Wenn das ein böser Traum ist, dann wecken Sie mich bitte auf. Sofort!

»Die Miete bezahle ich natürlich so lange weiter, bis du einen neuen Büropartner gefunden hast. Es sei denn, du willst in Zukunft lieber zu Hause arbeiten – dann sollten wir den Vertrag zum Jahresende kündigen.«

Ich bin unfähig zu antworten. Wortlos starre ich Charlotte an und kann nicht einmal denken. Als sie mir meinen Cappuccino überreicht, trinke ich ihn mechanisch, ohne irgendetwas zu schmecken.

Ich glaube, mir wird schlecht.

Warum kann ich auf der großen Tastatur des Lebens nicht einfach *Strg + Z* drücken? Auf einen Schlag alles ungeschehen machen und dann sofort abspeichern – damit es auch für immer so bleibt.

Reiß dich zusammen, Veronika, erklingt Tante Amandas Stimme in meinem Hinterkopf, Charlotte ist deine beste Freundin, ihr fällt das hier auch nicht gerade leicht. Aber sicher hat sie gute Gründe für ihre Entscheidung. Vielleicht die Chance ihres Lebens? Versau ihr das nicht – und mach es ihr nicht noch schwerer, als es sowieso schon ist.

Ich atme tief durch. »Erzähl. Was ist das für ein Job? Arbeitest du weiterhin als Übersetzerin?« Es kostet mich viel Überwindung, meine Stimme nicht leidend klingen zu lassen. Es geht gerade um Charlottes Zukunft, nicht um meine. Mein Schicksal ist sowieso besiegelt: Ohne Charlotte bin ich völlig hilflos. Wer wird mich an Termine erinnern, mich inspirieren, mein Chaos ertragen, mich ermahnen, mir als Vorbild und Motivation dienen und meine ultimative Recherchequelle sein? Ebenso gut kann ich meine Karriere aufgeben und anfangen, mir irgendeinen McJob zu suchen ...

Charlotte erzählt, dass alles mit Robert anfing: Seit letztem Monat arbeitet er nicht mehr für *SUXESS*, sondern für das Konkurrenzmagazin *BUSY*. Zufällig bekam er mit, dass der Verlag eine *Inhouse*-Übersetzerin sucht, und hat natürlich Charlotte davon erzählt. Die hat kurz gezögert, sich dann beworben – und wurde prompt zum Gespräch eingeladen. Vorletzten Samstag.

Deshalb war sie also so aufgebrezelt, als ich ihr am Geldautomaten begegnete.

»Ricarda Bertram – die Chefredakteurin von *BUSY* – hat mir einen echten Traumjob angeboten. Ein tolles Gehalt, ein schönes Büro, spannende Aufgaben ... Ich konnte einfach nicht Nein sagen. In Zukunft übersetze ich also Reportagen, Interviews, Fachartikel aus den interessantesten Branchen. Nie wieder öde technische Dokumentationen. Du glaubst gar nicht, wie sehr mir die zum Hals raushängen. Und ich kann es mir endlich leisten, diese nervigen Volkshochschulkurse aufzugeben.«

Ich hatte nicht die geringste Ahnung, dass Charlie diese Kurse nur wegen des Geldes gegeben hat. Und dass sie die

Techniktexte, die sie tagaus, tagein übersetzt, offenbar ebenso langweilig findet wie ich. Was bin ich nur für eine schreckliche Freundin. Die immer nur an sich selbst denkt und nicht mitkriegt, wie es anderen geht.

»Ich freu mich für dich, Charlie«, sage ich – heute schon zum zweiten Mal. »Ehrlich. Wenn das so ein Superjob ist, dann musst du die Chance natürlich ergreifen. Aber – ich muss das alles erst mal verdauen.«

Charlotte nickt. »Das verstehe ich. Danke. Ich weiß, dass du enttäuscht bist.«

Enttäuscht ist gar kein Ausdruck! Verwirrt, bestürzt, verstört ...

»An unserer Freundschaft ändert sich natürlich nicht das Geringste! Okay, wir sehen uns wohl nicht mehr täglich. Aber ich bin ja nicht aus der Welt«, sagt Charlotte.

Ich nicke. Ja – eine Freundschaft, die seit Jahrzehnten gewachsen ist, wird von einem neuen Job nicht zerstört werden. Erleichtert macht sich Charlotte auf den Weg hinüber in ihr Büro. Im Türrahmen bleibt sie noch einmal stehen und dreht sich um: »Tante Amanda hatte recht – sie war sicher, du würdest das verstehen.«

Ich bin wie vor den Kopf geschlagen: »Tante Amanda wusste Bescheid? Du hast mit ihr darüber geredet?«

Charlotte nickt: »Kurz vor dem Rückflug habe ich mich ihr anvertraut. Eigentlich wollte ich das Jobangebot nämlich ausschlagen. Um dich nicht zu verlieren. Amanda hat mir klargemacht, dass ich bescheuert wäre, wenn ich nicht zusagen würde.«

Ich kann es nicht fassen. Meine geliebte Tante – eine Verräterin!

»Sorry, ich brauche frische Luft«, keuche ich und dränge mich an Charlotte vorbei, raus aus dem Büro, die Treppe hinunter, einfach weg hier. Die nächste halbe Stunde drehe ich im Marschtempo zornige Runden im Stadtpark. Für die Schönheit der Lilien, Rosen und Hortensien habe ich heute keinen Blick. Ich laufe und laufe und laufe – wie einst der VW Käfer. Nur einmal bleibe ich kurz stehen. Vor einem Zigarettenautomaten. Doch ich widerstehe der Versuchung und marschiere verbissen weiter. Dann fasse ich den Beschluss, Tante Amanda eine E-Mail zu schreiben, die sich gewaschen hat. In der ich ihr schildere, wie sehr es mich schmerzt, was da hinter meinem Rücken geschehen ist. Wie dumm und hintergangen ich mich fühle. Dass mein Vertrauen erschüttert ist. So etwas in der Art.

*

»Fabian Engel hat angerufen«, flötet Charlotte, als ich die Tür aufschließe.

»Danke dir«, flöte ich zurück. Eigentlich ist mir nicht nach Flöten zumute – eher nach Kanonenschuss und Donnergrollen. Aber ich will Charlotte signalisieren, dass zwischen uns beiden alles in Ordnung ist. Sauer bin ich nicht auf sie – sondern auf Tante Amanda. Nachdem ich die E-Mail an sie abgeschickt habe, fühle ich mich erleichtert. Ich braue mir einen Latte macchiato und versuche, das ganze Thema für eine Weile zu vergessen und stattdessen dort weiterzumachen, wo ich heute früh – als die Welt noch in Ordnung war – aufgehört habe: auf Seite 130 von *Lilo Lotter macht Platz*.

Das Telefonklingeln unterbricht mich mitten in einem Satz. Mein Herz schlägt ein wenig schneller. Ob das Fabian ist?

»Kramer«, melde ich mich.

»Redaktion 5 vor 10, Cordula Seyffert am Apparat. Ich hätte gerne Vera Kroemer gesprochen.«

Mein Herz erhöht seine Taktzahl weiter.

»Am Apparat.«

»Oh, tatsächlich? Ich dachte, ich hätte ›Kramer‹ verstanden. Entschuldigen Sie bitte, Frau Kroemer – es geht um die Talkshow nächsten Monat. Vier Wochen vorm Termin führt Leo Siegfried üblicherweise ein telefonisches Vorgespräch mit den Gästen.«

Wie erfreulich! Wenn alles geplant und genau abgesprochen ist, werde ich die Sache vielleicht überstehen, ohne vor Aufregung tausend Tode zu sterben. »Sehr gerne«, antworte ich, »und wann?«

»Ich kann Ihnen kommenden Mittwoch um 11.15 Uhr vorschlagen. Passt das?«

»Ja, wunderbar«, sage ich und notiere den Termin in meinem Kalender. Dann blättere ich weiter und finde keinen Eintrag darüber, wann die Talkshow genau aufgezeichnet wird. Hieß es nicht eben, das sei ungefähr in einem Monat?

Als hätte sie geahnt, welche Information mir gerade fehlt, erklärt Cordula Seyffert mir den Ablauf: »Wir haben für Sie ein Zimmer im ›Savoy‹ gebucht. Dort können Sie am 5. August dann ab mittags einchecken. Im Laufe des späteren Nachmittags kommt die Stylistin zu Ihnen, um Sie zu frisieren und zu schminken. Danach bitte nichts mehr essen. Gegen acht Uhr abends holt Sie ein Fahrer des Senders ab und bringt Sie zum Studio. Dort gehen Sie noch einmal kurz in die Maske, und dann geht's auch schon los.«

Klingt nach einem perfekt ausgetüftelten Plan.

»Die anderen Talkshowgäste sind übrigens ein Psychologe, ein bekennender Messie, ein Butler, ein Coach und eine Pädagogin. Die Namen darf ich Ihnen leider nicht nennen, denn es soll vor der eigentlichen Sendung kein Kontakt zwischen Ihnen entstehen können.«

»Warum das denn?«, frage ich verwundert. Ich hatte eigentlich geglaubt, man säße vor der Sendung gemeinsam in einer Art Wartezimmer, wo man einander schon kennenlernt.

»Damit Sie nicht vorher schon Ihr Pulver verschießen und die Dialoge führen, die in der Show stattfinden sollen«, erklärt die Redakteurin. »Ach ja, und der Titel der Sendung steht jetzt auch fest: ›Ordnung ist eben nur das *halbe* Leben‹. Haben Sie noch Fragen?«

Und ob. Tausende.

»Nein, alles klar«, antworte ich.

»In Ordnung. Ich maile Ihnen noch den Vertrag zu und die wichtigsten Informationen im Überblick. Benötigen Sie eine Anfahrtskizze?«

Ich überlege kurz: »Nein, ich nehme wohl die Bahn.«

»Sobald Sie die genaue Zugverbindung kennen, teilen Sie uns bitte die Ankunftszeit mit. Ein Fahrer wird Sie am Bahnhof abholen.«

Ich bin beeindruckt. Was für ein Service!

Bevor wir das Gespräch beenden, nenne ich der Redakteurin meine E-Mail-Adresse. Danach versuche ich, den vorhin angefangenen Satz zu beenden. Was mir nicht recht gelingen will. Ich formuliere mehrmals um, bin aber immer noch unzufrieden. Meine erfolglosen Bemühungen werden erneut unterbrochen. Schon wieder Telefon. Es ist Fabian.

»Hast du am Samstagabend schon was vor?«

»Noch nicht«, antworte ich vorfreudig, »aber vielleicht gleich?«

»Das ›Zamora‹ eröffnet am Freitag. Und mir ist es gelungen, gleich am zweiten Abend einen Tisch für uns zu reservieren.«

Das »Zamora«? Nie gehört. Muss wohl was Besonderes sein.

»Ein Italiener?«

»Internationale Spezialitäten – aber auf allerhöchstem Niveau«, erklärt Fabian – in einem Ton, als hätte ich gefragt, was ein Schnitzel ist.

»Wie kannst du das wissen – schon vor der Eröffnung?«

Fabian lacht. »Ich lese Zeitung, ich höre Radio, ich war schon bei ›Zamora‹ in Straßburg und in Wiesbaden. Glaub mir: Du wirst es lieben.«

Klingt überzeugend, finden Sie nicht? Nach diesem Gespräch ist meine Laune gleich viel besser. Spontan gelingt mir der verkorkste Satz – und danach flutscht es ohne weitere Probleme. Ich verzichte auf die Mittagspause und arbeite durch. Bis ein leises *Pling* mir ankündigt, dass eine E-Mail eingegangen ist. Von Tante Amanda. Mit einem etwas mulmigen Gefühl öffne ich die Mail. Und lese:

Meine liebe Vroni,
vielleicht hättest du eine Nacht drüber schlafen sollen, bevor du deine Wutmail geschrieben hast. Aber du warst nun mal schon immer ein impulsives Mädchen. Ich kann dich nicht bitten, deine Haltung zu überdenken oder mir zu verzeihen oder mir dein Vertrauen wieder zu schenken. Aber ich kann dich bitten, für einen Augenblick deine Perspektive zu verändern. Betrachte die Situation einmal nicht aus den Augen von Veronika Kramer, sondern aus denen von Charlotte Wunderlich.

Oder anders gesagt: Hör einfach für einen Moment auf, dich selbst für den Nabel der Welt zu halten!

Charlotte hätte fast die größte Chance ihres beruflichen Lebens ausgeschlagen, nur um deine Freundschaft nicht aufs Spiel zu setzen. Sie war verzweifelt und hat sich bei mir ausgeheult. Ich habe ihr den Kopf gewaschen und den einzigen Rat gegeben, der infrage kam. Denn solche Chancen kommen nur ein paar Mal im Leben. Sie hätte sich nie verziehen, wenn sie dieses Angebot ausgeschlagen hätte. Und auf lange Sicht hätte sie das auch dir nie verziehen.

Du beklagst dich, dass ich deiner Freundin einen Rat gegeben habe? »Hinter deinem Rücken«, wie du schreibst. Nun, ich hoffe, du überdenkst diese Ansicht noch einmal. Und vielleicht überdenkst du noch ein paar andere Dinge: Charlotte ist deine beste Freundin – aber sie ist weder deine Lebensassistentin noch dein Babysitter. Wenn du deinen Job ohne ihre Nähe, ihre Unterstützung und ihre Ratschläge nicht erledigen kannst, dann ist er vielleicht der falsche für dich. Du wirst dir überlegen müssen, ob du in Zukunft ohne Charlotte klarkommen kannst. Wenn nicht, wäre vielleicht eine Sekretärin die richtige Lösung. Verdienst du nicht inzwischen genug, um eine Hilfskraft einstellen zu können?

Aber vielleicht ist das Verfassen von Ordnungsratgebern auch gar nicht das, was du am allerbesten kannst im Leben? Du bist spitze darin, Dinge auf den Punkt zu bringen, zu beobachten, aufs Wesentliche zu reduzieren, in Worte zu fassen und Informationen so zu formulieren, dass sie beim Lesen sogar Spaß machen. Ich weiß das, denn ich habe jedes deiner Bücher gelesen.

Doch was die Spezialisierung betrifft, sind zumindest Zweifel angebracht. Fühlst du dich nicht manchmal wie eine Hochstaplerin? Ja, ich weiß – du bist da zufällig reingerutscht. Und Charlotte ist eine perfekte Informationsquelle. Du behauptest zwar an keiner Stelle, dass du die Ratschläge, die du anderen erteilst, auch lebst – aber wenn herauskäme, wie chaotisch du in Wahrheit bist, wäre es vorbei mit deiner Glaubwürdigkeit, deinem guten Ruf als Expertin und wahrscheinlich auch mit deiner Karriere. Und überhaupt: Eine Fassade aufrechtzuhalten kostet wahnsinnig viel Zeit, Geld und Mühe. Das ist in deinem

Fall so wie bei alternden Schauspielerinnen, die irgendwann rund um die Uhr damit beschäftigt sind, zehn Jahre jünger auszusehen, als sie in Wahrheit sind – und dafür Unsummen ausgeben.

Liebe Vroni, ich wünsche dir von Herzen, dass du mit dir und deinem Leben ins Reine kommst. Denn ich bin zwar erst 81 und wild entschlossen, über hundert zu werden – aber wer weiß: Vielleicht sterbe ich ja doch jung? Es wäre mir eine große Erleichterung, wenn du vorher noch erwachsen werden würdest.

In Liebe
Amanda

Ich schlucke. Und lese den Brief noch ein zweites Mal. Dann wird mir klar, dass es Zeit ist, drei Dinge zu tun: eine reumütige Entschuldigungsmail an Tante Amanda zu schreiben. Meine Zukunft zu überdenken. Und die restlichen Blaubeermuffins zu verspeisen! Ich bin am Verhungern ...

14. KAPITEL

Der Oberkellner

Wenn es eine Versicherung gegen nervtötende Samstagsarbeit gäbe, würde ich sie sofort abschließen. Ohne zu zögern! Das Dilemma dabei wäre allerdings: Jede weitere Versicherung würde meine heutige Samstagsbeschäftigung nur noch verkomplizieren. Denn ich bin schon seit Stunden mit meinen Versicherungsunterlagen beschäftigt. Beziehungsweise damit, sie zu suchen ... Wo in aller Welt ist dieser verdammte Kram?

Das Schlimme ist: Je mehr ich suche, desto mehr finde ich auch. Wobei jeder Fund eine Überraschung bietet: In der Kiste, in der ich wichtige Unterlagen vermutet hatte, die darauf warten, sortiert abgeheftet zu werden, entdecke ich meine alten Tagebücher. Und vertiefe mich darin ... Den Band aus der Zeit, als meine Eltern tödlich verunglückten und Tante Amanda ihre Zelte in Spanien abbrach, um gute neun Jahre lang hier in Deutschland für Ariane und mich zu sorgen, lese ich von der ersten bis zur letzten Silbe durch.

Auf einmal ist alles wieder so präsent: der Schock. Der Umzug. Die neue Umgebung. Die Unsicherheit ... Aber auch das riesengroße Herz der wohl erstaunlichsten Person, die ich je kennenlernen durfte.

Es fließen viele Tränen. Einige davon aus Trauer. Viele aus purer Dankbarkeit. Ohne die weltbeste aller Tanten wäre aus mir wohl ein beziehungsunfähiges Wrack geworden, eine therapiebedürftige Irre – oder zumindest eine tiefunglückliche, vor Selbstmitleid triefende Verfasserin von Groschenromanen. All das ist mir – und Ihnen – erspart geblieben.

Ich wische die Tränen von meinem Gesicht und schalte das Notebook ein. Meine E-Mail an Tante Amanda ist kurz: »Online? Chat?« Sie wird umgehend beantwortet:

💬 *Sehr gerne, Vroni!*

Bist du mir noch böse? 💬

💬 *Papperlapapp. Das ist Schnee von gestern ... Ich weiß doch, dass du völlig durch den Wind warst nach Charlottes Geständnis. Und da kam ich als Sündenbock gerade recht.*

Es tut mir so leid, Tante Amanda! 💬

💬 *Genug. Ich will keine weitere Entschuldigung mehr hören! Das langweilt mich.*

Okay, das Argument ist überzeugend. :) 💬

💬 *Was liegt denn so Dringendes an?*

Ich hatte einfach nur Sehnsucht. 💬

💬 *Ich wittere Sentimentalität! Was hast du vor dir liegen: Kindheitsfotos? Dein erstes Poesiealbum? Alte Liebesbriefe?*

Beinahe. Tagebücher. Von damals. 💬

💬 *Auf die du gestoßen bist, als du ... lass mich raten: eigentlich Steuerunterlagen gesucht hast?*

Versicherungsunterlagen :) 💬
– bin ich so leicht zu durchschauen?

💬 *Vroni-Schatz – ich kenn dich eben!*

Ach, Tante Amanda, hab ich dir eigentlich jemals 💬
so richtig gedankt für all das, was du für mich
getan hast?

💬 *Grob geschätzt fünftausend Mal, Süße ... Und jedes Mal antworte ich dir darauf dasselbe: Ein kurzer, nostalgischer Blick in die Vergangenheit ist ab und an gestattet. Aber nur, wenn man danach gleich wieder nach vorn schaut! Apropos: Wie ist dein Vorgespräch für die Talkshow gelaufen?*

Super! Leo Siegfried hat höchstpersönlich an- 💬
gerufen. Pünktlich zur vereinbarten Uhrzeit.

> Ein furchtbar netter, höflicher Herr mit guten Manieren – du würdest ihn mögen.

Ich mag ihn! Wir haben uns vor ein paar Jahren mal auf einer Wohltätigkeitsgala kennengelernt. Aber zurück in die Zukunft: Was habt ihr besprochen?

> Im Grunde hat er mir alle Fragen gestellt, die in der Show tatsächlich vorkommen könnten. Einige werden wohl aus Zeitgründen entfallen. Aber ich weiß jetzt, was auf mich zukommt, und das beruhigt mich ungemein. Keine bösen Überraschungen!

Es geht doch nichts über perfekte Vorbereitung.

> Ja, und perfekt vorbereitet ist Leo Siegfried eindeutig: Ganz zweifellos hat er alle meine Bücher gelesen und gründlich recherchiert. Sehr seriös. Ein echter Profi.

Genau wie du, Frau Kramer – hast du dich wenigstens diesmal mit deinem Autorinnennamen gemeldet?

> Ich hatte extra einen großen Zettel neben dem Telefon liegen, auf dem in fetten Großbuchstaben KROEMER geschrieben stand!

Und – hat der Trick funktioniert?

> Ich bin dann doch auf Nummer sicher gegangen – und hab einfach »Hallo« gesagt ...

Dann will Tante Amanda noch im Detail wissen, was ich heute Abend anziehen werde, wenn mich Fabian in dieses viel gepriesene Feinschmeckerlokal ausführt. Ehrlich gesagt habe ich mir darüber noch gar keine Gedanken gemacht. Tante Amanda kann es kaum fassen! Flirten, den Charme spielen lassen und zu jedem Anlass den perfekten Auftritt hinlegen – in diesen Disziplinen ist sie uns allen meilenweit voraus!

Spontan schlage ich das Outfit vor, das ich im Mai bei Roberts Vernissage anhatte. Die Idee wird rundheraus abgeschmettert: Meine stilsichere Tante hält nicht das Geringste von schwarzer Jeans, weißer Bluse und kirschrotem Ledergehrock: Das sei nicht feminin genug für den Anlass! Nach langem Hin-und-her-Überlegen einigen wir uns auf den fliederfarbenen Kostümrock, dazu die neuen Ballerinas und ein schwarzes Oberteil mit nicht zu viel, aber auch nicht zu wenig Dekolleté.

Puh. Wie gut, dass das geklärt ist! Ich hätte sonst Ewigkeiten unentschlossen vor dem Kleiderschrank gestanden, zweifelnd und hadernd mit dem wenigen, was er für solche Anlässe hergibt.

Ein Blick auf die Armbanduhr verrät mir, dass es zwanzig nach vier ist. Noch viel zu früh, um mich jetzt schon ausgehfertig zu machen. Ich lege nur eben Rock und Top bereit, dazu frische Unterwäsche und ... wo sind die Ballerinas? Der Schuhstapel im Korridor ist neulich meinem akuten Aufräumfieber zum Opfer gefallen. Nun stehen dort – als winzige Keimzelle eines neuen Haufens – lediglich meine Micky-Maus-Schlappen und die petrolfarbenen Sportschuhe. Alle anderen stapeln sich neuerdings in Schuhkartons am Boden meines Kleiderschrankes. Ein Trick aus meinem eigenen Bestseller *Ende eines Zeitfressers: Finden statt Suchen.*

Vielleicht sollte ich auch im wirklichen Leben meinen Vera-Kroemer-Persönlichkeitsanteil erhöhen?

Der erste Karton, den ich herausziehe, enthält allerdings keineswegs meine Ballerinas – sondern die Versicherungsunterlagen, nach denen ich seit Stunden fahnde.

Das darf doch wohl nicht wahr sein!

Eine Viertelstunde später haben sich die schlimmsten Befürchtungen meines Steuerberaters bestätigt: Ja, ich habe tatsächlich mehrere Unfallversicherungen – was nicht nur völlig unnötig, sondern auch ziemlich teuer ist. Nein, ich habe keine Haftpflichtversicherung – die bei geborenen Unglücksraben eigentlich zur Grundausstattung gehören sollte. Und nochmals nein – ich blicke in meinem Unterlagenchaos kein bisschen durch!

Ach, wäre ich doch nur ein bisschen mehr so wie Charlotte. Ihr Gehirn muss so gnadenlos perfekt strukturiert sein wie eine lateinische Konjugationstabelle – während mein Oberstübchen eher einer losen Sammlung sämtlicher Zweifelsfälle entspricht. Schon die relativ simple Aufgabe, so etwas wie ein Ablagesystem anzulegen, bringt mich an meine Grenzen. Vielleicht wird es für mich wirklich Zeit, langsam mal erwachsen zu werden und mein Leben in den Griff zu kriegen. Zumindest mein Leben als bürokratisch erfasste Staatsbürgerin ... Es wäre ja schon eine enorme Erleichterung, wenn in meinen Ordnern wenigstens das drin wäre, was auch draufsteht.

Just in diesem Moment klingelt das Telefon und verschafft mir eine erlösende Pause. Es ist Charlotte. Vermutlich hat sie immer noch ein schlechtes Gewissen. Völlig grundlos, natürlich. Noch ist es mir nicht gelungen, ihr das auszureden. Offenbar bin ich nicht sehr überzeugend. Wie auch? Allein schon der Gedanke daran, demnächst nicht jederzeit mit ihr einen Espresso trinken, ein Kapitel besprechen oder über meine neueste Gelbe-Zettel-Idee reden zu können, versetzt mich in Panik.

»Ich freue mich für dich, das ist eine großartige Chance«, habe ich ihr erst gestern wieder versichert – und das auch ehrlich so gemeint. Doch gleichzeitig klagt in meinem tiefsten Inneren eine schrille, unvernünftige und ziemlich egoistische

Stimme, die das genaue Gegenteil will: »Bitte, bitte, bitte, lass mich nicht im Stich!«

Ich muss mich damit abfinden: Meine beste Freundin hat ein eigenes Leben. Beruflich ebenso wie privat.

Heute Abend wollen Charlotte und Robert zum Nachtschwimmen ins Freibad.

»Nacktschwimmen?«, frage ich entsetzt, doch Charlie verbessert mich lachend. »Nacht – wie dunkel. Bei Flutlicht. Sehr romantisch.«

»Das könnte es vielleicht sein, wenn Sommer wäre«, entgegne ich fröstelnd. Der Juli 2011 hat sich bisher noch nicht von seiner besten Seite gezeigt. Schwimmengehen im Freien wäre heute, bei 22 Grad und einer Regenwahrscheinlichkeit von über fünfzig Prozent, so ziemlich das Letzte, was mir einfiele! Eher würde ich den ganzen Abend meine blöden Ordner neu sortieren. Wenn ich nicht etwas viel Grandioseres vorhätte ...

Charlotte fragt, wohin Fabian und ich heute Abend ausgehen werden. Als ich berichte, dass Fabian einen Tisch im neu eröffneten »Zamora« reserviert hat, ist sie schwer beeindruckt: »Dann hat er bestimmt erstklassige Beziehungen! Die sollen auf zwei Wochen ausgebucht sein, hab ich gehört.«

Na, das muss ja ein toller Laden sein!

»Da bin ich aber mal gespannt. Hoffentlich ist es bald so weit, ich hab nämlich schon ein zünftiges Hüngerchen. Aber wenn ich jetzt etwas nasche, verderbe ich mir bloß den Appetit.«

»Wieso – wann wollt ihr denn los? Immerhin ist es schon halb sieben.«

Wie bitte? Schon so spät?

Die Batterie meiner Armbanduhr muss wohl leer sein – ihre Zeiger stehen noch immer auf zwanzig nach vier.

»Kein Wunder, dass mir der Magen knurrt«, stelle ich trocken fest. »In einer Stunde holt Fabian mich ab. Und wenn ich optisch mit ihm und seinem Wagen mithalten will, sollte ich jetzt lieber anfangen, mich aufzuhübschen ...«

*

So langsam gewinne ich Übung darin. Als ich kurz vor dem vereinbarten Termin mein Spiegelbild begutachte, muss ich feststellen, dass ich – ganz objektiv! – nicht übel aussehe in dem fliederfarbenen Röckchen und dem schwarzen Top. Heute trage ich die frisch gestylten Locken offen. Auch schminktechnisch mache ich Fortschritte: Nach der Anleitung, die ich neulich beim Zahnarzt aus einer Zeitschrift herausgerissen habe, sind mir die »Nude Lips« und die »Smokey Eyes« ganz gut gelungen. Sehr trendy.

Fabian fährt mit quietschenden Reifen vor. Er ist zwölf Minuten zu spät. »Ärger mit der Putzschnalle«, ist seine Entschuldigung, die er allerdings nicht unbedingt reumütig vorträgt. Als sei es das gute Recht eines erfolgreichen Managers, andere warten zu lassen – und wieder anderen dafür die Schuld zu geben. *Ich kann es ganz und gar nicht leiden, wenn Frauen als »Schnallen«, »Tussen«, »Ischen«, »Weiber« oder »Schnecken« bezeichnet werden!*

Es sei denn, ich selbst bin diejenige, die dermaßen ungehobelt von ihren Geschlechtsgenossinnen spricht ... Wenn sie mir mal wieder den einzigen Parkplatz vor der Nase wegschnappen, an der Supermarktkasse ihren Einkaufswagen in meine Fersen rammen oder sich ganz einfach so dämlich aufführen, dass man sie schütteln möchte und akutes Fremdschämen angesagt ist. Glücklicherweise passieren all diese Dinge relativ selten.

An einer roten Ampel mustert Fabian das Kunstwerk, das ich aus meinem Gesicht gezaubert habe, und fragt, ob es mir nicht gut gehe. Wie er nur darauf kommt? Ich fühle mich super – hungrig zwar und ein wenig durchgefroren, aber ansonsten alles bestens.

»Klar, warum fragst du?«

»Bist ein bisschen blass um die Nase«, stellt er knapp fest.

So viel zu trendgerechten Schminktipps ...

Immerhin macht er sich Sorgen um mich. Ich verbuche Fabians wenig schmeichelhafte Bemerkung unter »gut gemeint« und beschließe, nicht länger darüber nachzudenken. Er hat wohl einfach keine Ahnung von angesagten Looks.

Als wir das »Zamora« betreten, gibt er den formvollendeten Gentleman und hält mir mit einem strahlenden Lächeln die Tür auf. Ich trete ein und bin sofort hin und weg: Dieses Restaurant ist eine Offenbarung! Wunderschöne antike Weinschränke aus Pinienholz, orientalisch gefliese Böden und Wandornamente, schlichte hängende Glaslampen, geschmackvoll gedeckte Tische und dezente Pianomusik ergeben eine Atmosphäre, die mich einfach umhaut! Fabian dagegen rümpft die Nase: »Sieht ja aus wie auf dem Basar. Was ist das nur für ein Designkonzept – Tausendundeine Nacht?«

Ganz genau. Und das ist auch gut so.

»Ich finde es gigantisch!«, betone ich.

»Im Vergleich zum ›Café Papillon‹ vielleicht – wo man nicht einmal mit Kreditkarte bezahlen kann«, gibt Fabian abschätzig zurück. Offenbar hält er mein Urteilsvermögen in Sachen gehobene Gastronomie für ziemlich beschränkt.

»Nein, sogar im Vergleich mit dem ›Jules Verne‹ in Paris, wo sie übrigens die gleichen futuristischen Designerbestecke haben!«

Treffer, versenkt!

Fabian ist sichtlich beeindruckt: »Du warst dort? Im Eiffelturm?«

Ich tue so, als sei das nichts Besonderes: »Ja, klar – gerade erst neulich, im Mai.«

Okay, das könnte man möglicherweise so auffassen, als wäre ich andauernd dort. Aber habe ich das etwa behauptet?

»Und du?«, kann ich mir nicht verkneifen, ihn zu fragen.

»Bisher hat sich das terminlich noch nicht ergeben. Doch das ›Jules Verne‹ steht definitiv auf meiner Liste der Dinge, die ich erleben will, bevor ich vierzig bin.«

»Hast du Bedenken, dass danach deine Geschmacksnerven verkümmern?«, lache ich.

Fabian findet meine Bemerkung nicht sehr witzig: »Wer sich keine Ziele im Leben setzt, versinkt im Mittelmaß«, doziert er die seichte Botschaft eines drittklassigen Motivationsseminars.

Ich zucke mit den Schultern. *Was ist gegen Mittelmaß einzuwenden? Mittelmäßige Leben sind garantiert nicht die unglücklichsten.*

Ein junger Kellner bringt uns die Karte und fragt, ob wir schon Getränkewünsche haben. Ich hole Luft, um eine Apfelsaftschorle und einen Weißwein zu bestellen, doch Fabian kommt mir zuvor. Er ordert eine Flasche San Pellegrino und einen halben Liter Merlot.

Merlot? Ich muss niesen von Merlot. Wie überhaupt von Rotwein. Doch bevor ich die Bestellung korrigieren kann, ist der Kellner zur Theke geeilt, um die Getränke in Auftrag zu geben. Macht nichts. Dann halte ich mich eben an das Mineralwasser.

Nie sah Fabian Engel Orlando Bloom ähnlicher als in dem Moment, in dem ich beschließe, dass er kein weiteres Date mit mir erleben wird: Als er nämlich – ohne mich auch nur nach meinen Wünschen zu fragen – ein komplettes Menü für uns beide bestellt und dabei die freundliche, ausgesprochen kompetent und souverän wirkende Kellnerin, die den Rotwein serviert, *Jenny* nennt.

Nein, das ist nicht originell. Das ist großkotzig, respektlos, dreist und obendrein frauenfeindlich.

»Auf einen unvergesslichen Abend«, sagt Fabian, als er sein Weinglas erhebt. Und seine dunklen Augen sind weder feurig noch geheimnisvoll, sondern kalt und rücksichtslos. Im Grunde nicht viel anders als bei Modelleisenbahn-Thomas, nur mit etwas mehr Stil.

Eigentlich habe ich gerade eben beschlossen, in dieser piekfeinen Umgebung keinen Aufstand zu machen, sondern den Abend irgendwie zu überstehen und künftig einfach nie wieder auf Fabians Anrufe zu reagieren. Aber es geht natürlich auch anders ... *Er wird ja sehen, was er davon hat.*

»Auf die Zukunft«, erwidere ich und nippe am roten Rebensaft, der gleich mein überspanntes Immunsystem in Wallung bringen wird.

Zwischen dem köstlichen »Gruß aus der Küche« und der flambierten Hummercremesuppe beschallt mich Fabian mit einschlägigen Fakten der Spezialschmierstoffbranche. Als er anfängt, von Kennzahlen und Benchmarks zu sprechen, muss ich zum ersten Mal niesen. Und zwar alles andere als dezent.

Der Kellner serviert den Fisch: Pochierte Seezungenröllchen auf Safranspiegel an Reistimbale und Brokkoliröschen. Fabian spricht von einer Reise nach Singapur, die er nächste Woche antreten muss. Ganz wichtiger Kunde, ganz wichtiges Meeting, ganz wichtiger Fabian. Ich nicke, esse und niese. Das ist nun leider nicht mehr zu stoppen. Es sei denn, Sie hätten ein Allergie-Notfallset parat. Zum argentinischen Steak schildert mir Fabian, wie er neulich einen Konkurrenten ausgebootet hat. Er schiebt sein markantes Kinn nach vorn, als er seinen Triumph mit jedem Wort neu auskostet, und sieht auf einmal genauso aus wie der böse Zauberer aus dem Kasperletheater, vor dem ich mich als Kind immer so gefürchtet habe. Das Fleisch ist übrigens butterzart und köstlich – soweit ich es zwischen den Niesanfällen schmecken kann.

Auf das Dessert verzichte ich. Es passt einfach nichts mehr in mich hinein. Leider! Niesend lasse ich die Zitronencreme zurückgehen. Die Nicht-Jenny fragt, ob wir einen Kaffee wollen. Leider kann ich nicht gleichzeitig niesen und »Ja gerne, einen Espresso« sagen – und so kommt mir Fabian zuvor. Er bestellt stattdessen zwei Kräuterlikör. Ich koche innerlich ...

Kräuterlikör – damit können Sie mich jagen!

Abrupt springe ich auf und eile in Richtung Toiletten. Für die Schönheit des Sanitärambientes mit den stylishen Armaturen und den unglaublich geschmackvollen Fliesen habe ich zur Zeit keine Augen.

Nachdem ich eine Viertelstunde damit verbracht habe, aus der hohlen Hand Leitungswasser zu trinken, tief durchzuatmen und mir das eiskalte Nass über die Unterarme laufen zu lassen, fühle ich mich wieder dazu imstande, in den Gastraum zurückzukehren.

Hinter dem Tresen steht ein Ober, der mir bisher nicht aufgefallen ist. Er hat einen blonden Kurzhaarschnitt, der Brad Pitt in seinen allerbesten Zeiten zur Ehre gereicht hätte, ein jungenhaft-sympathisches Lächeln und humorvolle Augen.

Dieser Blick kommt mir irgendwie bekannt vor.

»Grüß dich, Lieblingsschwippschwägerin!«

Till!

»Du hast ja Haare«, ist dämlicherweise das Erste, was zu sagen mir einfällt. Und tatsächlich ist Till kaum wiederzuerkennen. Kein Wunder: Schon eine andere Farbe oder ein neuer Haarschnitt bewirken oft eine extreme Typveränderung. Doch im Vergleich dazu ist der Unterschied zwischen Glatze und flottem Kurzhaarschnitt mindestens so krass wie der zwischen Tag und Nacht!

Till lacht: »Das war nur eine blöde Wette zwischen Rüdiger und mir. Schon als Teenager haben wir abgemacht, dass derjenige, der *nicht* als Erster heiratet, auf der Hochzeit des anderen kahl geschoren aufkreuzt.«

Typisch Kerle!

»Wie oft willst du mich eigentlich noch an der Nase herumführen?«, fauche ich einigermaßen sauer.

Jetzt ist er offenkundig verlegen: »Nun ja, du hattest dich, was Glatzköpfe betrifft, so herrlich um Kopf und Kragen geredet, da konnte ich nicht widerstehen. Sorry.«

Ich bin bereit, ihm in dieser Sache zu verzeihen. Aber dafür, warum er hier im Frack hinter der Theke steht, ist er mir noch eine Erklärung schuldig: »Und jetzt markierst du den Oberkellner oder was?«

Da ist es wieder, dieses Till-Grinsen: »*Oder was* trifft es ziemlich genau. Aber – was dachtest du denn, was ich wäre?«

Meine Antwort scheint ihn zu amüsieren: »Gastroenterologe, natürlich.«

Till zieht belustigt die Augenbrauen nach oben: »Gastroenterologe? Du dachtest, ich wäre so ein Typ, der andere Leute dazu zwingt, widerliche medizinische Schläuche zu schlucken und ihnen danach zu verkünden, dass sie ein Magengeschwür haben?«

Was spielt der Kerl nur für ein Spiel mit mir?

Ich bin ziemlich in Fahrt: »Warum hast du mir dann erzählt, dass du in Paris auf einer Medizinertagung warst?«

Till starrt mich verständnislos an: »Medizinertagung? Ich war auf der Messe *Salon Saveurs des plaisirs gourmands* – das ist eine Gastronomiemesse.

Gastronomie! Aber natürlich ... Wenn ich es mir recht überlege, hat Till nie wirklich behauptet, Gastroenterologe zu sein. Denn auf meine Frage nach dem Thema der Veranstaltung hat er damals kurz und knapp »Gastro allgemein« geantwortet. Woraufhin ich dann prompt meine voreiligen Schlüsse zog – die falscher nicht hätten sein können.

Laut pruste ich los – und Till fällt herzhaft in mein Lachen mit ein. Zwischendurch niese ich noch zwei, drei Mal, dann endlich komme ich wieder zu Atem und kann mich entschuldigen: »Tut mir schrecklich leid, Till, ich hab da wohl was verwechselt.«

Till wischt sich die Lachtränen aus den Augen und sieht dabei offen gestanden deutlich besser aus als der hamsterbackige Brad Pitt bei der Oscarverleihung, auch wenn er jetzt dessen Frisur trägt und das passende Outfit für den roten Teppich.

Ich werfe einen kurzen Blick hinüber zu unserem Tisch, an dem Fabian ungeduldig auf mich zu warten scheint und dabei unser Gespräch mit ungläubiger Miene beobachtet. Ich kann es nicht lassen: Mit zwei Wangenküsschen verabschiede ich mich für den Moment von Till und eile dann zurück an den Platz – den aromatischen Duft seines Rasierwassers noch in der Nase.

»Niesanfall ist vorbei«, verkünde ich, »war wohl der Rotwein.«

»Dir ist schon klar, dass du mich hier geschlagene zehn Minuten hast warten lassen?«, antwortet Fabian ziemlich gereizt.

»Nur zehn Minuten? Das geht ja. Immer noch zwei Minuten weniger, als ich vorhin auf dich warten musste«, pariere ich.

Ich schätze, genau jetzt ist der Augenblick gekommen, in dem Fabian Engel seinerseits beschließt, dass wir beide einfach nicht kompatibel sind. Seine Gedanken kann ich zwar nicht lesen, aber vermutlich kommen darin Begriffe wie »Zicke« und »Genörgel« vor.

»Ist es dir recht, wenn ich mir ein Taxi rufe? Ich bin hundemüde«, erlöse ich mich selbst. Fabian scheint nicht unerfreut darüber, den angebrochenen Abend nun anderweitig verbringen zu können. Wahrscheinlich disponiert Mister Topmanager gleich um und überlegt, wen er anrufen könnte, sobald ich verschwunden bin.

Ich bin ja selbst nicht besser. Denn ich denke schon darüber nach, dass mein nächster gemeinsamer Abend in einem feinen Restaurant hoffentlich gemeinsam mit Till stattfindet. Denn es gibt ja immerhin noch die gewonnene Zuckerwürfel-Wette. In meinem Handy habe ich keine Nummer eines Taxiunternehmens gespeichert. Ein willkommener Anlass, noch einmal hinüber zu Till zu gehen und ihn darum zu bitten, mir ein Taxi zu rufen.

»Klar doch«, nickt er. Und dann spricht er noch die ersehnten Zauberworte: »Ich melde mich!«

Ich habe tatsächlich Herzklopfen wie ein Teenager, als ich zurück zu unserem Tisch stolziere. Dort ist Fabian gerade dabei, mit der Kellnerin über den Preis des Weines zu feilschen. Ich möchte im Boden versinken vor Scham! Am Ende sieht er zwar ein, dass er sich in der Weinkarte um eine Zeile vertan hat, gibt aber aus Ärger keinen Cent Trinkgeld. Im Aufstehen fragt er mich beiläufig: »Woher kennst du den Zamora eigentlich?«

Was ist das denn für eine blöde Frage?

»Aber du hast das Lokal doch selbst vorgeschlagen.«

»Nicht das Lokal, Dummerle.«

Haben Sie das gehört? Dummerle hat er gesagt!

»Nicht das Lokal, sondern den Inhaber: Till Zamora.«

Es dauert einen Moment, bis ich die Bedeutung dessen, was da an mein Ohr dringt, erfasst habe. Till Zamora. Mein Till – ist Besitzer dieses Nobelschuppens! Und ich habe ihn als »Oberkellner« bezeichnet ...

»Das wusste ich nicht«, flüstere ich heiser. Warum in aller Welt heißt er nicht Kaiser – wie sein Bruder Rüdiger? Ist Zamora etwa ein Künstlername?

»Liest du keine Zeitung? Gestern war ein ausführlicher Artikel über ihn und sein Restaurant-Imperium im Wirtschaftsteil.«

Ich muss mir unbedingt die Freitagsausgabe besorgen!

»Und das«, unterbricht Fabian meine Gedanken mit unverhohlener Bewunderung in der Stimme, »ist seine Partnerin: Daphne Langenhagen.«

Daphne. Oder soll ich sagen: die wiedergeborene, zeitgereiste und unglaublich verführerische Mae West?

15. KAPITEL

Die Talkshow

Es gibt Momente, für die lohnt sich die ganze Schinderei: das verzweifelte Auf-den-leeren-Bildschirm-Starren, das kräftezehrende Um-Worte-Ringen, die unausweichliche Ich-schaff-den-Abgabetermin-nicht-Panik. Und zu jenen seltenen Augenblicken, die für das leidvolle Autorinnenschicksal entschädigen, gehört zweifellos dieser: Ich liege entspannt im Whirlpool, trinke ein Schlückchen Begrüßungsschampus zum Lockerwerden und betrachte den nächtlich beleuchteten Eiffelturm. Ach ja, ich vergaß zu erwähnen: Der Whirlpool befindet sich in der Paris-Suite mit dem schönen Namen »French Kiss« des Kölner »Savoy Hotels«. Kennen Sie *French Kiss*? Den Film, meine ich. Ich liebe ihn! Auf der Top-Ten-Liste meiner absoluten Lieblingsfilme wird er nur noch durch *Grüne Tomaten* übertroffen. Nie war Meg Ryan entzückender, tollpatschiger und schlagfertiger! Unvergesslich die Szene, in der sie die grausamen Folgen einer Laktoseintoleranz darstellt ... Glücklicherweise leide ich – wenn man von der Sache mit dem Rotwein und dem Niesen absieht – unter keiner einzigen Nahrungsmittelunverträglichkeit. Deshalb steht hemmungsloser Völlerei nichts im Wege! Gleich nach dem Einchecken am frühen Nachmittag habe ich damit begonnen, mir den Magen mit den Köstlichkeiten der »Savoy«-Küche vollzuschlagen. Denn wenn nachher die Stylistin hier aufkreuzt, um mich für die Talkshow heute Abend zu schminken und zu frisieren, ist es vorbei mit Dolce Vita und Schlaraffenland: Der Whirlpool ist danach tabu, essen und trinken ebenso – nur Mineralwasser bleibt mir erlaubt!

Vielleicht schaffe ich noch ein Clubsandwich, bevor es zu spät ist? Nein, schaffe ich nicht – das signalisiert mir das Klopfen am Eingang der Suite. Ich klettere aus dem Whirlpool, hülle mich in den flauschigen Hotel-Bademantel und öffne die Tür. Vor mir steht eine maximal eins fünfzig kleine Frau mit knallgrünen

Haaren und Augenbrauenpiercing. Sie strahlt mich Kaugummi kauend an: »Hallo, ich bin Vicky, Ihre Stylistin.«

Für eine Sekunde glaube ich, die fleischgewordene Wischel vor mir zu haben. Aus meinem heißgeliebten Kinderbuch *Die Wawuschels mit den grünen Haaren* von Irina Korschunow, das ich grob geschätzt hundert Mal gelesen – ach was: verschlungen – habe. Erinnern Sie sich noch an die Abende, an denen das Sandmännchen (»nun liebe Kinder, gebt fein acht«) einen Wawuschel-Film mitbrachte? Danach schlief ich immer besonders gut. Ganz ohne Albträume. Ob es diese Wawuschel-Kurzfilme wohl inzwischen auf DVD gibt? Müsste ich mal recherchieren ...

»Sie sind doch Frau Kroemer, oder nicht?«, fragt mich Wischel-Vicky leicht verunsichert.

»Entschuldigen Sie bitte, ich war in Gedanken. Ja, natürlich bin ich das«, sage ich und bitte sie herein in die gute Stube. Sichtlich beeindruckt schaut sie sich in der Suite um. »Ist ja irre hier«, kommentiert sie, »ein Traum in Lachsrot. Schick, schick. Unsere Maske im Sender ist definitiv kleiner. Und nicht so edel ausstaffiert.« Während Vicky ihren gewaltigen Koffer voller Schmink- und Frisier-Utensilien auspackt, verschwinde ich nebenan, um mir vor dem Geschminktwerden noch einmal gründlich die Zähne zu putzen. Dann ziehe ich mich an. Das Talkshow-Outfit ist meine neueste Errungenschaft! Erst letzten Samstag waren Charlotte und ich auf großer Shoppingtour.

Zum Glück sind wir nicht losgezogen, ohne zuvor Tante Amanda um Rat zu fragen, denn eigentlich hatte ich an einen Hosenanzug gedacht. Aber den redete sie mir schleunigst aus: »Dazu ist es viel zu heiß!«

»Bei euch in Spanien vielleicht«, schrieb ich zurück – denn was dieser Juli an Temperaturen zu bieten hat, wäre sogar für April recht kühl.

»Auch wenn's draußen schneit: Fernsehstudios sind die reinste Sauna! Die Scheinwerfer heizen sie so unerträglich auf«, klärte meine fernseherfahrene Tante mich auf.

Und so entschied ich mich dann für ein knitterfreies Etuikleid in Nachtblau mit pistaziengrünen Kontraststreifen. Eine Wucht! Es war Liebe auf den ersten Blick, als ich es im Schaufenster einer kleinen Boutique entdeckte. Die Schuhfrage zu klären war dann schon schwieriger: In High Heels bin ich noch riesiger (außerdem kann ich darin nicht laufen), Sandalen sind mir für den Anlass zu leger, Stiefel mitten im Sommer finde ich albern. Vielleicht wieder die silbernen Pumps?

»Nein, Silber kommt nicht infrage«, beschloss Charlotte und schleppte mich wieder ins »Jackets & Shoes«, wo ich sowohl eine Handtasche als auch ein paar flache, vorn spitz zulaufende Ballerinas im passenden Grünton fand.

»Wahrscheinlich bist du die einzige Frau auf diesem Planeten, die flache Schuhe zu einem Kleid tragen kann«, seufzte Charlotte, »mal abgesehen von Carla Bruni.«

Solange ich keinen Napoleon-Zwerg heiraten muss ...

»Passt genau zu Ihren Augen«, findet Wischel-Vicky, als ich mich ihr präsentiere, »sehr elegant!«

»Danke«, lächele ich zurück, während mein innerer Buchhalter registriert, dass sich der Kurs »Die Kunst, Komplimente souverän anzunehmen« mal wieder bezahlt gemacht hat.

Vicky hüllt mich in einen Umhang, der meine Kleidung schützt, platziert mich auf einem Stuhl und macht sich frisch ans Werk. Während sie pudert, tupft, zupft, malt, cremt, wischt und pinselt, plaudert sie munter über dies und das.

Ihr Themenspektrum ist beeindruckend. Es reicht vom Wetter (»Wer hätte nach diesem trockenen Frühjahr gedacht, dass der Juli so kühl würde? Und das nennt man dann globale Erwärmung. Na ja, zum Glück scheint es dieses Wochenende aufwärts zu gehen.«) über Politik (»Eurobonds, Eurobonds, auf einmal hört man überall das Wort ›Eurobonds‹. Das haben die sich doch gerade erst ausgedacht! Wahrscheinlich drucken sie Spielgeld und schicken es nach Griechenland.«) bis hin zu Urlaubsreisen. »Waren Sie schon weg? Ich fliege nächste Woche mit meinem Freund nach Paris. Paris in Texas, wie in diesem Film mit Nastassja Kinski. Völlig öde, das Kaff, aber wir haben dort Verwandte. Viel lieber würde ich ja mal ins richtige Paris fahren und mir die Welt vom Eiffelturm aus ansehen«, plappert sie. Dabei deutet sie auf das Paris-Wandbild und fragt: »Waren Sie schon oben? Soll ja ganz schön windig sein manchmal. Aber das Restaurant ist eine Wucht, hat mir eine Schauspielerin erzählt.«

»Ja, ja, und ja: Ich war schon oben, erst neulich. Und es war in der Tat sehr windig ... Aber das ›Jules Verne‹ ist wirklich gigantisch. Eine fantastische Aussicht, vor allem nachts!«

»Sie lächeln so versonnen – bestimmt waren Sie mit Ihrem Lover dort, hab ich recht oder hab ich recht?«, tippt Wischel-Vicky daneben.

»Leider irren Sie sich in diesem Punkt – ich war dort mit einem Verwandten, quasi. Sein Bruder ist der Mann meiner Schwester.«

Halbbruder, besser gesagt. Aus erster Ehe der Mutter mit einem Italiener. So viel habe ich inzwischen recherchiert.

Wischel-Vicky hält kurz inne: »Aber Schwippschwäger sind keine Blutsverwandten. Das könnte also durchaus ihr Lover sein! Oder ist er uralt und potthässlich?«

Weder noch. Eigentlich ist er perfekt.

»Er ist vergeben«, antworte ich knapp. Das bestätigt sogar die Zeitung vom Eröffnungstag des »Zamora«, die ich mir natürlich besorgt habe. Till ist groß darin abgebildet, Arm in

Arm mit seiner »langjährigen Partnerin Daphne Langenhagen«. Auch wenn Tante Amanda in dieser Daphne keinerlei Hindernis sieht. »Der Mann ist witzig, charmant, gut aussehend, erfolgreich – mit anderen Worten: dein Mister Right. Schnapp ihn dir!«, hat sie neulich geschrieben.

Ich widersprach natürlich: »Und Daphne – das platinblonde Vollweib?« *Im Vergleich zu der ich so unscheinbar und unerotisch wirke wie ein Feinrippunterhemd neben einer Spitzenkorsage.*

»Papperlapapp – wenn deine wunderbaren schwarzen Locken, deine Feenaugen und dein Schneewittchenteint ihm nicht besser gefallen als so ein aufdringlicher *Baywatch*-Look, hat er dich auch nicht verdient!«

Ihr Hauptargument allerdings war weniger schmeichelhaft: »Vor allem wird es einem Mann, dem mehrere Spitzenrestaurants gehören, wenig ausmachen, dass du in der Küche eine absolute Niete bist. Denn eins steht fest: Mit deinen Kochkünsten wirst du dir keinen Traumprinzen angeln. Nicht, solange Liebe durch den Magen geht.«

»So, fertig«, stellt Wischel-Vicky fest und betrachtet zufrieden ihr Werk.

»Und die Haare?«, frage ich.

»Möchten Sie sie nicht offen tragen? So herrliche Naturlocken – da ist meine Kunst völlig überflüssig.«

Hm. Ich weiß nicht. Als Autorin Vera Kroemer kennt man mich so eigentlich nicht. Und daran würde ich nur ungern etwas ändern. »Eine Hochgesteckfrisur wäre mir lieber – wegen der Hitze im Studio«, entscheide ich.

»Sie sind der Boss«, strahlt die grünhaarige Stylistin mich an, zaubert aus ihrem Köfferchen ein paar Haarklammern und fragt dann: »Wild oder streng?«

Was im ersten Moment klingt wie ein unmoralisches Angebot, ist natürlich rein frisurtechnisch gemeint. Wie soll meine Hochsteckfrisur wirken?

Tante Amandas Worte fallen mir ein: »Je älter eine Frau wird, desto mehr schmeicheln ihr streng zurückgekämmte Haare. Das wirkt wie ein natürliches Facelifting! Junge Frauen dagegen macht es alt. Und in deinem Alter, liebe Vroni, wählt man die goldene Mitte.«

»Streng hochgesteckt, aber an den Seiten dürfen ein paar Locken frei bleiben.«

»Gute Idee«, nickt Wischel-Vicky, »das ist elegant und schmeichelt zugleich.«

Ich bin zufrieden mit dem Resultat.

»Wir scheinen ja beide Grün sehr zu mögen«, stelle ich fest, als ich uns beide nebeneinander im Spiegel sehe. Sie mit den grünen Haaren, ich mit den pistazienfarbenen Streifen im Kleid und den passenden Accessoires. Und da ich sitze, während sie steht, erscheinen wir sogar fast gleich groß.

Vicky strahlt: »Mögen Sie meinen Look? Viele finden ihn gewöhnungsbedürftig. Einmal hat mich sogar jemand ›Wischel‹ genannt – wie das Mädchen bei diesen Sandmännchen-Wawuschels. Mann, war ich sauer!«

Ich beglückwünsche mich dazu, vorhin ausnahmsweise einmal nicht laut gedacht zu haben.

*

Nachdem Vicky gegangen ist, beginnt das große Warten. Ich habe noch eine gute Stunde Zeit, bis der Chauffeur des Senders mich abholt und zum Studio bringt. Zeit genug, um meine E-Mails zu checken.

Charlotte hat mir eine Mutmachnachricht geschickt. Sie wünscht mir Glück, ebenso Tante Amanda: »Sei einfach du selbst – dann wird das schon klappen.«

Nun ja. Ganz so einfach ist das in meinem speziellen Fall ja nicht. Wer ist »ich selbst« – Vera Kroemer oder Veronika Kramer?

Auch Till hat geschrieben. Er drückt mir die Daumen. Seit jenem Abend im »Zamora« haben wir uns nicht mehr gesehen, aber ein paar Mal telefoniert und gemailt. Die Treffen, die er vorgeschlagen hat, habe ich auf »irgendwann nach der Manuskriptabgabe« verschoben – ich möchte ihm ungern begegnen, solange meine Gefühle für ihn nicht wieder rein kumpelhafter Natur sind. So wie damals, als er noch die Glatze hatte. Da war er für mich einfach nur der unterhaltsamste Schwippschwager der Welt. Jetzt ist er ein anderweitig vergebener Mann, dem ich einen Bauch voller Schmetterlinge verdanke ...

Die letzte Mail kommt von meiner Lektorin: »Wenn es sich ergibt, dürfen Sie in der Talkshow gerne den vorgesehenen Titel erwähnen und die Figur der Lilo Lotter erläutern. Das macht die Leser neugierig auf das neue Buch. Ach ja, und dass es im November erscheint, dürfen Sie natürlich auch ganz nebenbei fallen lassen. Danke übrigens für das Manuskript! Sie sind die erste Autorin in meiner langjährigen Karriere, die ganze zehn Tage vor dem Abgabetermin fertig ist.«

Ich muss grinsen, als ich diese Zeilen lese. Wer hätte das gedacht in all den schwierigen Wochen, in denen ich überhaupt nicht vorankam mit dem Schreiben? Tja – kaum gab es keinen Mann mehr in meinem Leben, der mich ablenkt und verwirrt, lief es perfekt: Die Seiten füllten sich im Rekordtempo, ich war kaum zu bremsen. Rosemarie Nägeli spart nicht mit Lob: Sie schreibt, dass sie von dem Manuskript begeistert sei und der

Verlag mir in den nächsten Tagen ein lukratives Angebot für die nächsten drei Titel schicken werde. Was nicht mehr und nicht weniger bedeutet als: Meine Miete, mein täglich Brot und überhaupt meine sämtlichen Ausgaben der nächsten Jahre sind gesichert! Ein beruhigendes Gefühl.

Die Wartezeit ist wie im Flug vergangen. Um kurz vor acht gehe ich hinunter in die Lobby.

»Ihr Fahrer wartet draußen, Frau Kroemer«, informiert man mich an der Rezeption.

Ihr Fahrer – klingt das nicht wahnsinnig aufregend?

Als wäre ich richtig berühmt, furchtbar wichtig und außerdem stinkreich! In Wahrheit kann von berühmt und wichtig nicht die Rede sein, und von reich schon gar nicht – ich bin ja schon froh, dass ich mittlerweile die unvermeidliche Frage, ob ich denn »von so was leben« könne, souverän mit »Ja klar – ich schon« beantworten kann.

»Sie sind also heute Talkgast in *5 vor 10*?«, begrüßt mich der weißhaarige Chauffeur.

»Ja, bin ich«, sage ich – und in diesem Augenblick wird mir klar, dass es jetzt langsam ernst wird. Das ist kein Gedankenspiel mehr, kein »Stell dir vor, du wärst im Fernsehen«, keine vage Möglichkeit irgendwann in der Zukunft. Sondern unausweichliche Realität, deren Countdown längst angelaufen ist.

Hilfe! Was, wenn ich vor der gesamten Fernsehnation Unsinn rede, stottere oder gar rülpsen muss?

»Sie müssen nicht nervös werden, gnädige Frau«, beruhigt er mich, was mich leider nur noch aufgeregter macht. An einer roten Ampel hege ich sogar kurzfristig Fluchtgedanken: *Ich könnte einfach abhauen. Zu Fuß zurück ins Hotel, um meine Sachen zu packen, und dann auf direktem Weg zum Bahnhof. Jetzt oder nie!*

Doch die Ampel wird grün und ich sitze noch immer im Wagen. Mit Herzklopfen, Magengrummeln und akuten Selbstzweifeln. Was hat mich geritten, diese Talkshoweinladung anzunehmen? Wir halten noch an vielen roten Ampeln an, aber ich mache mich an keiner davon aus dem Staub. Stattdessen konzentriere ich mich darauf, meine Panik zu unterdrücken, sprich: weder vor Aufregung die Luft anzuhalten noch zu hyperventilieren.

Ich sitze und atme. Alles wird gut – einatmen – schließlich kenne ich alle Fragen – ausatmen – es kann gar keine bösen Überraschungen geben – einatmen – ich bin ganz cool ...

Währenddessen unterhält mich der leutselige Chauffeur mit dem ein oder anderen Schwank aus seinem Fahrerleben, in dem er natürlich schon allerhand Prominente von A nach B – meist vom Hotel ins Studio – gebracht hat. Ich höre nur mit halbem Ohr zu und nicke ab und zu höflich.

»Na hoffentlich sind Sie nachher in der Sendung gesprächiger als eben«, bemerkt der Chauffeur, als er mich vorm Studio absetzt, »sonst wird es am Ende so wie damals im *Aktuellen Sportstudio*, als der Boxer Norbert Grupe kein einziges Wort sprach und damit Rainer Günzler schier zur Verzweiflung trieb.«

Ich kenne weder den einen noch den anderen.

»1969 war das«, erläutert er, als müsse der Groschen spätestens nach dieser Zusatzinformation fallen. Der gute Mann spricht von einem bedeutungslosen kleinen Fernsehereignis, das ganze sechs Jahre vor meiner Geburt stattfand! Sehe ich wirklich so alt aus, als könnte ich mich an Sendungen aus dem Jahr der Mondlandung erinnern?

Offenbar nicht, denn jetzt ergänzt er lachend: »Was rede ich da – Sie können das gar nicht gesehen haben, war ja lange vor Ihrer Zeit.«

Puh! Das erleichtert mich ungemein.

»Ich verspreche, dass ich nicht schweigen werde«, beruhige ich ihn zum Abschied.

Am Eingang holt mich Cordula Seyffert ab. Sie wirkt genauso effizient und professionell wie neulich am Telefon. Sofort fühle ich mich wieder ruhiger: Ich bin hier in guten Händen. Die Leute im Sender sind Profis – die machen das nicht zum ersten Mal.

»Hat er Ihnen die Story von Klaus Kinski erzählt, dem Reinhard Münchenhagen damals in *Je später der Abend* nicht eine vernünftige Antwort auf seine Fragen abringen konnte?«, fragt sie, während wir durch die langen Studiogänge in Richtung Maske laufen. »Nein, schlimmer«, lache ich, »es ging um einen schweigenden Boxer im *Aktuellen Sportstudio* – 1969.«

»Ah, heute also mal die Norbert-Grupe-Story«, lächelt Cordula Seyffert.

In der Maske werde ich noch einmal kurz abgepudert, damit ich im Studiolicht nicht glänze wie eine Speckschwarte. Ansonsten hat Wischel-Vicky ganze Arbeit geleistet. Cordula Seyffert zeigt mir das *5 vor 10*-Studio, dessen noch leere Zuschauerreihen sich in wenigen Minuten füllen werden. Überall wird gearbeitet: Kameraleute, Beleuchter, Assistenten, Redakteure – alle laufen emsig hin und her. Trotzdem herrscht keine hektische Atmosphäre – eher das hochprofessionelle Klima eines Operationssaals, in dem gleich ein Routineeingriff ansteht und jeder weiß, was wann wie getan werden muss. Sehr beruhigend! Trotzdem werde ich immer nervöser, je näher der Beginn der Aufzeichnung rückt. Dann stellt sie mir Leo Siegfried vor, dessen Händedruck fest und angenehm ist.

Die letzten dreißig Minuten vor dem Sendebeginn verbringe ich mit einem Glas kohlensäurearmem Mineralwasser in einem

Warteraum. Um nicht durchzudrehen, lese ich das Flaschenetikett durch und versuche, die Mineralzusammensetzung auswendig zu lernen. Es gelingt mir nicht. Aber es vertreibt die Wartezeit.

Zehn Minuten bevor es losgeht, werde ich zur Schlachtbank geführt – zu einem der schicken beigefarbenen Ledersessel, die in einem fast geschlossenen Kreis angeordnet sind. Links neben mir nimmt Dr. Waldemar Moser Platz, der Psychologe, der trotz der Hitze im Studio einen Rollkragenpullover trägt – zu meiner Rechten sitzt Olivia Steinhauer, die in rein ökologische Gewänder gehüllte Pädagogin. Leo Siegfrieds Platz ist mir direkt gegenüber. Eingerahmt wird er von Sören Schulze, dem bekennenden Messie, der offenbar auch Schere und Rasierapparat meidet, sowie Kilian von Osterburg, dem Coach. Der Butler hat krankheitsbedingt abgesagt. Ich wusste gar nicht, dass das physiologisch überhaupt möglich ist. Roboter können verrosten – aber Butler? Funktionieren die nicht Tag und Nacht? Schon ertönt die Erkennungsmelodie der Sendung, das Publikum applaudiert artig, während aus dem Off die Namen der Talkshowgäste bekannt gegeben werden. Als die körperlose Stimme »Vera Kroemer« ankündigt, bemühe ich mich um einen sympathischen, offenen Blick: »Augen auf, nicht blinzeln, Lippen locker aufeinander, nicht zusammenpressen, an etwas Schönes denken« – so lauten die Anweisungen, die mir Tante Amanda für diesen Moment mit auf den Weg gegeben hat. Ich befolge sie gehorsam.

Leo Siegfrieds Anmoderation führt direkt zum Thema der Sendung: »Ordnung ist eben nur das *halbe* Leben«. Reihum bittet er jeden Gast um ein passendes Statement. Als ich – die Autorin von Bestsellern wie *Ende eines Zeitfressers: Finden statt Suchen*, *Einmal aufräumen. Und dann nie wieder!* und vor allem *Ordnung ist das ganze Leben* – an der Reihe bin, sage ich mit so viel gespielter Spontaneität wie nur möglich meinen vorbereiteten Satz: »Wer sein halbes Leben damit verbringt, Dinge zu suchen, die man ohne Chaos jederzeit griffbereit hätte, verdirbt sich auch die andere Hälfte des Lebens. Deshalb bedeutet Ordnung ein hundertprozentiges Plus an Lebensqualität!«

Sören Schulze, der Messie, protestiert vehement – und spricht mir im Grunde aus dem Herzen: »Wer sich freiwillig in die Zwänge einer kleinkarierten Ordnung begibt, verzichtet auf Inspiration, Fantasie und die Freiheit des Denkens. Ordnung ist etwas für Feiglinge, die Angst vor ihren eigenen Ideen haben.«

Die Positionen der anderen Gäste sind ebenfalls sehr speziell: »Der Jugend von heute fehlen Werte, vor allem Ordnung« (die Pädagogin), »Ordnung steht für die tiefe Sehnsucht nach der perfekten Kindheit« (der Psychologe), »Jedes Individuum bestimmt selbst seinen eigenen Point of Wellness – den Grad der Ordnung, ab dem man sich kreativ und leistungsfähig fühlt« (der Coach).

In den nun folgenden fünfzig Minuten vertreten wir alle eifrig unsere Standpunkte. Leo Siegfried widmet jedem Gast ziemlich exakt zehn Minuten. Ich bin als Letzte dran. Doch damit das Ganze nicht zur reinen Aufeinanderfolge von Dialogen gerät, bezieht der Moderator gegen Ende jedes Einzelinterviews die anderen Gäste ins Gespräch mit ein. Ich beteilige mich rege, kommentiere, stelle interessierte Fragen und werde von Minute zu Minute entspannter. Das hier fühlt sich kein bisschen an wie eine Talkshow-Aufzeichnung, sondern vielmehr wie ein völlig unverkrampftes Gespräch zwischen einem bunt zusammengewürfelten Haufen von Experten, die unterschiedliche Schwerpunkte haben, aber alle das gleiche Ziel verfolgen.

Als Leo Siegfried schließlich mich ins Kreuzverhör nimmt, ist der letzte Rest meines Lampenfiebers verschwunden. Ich bemerke, dass er auf die Uhr schaut. Der Psychologe hat etwas zu viel Zeit gekostet – dank seiner Bandwurmsätze, deren Sinn kein Mensch verstehen konnte. Logisch, dass der Moderator da nachhaken musste. Für mich bleiben jetzt nur noch sieben statt der geplanten zehn Minuten. Nicht schlimm, finde ich – zumal in Tante Amandas »Crashkurs Talkshow« auch dazu eine Lektion dabei war: »Wenn du erst gegen Ende der Sendung an der Reihe bist, hast du höchstwahrscheinlich weniger Redezeit. Aber das, was du sagst, bleibt in Erinnerung.«

Leo Siegfried stellt mich – wahrscheinlich für die Zuschauer, die später zuschalten – noch einmal kurz vor. Bezeichnet mich als »ultimative Ordnungsexpertin«, nennt noch einmal die Titel meiner bekanntesten Bestseller und leitet direkt über zum neuen Buch: »Im November erscheint ein weiteres Ihrer Werke. Es trägt den interessanten Titel *Lilo Lotter macht Platz* – ein Roman diesmal?«

»Nein«, lache ich, »wieder ein Ratgeber. Es geht darum, Freiräume zu schaffen, indem jedes Ding seinen festen Platz erhält. Freiräume im wörtlichen – aber natürlich auch im übertragenen Sinn.«

»Und Lilo Lotter?«, hakt der Moderator mit perfekt geschauspielerter Neugier nach. Sein Interesse mag zwar echt sein, doch natürlich kennt er aus dem Vorgespräch längst alle Antworten.

Ich erläutere die Strategie, trockene Fakten mit Hilfe von »Storytelling« zu vermitteln: »Lilo Lotters Erlebnisse sind lebendige Beispiele dafür, wie man es eben nicht machen soll – sie dienen als Ausgangspunkt für jedes Kapitel und sorgen dafür, dass die Theorie, ohne die ein Ratgeber nicht auskommt, unterhaltsamer wird. Und natürlich bleibt die Botschaft dank dieser Geschichten besser in Erinnerung.«

Ich freue mich, wie gut mir diese Formulierung gelungen ist. Und überhaupt – diese Talkshow läuft spitze für mich! Das ist großartige Werbung für mein neues Buch, und ein nettes Honorar gibt's obendrein! Die Studiouhr zeigt an, dass uns nur noch drei Minuten bleiben, bis die Sendung zu Ende ist.

Leo Siegfried fragt nach einem konkreten Beispiel und ich erzähle, wie ich Lilo Lotter zu Beginn des fünften Kapitels eine völlig planlose Aufräumaktion starten lasse: »Sie räumt sämtliche Regale, Schubladen und Ablagekörbe aus, wirft alles kreuz und quer auf den Boden und wundert sich dann, dass das Riesendurcheinander, das sie in nur zehn Minuten angerichtet hat, kaum zu bewältigen ist.«

Meine Schilderung dieser Szene erntet herzhaftes Gelächter. Ich lache mit. Im Nachhinein ist die Erinnerung an das Tohuwabohu, das ich am Vorabend meiner Saarbrücken-Paris-Reise angerichtet habe, tatsächlich ziemlich lustig. Immerhin konnte ich diesen Fauxpas als Lilo-Lotter-Story sinnvoll recyceln. *Aber wer weiß, was geschehen wäre, wenn Charlotte das Chaos, das ich damals angerichtet habe, nicht für mich in Ordnung gebracht hätte. Ich wäre wohl verzweifelt!*

Stille im Studio. Alle starren mich an.

»Was haben Sie da eben gesagt?«, fragt Leo Siegfried mit Verwunderung in der Stimme.

Gesagt? Ich habe doch nichts ...

»Lilo Lotter – sind Sie das etwa selbst?«

Um Himmels willen – habe ich das mit dem Chaos und Charlottes Rettungstat eben etwa laut ausgesprochen?

Ich höre jemanden kichern. Die Pädagogin ist es nicht – sie hat die Augenbrauen bis zum Haaransatz hochgezogen und sieht mich so streng an, als wolle sie mir einen Monat Nachsitzen aufbrummen. Da merke ich, dass ich es selber bin, die da vor sich hin gluckst ...

Es ist aber auch zu absurd: Jahrelang führe ich unbemerkt mein Doppelleben. Unterstützt von Charlotte und Tante Amanda – enttarnt nur von Robert und Till. Und nun bringe ich es fertig, mich vor Leo Siegfried, seinen Gästen und dem gesamten Studiopublikum zu verplappern!

»Ähm – ja, es ist wahr. Als Privatperson bin ich leider alles andere als ordentlich. Aber zum Glück gibt es etwas, was ich viel besser kann, als Ordnung machen – nämlich über Ordnung schreiben!«, sage ich, um zu retten, was noch zu retten ist.

»Ein gutes Schlusswort für diese Sendung, die uns alle am Ende durch eine ungewöhnliche Beichte überrascht hat. Nächste Woche geht es hier mindestens ebenso heiß her, wenn wir darüber reden, ob das deutsche Schulsystem revolutioniert werden muss. Ich danke Ihnen fürs Zuschauen, wünsche Ihnen ein schönes Wochenende und freue mich, wenn Sie nächsten Freitag 5 vor 10 wieder einschalten.« Und schon ertönt die Melodie, die den Abspann der Sendung untermalt.

»Danke, meine Damen und Herren hier in der Runde, für das lebhafte Gespräch. Ich hoffe, wir können es gleich fortsetzen: Im Ratskeller ist ein Tisch reserviert.«

Bis vorhin hatte ich einen gesunden Appetit. Aber jetzt drückt mir etwas auf den Magen, ein Problem, das zuerst noch geklärt werden muss: »Eine Frage, Herr Siegfried: Sie werden die Sache mit meinem versehentlichen Geständnis vor der Ausstrahlung doch sicher noch rausschneiden? Bitte, es wäre mir sehr wichtig!«

Schlimm genug, dass mich das gesamte Studio für eine Hochstaplerin hält. Das muss nicht auch noch der Rest der Nation erfahren – vor allem nicht meine Leser. Oder mein Verlag ...

»Machen Sie Scherze, Schwester im Geiste?«, antwortet der Messie grinsend, »aus einer Livesendung kann man doch nichts rausschneiden!«

Live? Das war live??? Ich bin geliefert!

Kilian von Osterburg überreicht mir seine Visitenkarte: »Hier – falls Sie ein Coaching brauchen, um sich beruflich neu zu orientieren. Ihre bisherige Karriere scheint mir heute zu enden.«

Du liebe Zeit. Was habe ich bloß angerichtet?

16. KAPITEL

Das Dessert

Das warme, schmeichelnde Licht dieses Augustvormittags kann nicht darüber hinwegtäuschen: Was ich da gerade im Spiegel entdecke, sind eindeutig weiße Haare. Drei an der Zahl – eines für jedes Drama, das sich zur Zeit in meinem Leben abspielt: Mein Job ist futsch, meine Büropartnerin macht sich gerade aus dem Staub – und ich habe nicht die geringste Ahnung, was aus mir und meinem Leben werden soll.

Ein Silberstreif am Horizont wäre jetzt definitiv willkommener als die ersten Grauen!

Ich überlege kurz, sie mit schwarzem Permanentschreiber anzumalen, aber dann mache ich doch lieber kurzen Prozess mit ihnen und reiße sie aus. *Leute, ich bin 35!* In Würde altern kann ich auch später noch. Erst einmal sollte ich, wie Tante Amanda nicht müde wird zu betonen, erwachsen werden.

Zugegeben: Erwachsen war das wirklich nicht, was ich mir Anfang des Monats in 5 vor 10 geleistet habe. So ganz nebenbei mein bis dahin so sorgfältig gehütetes Geheimnis auszuplaudern und mich selbst vor aller Welt als Hochstaplerin zu entlarven, das war schon ein Husarenstreich (O-Ton Tante Amanda).

Leo Siegfried hatte nach der Show vollstes Verständnis dafür, dass ich mich ihm und den anderen Talkgästen nicht anschließen wollte, um noch ein bisschen zu feiern. Mir war nicht nach geselligem Beisammensein. Ich klinkte mich lieber aus und kehrte umgehend zurück in meine Paris-Suite, um meine Wunden zu lecken. Beziehungsweise meine Nachrichten zu checken. Und mir einen Reim darauf zu machen, was da eben überhaupt passiert war.

»Glückwunsch, liebe Chaosqueen, zu so viel Mut«, mailte Robert.

Ha, Mut! Danke für die denkbar wohlwollendste Umschreibung von »pure Blödheit«.

Charlotte traf den Nagel auf den Kopf: »Das war reinstes Harakiri, du verrücktes Huhn!!!« Till schrieb eine SMS: »Du bist unglaublich! Wer sagt, dass Talkshows langweilig sind? Ich bin stolz auf dich, liebe Schwippschwägerin. :)«

Stolz worauf? Dass ich mich zum Narren gemacht habe? Glaubt er denn, ich hätte das mit voller Absicht getan?

Wobei – in meinem tiefsten Innern verspürte ich fast einen Hauch von Erleichterung. Und das lag nicht nur daran, dass ich mir endlich die etwas zu engen Ballerinas von den Füßen reißen durfte. »Das Theaterspielen ist vorbei, die Maske heruntergerissen«, deklamierte ich feierlich und pfefferte das pistazienfarbene Schuhwerk in die Ecke. Ich muss nicht länger mit einer Lüge leben, sondern kann endlich wieder ich selbst sein!

Wobei *ich selbst* künftig nur noch »Veronika Kramer« bedeutet, wie mir mein Verlag in einer knappen, nicht gerade herzlichen E-Mail mitteilte. *Lilo Lotter macht Platz* wird zwar wie geplant im November erscheinen, aber von weiteren gemeinsamen Projekten sehe man ab. Ich sei als Top-Autorin für Ratgeber in diesem Bereich nicht mehr glaubwürdig.

Vera Kroemer has left the building.

Und so stand ich also vor den Scherben meiner Karriere. Barfuß. Mit schmerzhaften Blasen an den geschundenen Füßen und leerem Kopf. Wie sollte man sich eigentlich fühlen, wenn man gerade hochkant gefeuert wurde? Vielleicht gibt es dafür sogar irgendwelche Standards und ich fiel mal wieder aus der Norm. Wäre vielleicht Panik angebracht gewesen? Nackte Existenzangst? Pure Verzweiflung? Kann sein. Doch ich empfand nichts dergleichen. Sondern eine seltsame Mischung aus Freiheitsdrang und Kaffeedurst.

Und so orderte ich beim Zimmerservice einen doppelten Espresso und einen Zombi, obwohl ich eigentlich weder Rum noch Brandy mag. Aber kein anderer Name auf der Cocktailkarte des »Savoy« hätte besser zu meinem Gemütszustand gepasst.

Es war schon weit nach Mitternacht, als mein Handy klingelte. Tante Amanda!

»Heute muss ich einfach deine Stimme hören, Vroni!«

»Wie lieb, dass du anrufst! Hast du es gesehen?«

»Natürlich – per Satellitenfernsehen. Du warst großartig! Wenn man von den letzten zwei Minuten absieht ... Aber sag, Liebes: Wie geht es dir?«

»Ich bin, ehrlich gesagt, einigermaßen verwirrt. Aber auch erleichtert. Und verunsichert. Und ich fühle mich, als wäre ich gerade durch die Führerscheinprüfung gefallen, weil ich ein Stoppschild übersehen habe ...«

»Das Leben ist aber keine Führerscheinprüfung, Vroni. Da sitzt keiner im Fond und sagt, wo es langgeht. Und es gibt keine Wegweiser, Warnsignale oder Leitpfosten. Du musst selbst deinen Weg gehen. Und wer weiß? Vielleicht war es genau der richtige Schritt zum richtigen Zeitpunkt, die Spur zu wechseln.«

»Ziemlich unwahrscheinlich. Immerhin ist meine Karriere im Eimer: Ich bin ohne Auftrag, ohne Einnahmen, ohne Perspektiven – und bald auch noch ohne Charlotte.«

»Dann kann es doch im Grunde nur noch aufwärts gehen, oder?«

»Du bist die unerschütterlichste Optimistin, die ich kenne, Tante Amanda!«

»Nein – ich bin eine absolute Realistin mit einer großen Menge an Lebenserfahrung. Und die sagt mir: Wer wagt, gewinnt. Du hast Mut bewiesen, und Mut wird belohnt.«

»Ich habe gar nichts gewagt. Sondern mich einfach nur verplappert! Und das ist wohl eher gedankenlos als mutig.«

»Glaube mir: Wo sich eine Tür schließt, tut sich eine andere auf!«

Schön wär's. Wohin soll die denn bitte führen? Auf direktem Weg hinein in eine Rumpelkammer?

*

Inzwischen sind drei Wochen seit jenem denkwürdigen Abend vergangen und noch immer hat sich keine Tür aufgetan. Nicht mal einen Spalt weit. Als wolle sie meine Worte Lügen strafen, streckt just in diesem Moment Charlotte den Kopf aus ihrem Zimmer. Ich stehe noch immer vor dem großen Garderobenspiegel im Korridor, in dem ich eben die verräterischen weißen Haare entdeckt habe, und fühle mich ertappt. Doch Charlotte ist viel zu abgekämpft, um darauf zu achten. Seit heute früh um sieben ist sie am Kistenpacken, denn in wenigen Tagen endet unser letzter gemeinsamer Monat in diesen Büroräumen und sie fängt ihren neuen Job als Verlagsübersetzerin an.

Ich weiß, was Sie jetzt denken: Ich hätte ihr helfen sollen. Immerhin bin ich ihre beste Freundin. Doch dazu kann ich mich einfach nicht überwinden. Ich ertrage es gerade eben so, ihr dabei zuzusehen. Doch dass ich den Spaten ergreife, um mein eigenes Grab zu schaufeln, kann kein Mensch von mir verlangen! Außerdem habe ich Kopfschmerzen. Jedenfalls so ein leichtes Ziehen in der Schläfengegend.

»Kaffeepause?«, schlägt Charlotte vor und wischt sich mit dem Ärmel ihres Shirts den Schweiß von der Stirn. Das muss sie mich nicht zweimal fragen. Wobei in meinem Fall das Wort »Pause« nicht ganz angebracht ist. Denn das würde ja voraussetzen, dass ich damit eine sinnvolle Tätigkeit unterbreche. Doch ehrlich gesagt ist das, was ich bisher geleistet habe, weder nutzbringend noch planvoll oder in irgendeiner Weise sinnstiftend.

Sie möchten einen Beweis? Gerne. Hier die Top Ten meiner heutigen Amtshandlungen:

1. Den Computer einschalten.
2. Aus dem Fenster schauen.
3. Registrieren, dass mein Postfach nichts Interessanteres als eine Einladung zu einer Probefahrt und eine Aufforderung zur Teilnahme an einer Klassenlotterie zu bieten hat.
4. Einen Milchkaffee trinken.
5. Aus dem Fenster schauen.
6. Einen Espresso trinken und dafür den letzten Rest der noch vorhandenen Kaffeebohnen verbrauchen.
7. Darüber nachdenken, für künftige Bewerbungen meinen Lebenslauf auf den neuesten Stand zu bringen – und die Idee wieder verwerfen.
8. Aus dem Fenster schauen und feststellen, wie schnell die Wolken heute ziehen. Im Anschluss mit der Stoppuhr des Handys die Geschwindigkeit der Wolken messen.
9. Die Messreihe abbrechen, weil brauchbare Vergleichsgrößen fehlen, um aus dem Faktor »Wolke zieht von Baumkrone zu Kirchturmuhr« einen km/h-Wert zu errechnen.
10. Zur Toilette gehen, auf dem Rückweg im Garderobenspiegel drei weiße Haare entdecken und sie ausreißen.

Puh. Ich brauche wirklich dringend eine Pause!

Zum Glück hat Charlotte Kaffee gekauft. Ich habe das mal wieder vergessen. Künftig muss ich selbst daran denken – wie auch an alles andere, woran mich Charlotte regelmäßig erinnert. Steuertermine, Verabredungen, Rückrufe, Arztbesuche ... Schweigend sitzen wir in unserer kleinen Küche und genießen den Milchkaffee. Man muss ja nicht immer reden, wenn man sich auch ohne Worte versteht.

Was aber, wenn wir uns einfach nichts mehr zu sagen haben? Unsinn, das kann unmöglich sein. Nicht nach so langer Zeit. Wir sind seit der Schulzeit beste Freundinnen. Derart enge Bande kann eine lächerlich geringe Entfernung von drei Kilometern Luftlinie nicht ruinieren.

»Weißt du schon, was du mit meinem Zimmer machst? Vermieten – oder selbst benutzen?«, bricht Charlotte endlich das Schweigen.

»Keine Ahnung«, antworte ich schulterzuckend, »ich habe ja noch nicht einmal entschieden, ob ich das Büro behalte. Und vor allem: was ich als arbeitslose Ex-Autorin darin anfangen soll.«

So viele Entscheidungen – eine schwieriger als die andere. Da muss ich jetzt allein durch. Ohne Charlotte als Trösterin, Babysitterin und gelegentliche Arschtrittgeberin.

»Du bist und bleibst Autorin, Vero«, widerspricht mir Charlotte, »vielleicht nicht zum Thema Ordnungsratgeber und auch nicht mehr für diesen Verlag – aber du bist gut, du wirst bald wieder auf die Füße fallen.«

»Dein Wort in des Verlegers Gehörgang, Charlie«, unke ich.

Bevor Charlotte Zeit für eine aufmunternde Erwiderung hat, läutet das Telefon. An ihrem strahlenden Lächeln erkenne ich sofort, wer der Anrufer ist.

»Oh, Robert, wie schön ... Ja, ist da ... Mittagessen? Um halb eins? Klingt gut ... Wo? Ja, kenn ich ... und was? Okay, klar, mache ich gerne. Bis gleich!«

Muss Liebe schön sein.

Und ich? Werde wohl einen einsamen Ausflug in die »Konditorei Metzger« unternehmen, um mir ein paar Cremetörtchen zu gönnen. Und dazu einen Cappuccino. Mit Zimtzuckerherz. Die einzigen Freuden des Lebens, die mir noch bleiben. Auf einmal fühle ich mich uralt. Und das liegt gar nicht mal an den drei pigmentfreien Haaren, die inzwischen ihre letzte Ruhestätte in der Biotonne gefunden haben.

»Robert lädt ein ins ›Bistro Krokodil‹. Kommst du mit?«

Das meint sie ja wohl nicht ernst!

Fast kränkt es mich ein wenig, dass sie offenbar Mitleid mit mir hat. So schnell kann sich also das Blatt wenden: Noch vor wenigen Wochen hatte ich drei Beziehungskandidaten zur Wahl, während sie von Torschlusspanik getrieben sogar dazu bereit war, sich auf Speed Dating einzulassen. Und heute? Bin ich der einzige Single von uns beiden.

»Lieber nicht, Charlie. Ihr beiden seid jetzt ein Paar! Kein frisch verliebter Mann ist begeistert, wenn seine Liebste zum Rendezvous in der Mittagspause ein Anhängsel mitbringt«, wehre ich ab. Um nichts in der Welt würde ich Charlie heute begleiten, da käme ich mir bloß vor wie das fünfte Rad am Wagen.

Doch Charlotte lacht nur: »Nun sei mal nicht so empfindlich, Vero! Andersherum wird ein Schuh draus: Robert hat ausdrücklich nach *dir* gefragt – ich bin diesmal die Begleitung. Worum es geht, weiß ich selber nicht. Ist 'ne Überraschung, sagt er.«

*

Selten war ich so gespannt auf ein Mittagessen! Robert erwartet uns bereits. Er wirkt ein wenig nervös, wie ein kleiner Junge an Heiligabend, der die Bescherung kaum erwarten kann. Ständig fährt er sich mit der Hand durch die Locken, und noch bevor wir die Bestellung aufgeben, hat er schon zweimal die Brille abgenommen, um sie zu putzen.

Ich wähle eine Zitronenlimonade und einen Grillteller mit Pommes und dazu Kräuterbutter. Ohne eine zünftige Grundlage kann mein gepeinigtes Nervensystem keine weiteren Überraschungen mehr ertragen. Auch Robert entscheidet sich für hochkalorische Kost – Käsespätzle – und Charlotte nimmt wie immer den Salatteller.

Während wir warten, bin ich heute schweigsamer als sonst, was aber nicht weiter auffällt, weil die beiden Turteltäubchen munter miteinander plaudern. Ich nippe derweil an meiner Limonade und wünschte, ich wäre im Büro geblieben.

Man sollte einfach auf seinen Bauch hören! »Hunger« *ist nicht immer seine wichtigste Botschaft.*

Dann erzählt Robert von einem Wasserrohrbruch in seiner Wohnung, seinem unmöglichen Vermieter, unzuverlässigen Handwerkern und einer Versicherung, die nichts als Scherereien macht.

Vielleicht sollte ich mal ein Buch über den Ärger der Verbraucher mit zahlungsunwilligen Versicherungen schreiben.

Denke ich, bevor mir einfällt, dass ich keine Ratgeberautorin mehr bin. Und auch sonst nichts – außer Ex-Autorin, Ex-Karrierefrau, Ex-Talkshowgast, Ex-Büropartnerin.

Nachdem ich den letzten Happen vertilgt habe, lege ich das Besteck nieder, wische mir mit der Serviette zufrieden den Mund ab und lasse meiner Neugier freien Lauf: »Ich hörte, es gibt eine Überraschung, Robert? Spann uns bitte nicht länger auf die Folter!«

»Ihr müsst euch noch einen kleinen Augenblick gedulden«, antwortet Robert und schaut – nicht zum ersten Mal – auf seine

Armbanduhr. Jetzt hakt auch Charlotte nach: »Aber worauf warten wir denn überhaupt?«

Wenn man Robert so beobachtet, könnte man wirklich fast glauben, das Christkind stünde vor der Tür.

»Sagen wir, es gibt noch ein Dessert, das euch beiden wunderbar schmecken dürfte – vor allem aber Veronika«, ist alles, was Robert verraten will. Charlotte zieht eine enttäuschte Grimasse: So viel Aufregung um eine Nachspeise? Eine Frau, die seit dem 15. Lebensjahr Kalorien zählt und sich nur alle Schaltjahre einmal eine süße Sünde erlaubt, sieht darin vor allem eine teuflische Versuchung, der sie am liebsten durch einen geordneten Rückzug entgehen würde.

Ich dagegen stehe einem Eis, einer Mousse oder einer Cremespeise grundsätzlich sehr aufgeschlossen gegenüber. So eine Köstlichkeit passt immer noch rein ... Aber so gerne ich auch nasche: Roberts Geheimnistuerei nur wegen einer Süßigkeit erscheint mir doch etwas übertrieben.

Plötzlich springt er erleichtert auf: »Da kommt sie ja!«

Sie – das ist weder eine Rote Grütze noch eine Birne Helene. Sondern eine etwa fünfzigjährige Geschäftsfrau in grauem Hosenanzug. Das Auffälligste an ihr sind der dunkelrote Pagenkopf, die gewagte Brille im Zebra-Design und ihr zackiger Gang.

»Das Dessert ist – Ricarda Bertram?« Charlotte kann es kaum glauben. Ich noch weniger, zumal mir dieser Name nicht einmal vage bekannt vorkommt.

Robert stellt uns einander vor: »Veronika Kramer alias Vera Kroemer, die Autorin – und Ricarda Bertram, Chefredakteurin des Magazins *BUSY*.«

Wie bitte? Die Pagenkopffrau ist keine Geringere als Charlottes und Roberts neue Chefin! Na Glückwunsch ...

Jetzt sitzt sie mir also von Angesicht zu Angesicht gegenüber – die Frau, die mir Charlie weggenommen hat. *Das Dessert* lächelt mich mit schmalen, weinrot geschminkten Lippen an. Eindeutig triumphierend, wie ich finde – zumindest aber gehässig. Ich erwarte – als Resultat von jahrzehntelangem Zigarillogenuss und jeder Menge Whisky – einen heiseren Damen-Bariton zu hören, doch ihre Stimme klingt silbrig hell.

»Freut mich wahnsinnig, Sie kennenzulernen«, sagt Chefredakteurin Bertram und unterstreicht ihr Entzücken mit einem glockigen Lachen.

Im Affekt behaupte ich, die Freude sei ganz meinerseits. In Wahrheit bin ich weit davon entfernt, begeistert zu sein. Wenigstens gelingt es mir diesmal, Würde und Anstand zu bewahren und meine Gedanken für mich zu behalten.

»Frau Bertram hat deinen Talkshowauftritt gesehen«, erklärt Robert.

»Oh, bitte – nennen Sie mich Ricarda«, sagt das bittersüße Dessert und schaut mich mit vor Vergnügen blitzenden Augen an.

Also ehrlich. Bin ich nicht gestraft genug? Muss ich mich hier noch in aller Öffentlichkeit dem Hohn und Spott dieser Frau preisgeben?

»Was mich besonders beeindruckt hat, Veronika – ich darf Sie doch Veronika nennen? –, ist die unbekümmerte Art, wie Sie in der Diskussionsrunde die Standpunkte der anderen Talkgäste hinterfragt haben. Zielsicher den Finger auf die Wunde legend, ohne Respekt vor Ansehen und Renommee der sogenannten Experten. So etwas imponiert mir.«

»Äh – freut mich zu hören«, antworte ich einigermaßen verwirrt. Hohn und Spott klingt für gewöhnlich anders. Was treibt Ricarda Bertram da für ein seltsames Spielchen mit mir – will sie mich auf den Arm nehmen?

»Jemanden, der selbst einen weltberühmten Psychologen wie Dr. Waldemar Moser mit schlafwandlerischer Sicherheit in die Ecke treibt und hohle Phrasen nicht tumb nachplappert, sondern als solche entlarvt, können wir bei BUSY immer gebrauchen.«

Ich verstehe nur Bahnhof. Wer ist weltberühmt? Wer entlarvt wen – außer ich mich selbst? Und was ist mit BUSY?

Offenbar bin ich die Einzige, die auf dem Schlauch steht, denn Charlotte stimmt spontan ein Jubelgeheul an.

»Könnten Sie sich vorstellen, unsere Redaktion ›Erfolgsmenschen‹ zu leiten, Veronika? Wir planen eine völlig neue Art, ausgewählte Persönlichkeiten zu porträtieren. Geschäftsleute, Künstler, Wissenschaftler, Trendsetter. Und dazu brauchen wir jemanden mit Selbstbewusstsein, Charme, Scharfsinn und guter Schreibe. Mit anderen Worten: jemanden wie Sie.«

Moooment. Noch mal langsam zum Mitschreiben: Bietet diese Frau mir gerade einen Job an?

»Ich verstehe nicht ...«, stammele ich ziemlich geistlos. So viel zum Thema Selbstbewusstsein, Charme und Scharfsinn.

»Tut mir leid, dass ich Sie hier so überfalle. Wenn Sie mich gleich in den Verlag begleiten, schildere ich Ihnen gerne sämtliche Details. Es sei denn, Sie haben etwas Besseres vor«, schlägt Ricarda vor.

»Nein«, sage ich, »oh nein – ich habe nichts vor. Gar nichts.«

Ricarda Bertram strahlt mich an. Überhaupt nicht triumphierend – sondern sehr, sehr herzlich. Was für eine Frau!

*

Als ich zwei Stunden später die Bürotür aufschließe, verstecke ich eine Flasche Champagner hinterm Rücken. Echten

Champagner. Charlotte erwartet mich voller Ungeduld: »Da bist du ja endlich! Und? Wie ist es gelaufen? Kriegst du den Job? Nimmst du ihn an?«

Ich versuche, sie an der Nase herumzuführen, ziehe eine klägliche Grimasse und mache eine bedauernde Geste mit den Armen – doch die Flasche in meiner Hand verrät mich.

Es ist wohl besser, dass Sie unser Gekreisch nicht hören und den Freudentanz, den wir aufführen, nicht beobachten können. Muss ziemlich unreif wirken, schätze ich. Also stellen Sie sich unser wildes Gehopse und das schrille Gejohle lieber nicht allzu plastisch vor! Oder noch besser: Stellen Sie sich gar nichts vor. Vielen Dank.

Als wir uns ein wenig beruhigt haben, sinken wir erschöpft auf den Boden von Charlies Zimmer und lassen uns – zwischen vollgestopften Bücherkisten und sorgfältig sortierten Regalbrettern – den Schampus schmecken. Natürlich muss ich ihr alles haarklein erzählen: über unser intensives Gespräch in dem beeindruckenden Raum mit den schicken Möbeln und riesigen Panoramafenstern, den Ricarda Bertram irgendwann ganz nebenbei als *mein zukünftiges Büro* bezeichnete. Und die Tatsache, dass zu meiner Position – so ich das Angebot denn akzeptiere – sowohl ein Babysitter als auch ein Schutzengel gehört. Besser gesagt: eine Sekretärin und eine persönliche Assistentin. Und nicht zuletzt über das schier lächerlich hohe Gehaltsangebot, das Ricarda Bertram mir unterbreitet hat.

»Das alles ist fast zu schön, um wahr zu sein«, schwärme ich voller Begeisterung, »und ich kann im Grunde noch immer nicht verstehen, warum sie mir so viel zutraut. Und warum sie glaubt, dass ich das alles wert sei.«

Aber wer nicht wagt, der nicht gewinnt. Und wer durch die Tür, die sich öffnet, nicht hindurchgeht, ist selber schuld ...

»Natürlich bist du das wert«, beteuert Charlotte. Mit schwerer Zunge. Sie verträgt einfach nichts. »Und wenn Ricarda Bertram nicht davon überzeugt wäre, würde sie dir auch bestimmt kein dermaßen großartiges Angebot unterbreiten.«

Mir fällt dazu kein schlagkräftiges Gegenargument ein. Nur das, was Ricarda mir als »Spielregeln« unterbreitet hat: »Sie will Spontaninterviews – ohne Vorbereitung, ohne Recherche. Ich soll vollkommen ahnungslos in die Gespräche gehen, um dann ganz unverblümte, echte, aufrichtige Fragen zu stellen. Egal, ob mein Gegenüber Weltrekordhalter, Nobelpreisträger oder Konzernchef ist. Und anschließend erst, beim Schreiben des Artikels, die Fakten nachrecherchieren.«

»Klingt, als wäre der Job wie für dich gemacht. Beziehungsweise umgekehrt«, findet Charlotte.

Sollte mein dilettantischer Murks wirklich eine Marktlücke sein?

»Klingt vor allem nach einer unglaublich spannenden Aufgabe und jeder Menge Spaß. Und das Beste ist: Wir arbeiten weiterhin zusammen. Zwar in unterschiedlichen Abteilungen, aber im gleichen Gebäude!«, wird mir jetzt erst klar.

Die gemeinsamen Kaffeepausen sind gerettet!

»Dann wirst du wohl nächste Woche ebenfalls mit dem Ausräumen anfangen können«, grinst Charlotte. »Bei der Gelegenheit: Hast du noch Bedarf an diesen Räumen?«

Oh. Mist. Wo sich eine neue Tür auftut, will eine alte abgeschlossen werden. Was tun mit diesem wunderschönen Altbaubüro, das mir in den letzten Jahren so viel bedeutet hat?

»Ich, ähm, hätte da übrigens einen Interessenten«, eröffnet mir Charlotte. »Robert sucht eine neue Wohnung. Und er fände es ganz fabelhaft, dort zu leben, wo alles angefangen hat ...«

17. KAPITEL

Der Trick

Der Plan war perfekt: Am Tag, bevor ich meinen neuen Job in der Redaktion von *BUSY* antreten würde, wollte ich abends etwas Leichtes essen, dann zum Müdewerden ein zimmertemperiertes Bier trinken und ganz früh ins Bett gehen, um am nächsten Morgen wunderbar ausgeruht zu sein. Tatendurstig, dynamisch und sprühend vor Energie würde ich im neuen, wahnsinnig schicken Hosenanzug dort aufkreuzen, um gut gelaunt mein elegantes Büro zu beziehen. Meinem Team – der Sekretärin und der Assistentin – würde ich köstliche Nussplunder aus der »Konditorei Metzger« mitbringen und gleich das Du anbieten. Wir würden uns auf Anhieb prima verstehen und super zusammenarbeiten: Sie würden meine chaotische Kreativität in geordnete Bahnen lenken und mir den Rücken freihalten! Souverän würde ich das erste Spontaninterview meistern und daraus einen großartigen Artikel basteln, der für Furore sorgen würde. Schon bald würde mich Ricarda Bloom zum Skifahren in ihr exklusives Schweizer Chalet einladen, um mir dort ein ums andere Mal zu versichern, dass es die beste Entscheidung ihres Lebens war, mich einzustellen ...

Wie gesagt, ein perfekter Plan. Der leider bereits von Beginn an scheitert: Das leichte Abendessen – ein mickriges Salätchen mit fadem Hühnerbrüstchen – macht mich einfach nicht richtig satt. Mit knurrendem Magen ins Bett zu gehen erinnert mich leider allzu sehr an die Horrorgeschichten, die mir mein Großvater früher so gern von seiner Kriegsgefangenschaft erzählte. Oder an das Gejammer, das Charlotte alle Vierteljahre anstimmt, wenn sie mit einer neuen *Wunderdiät* beginnt.

Aber das alles wäre halb so schlimm, wenn ich wenigstens einschlafen könnte! Dabei soll doch ein lauwarmes Bier der ultimative Tranquilizer sein, wie Robert behauptet.

Pah, von wegen narrensicherer Trick!

Ich liege hellwach in meinem Bett und starre abwechselnd die Decke an und dann wieder die digitale Anzeige meines Radioweckers. In diesem Augenblick springen die Ziffern gerade von 03:59 auf 04:00 – vier Uhr in der Früh! Damit hat sich auch das Thema erledigt, morgen … nein, halt: *heute* früh gut ausgeruht in der Redaktion aufzukreuzen. Genauer gesagt in fünf Stunden! Sofern es mir gelänge, jetzt sofort einzuschlafen, blieben mir noch gerade mal 240 Minuten bis zum Weckerklingeln um acht. Wenn ich dann die dunklen Ringe unter den Augen geschickt wegschminke und das Aufregungs-Adrenalin sein Übriges tut, wird kein Mensch etwas von meiner Übermüdung merken!

04:22 Uhr – die Minuten schleichen dahin, von Müdigkeit keine Spur. Was war bloß mit dem Bier nicht in Ordnung? Robert hat mir genau erklärt, wie das Ganze funktioniert: Der Hopfen wirkt entspannend, sodass die natürliche Müdigkeit des Körpers zu ihrem Recht kommt. Dagegen können dann auch die lästigen Stresshormone mit ihren typischen Waffen – hohem Blutdruck, Nervenflattern und Herzrasen – nicht ankämpfen. So weit jedenfalls die Theorie. Bei mir ist es genau umgekehrt. Ich bin zappelig, unruhig und kein bisschen entspannt. Die Bierdose, die ich mir gestern nach Ladenschluss in der Tanke besorgt habe, steht noch auf dem Nachttisch. Der Gerstensaft hat ziemlich schräg geschmeckt, wie ich finde, fast ein wenig süßlich – aber ich bin schließlich auch keine Bierkennerin. Ja, bis gestern kannte ich noch nicht einmal diese Marke.

Und nun das: Schlafstörungen. Lächerlich! Ich hatte noch nie im Leben Schwierigkeiten mit dem Einschlafen. Im Gegenteil: Gewöhnlich pflege ich spätestens nach einer halben Minute wegzunicken und bis zum nächsten Morgen zu schlummern wie ein Baby! Nächtliche Gewitter, Sirenengeheul, der Radau eines

Orkans – Fehlanzeige. Höre ich nicht. Meinetwegen könnten Sie direkt vor meinem Schlafzimmerfenster ein Hupkonzert veranstalten, einen Ehekrach austragen oder einen Böllerschuss abfeuern: Ich würde es nicht bemerken. Normalerweise. *Warum nur fällt die bisher einzige schlaflose Nacht meines Lebens gerade auf heute, statt ... sagen wir ... auf Silvester?*

04.43 Uhr. Ich wälze mich hin und her und frage mich, was ich – abgesehen von leichter Kost und lauwarmem Bier – noch alles hätte tun können, um schläfrig zu werden. Zumal ich mich mit Fug und Recht als *mattgeschuftet* bezeichnen kann! Die letzten Wochen waren enorm anstrengend: Nicht nur dass Rosemarie Nägeli das lektorierte Manuskript zur Überarbeitung zurückgemailt hat, woraufhin ich exakt 513 Korrekturvorschläge einarbeiten und Antworten auf siebenundzwanzig kritische Anmerkungen finden musste – nein, ich hatte auch noch mein Büro auszuräumen, die Bücher in Kisten zu packen, die Wände zu streichen und eine schicke Kollektion bürotauglicher Wohlfühloutfits anzuschaffen.

Zum Glück musste ich – wenn man von der Manuskriptüberarbeitung absieht – keine dieser Missionen allein bewältigen: Robert half sowohl beim Streichen unseres alten Büros, das ja seine neue Wohnung wird, als auch beim Entsorgen des schrottreifen Schreibtischs und nicht zuletzt beim Schleppen bleischwerer Bücherkisten. Eine Zeit lang diente der Kofferraum seines Kombis als Zwischenlager dafür, doch letzte Woche hat Robert die Kisten – ebenso wie meinen unverzichtbaren Kaffeeautomaten – in mein neues Panoramafensterbüro transportiert. Sobald ich nachher meinen Job angetreten habe, werde ich mich dort häuslich einrichten und die massive Pinienholz-Schrankwand mit unzähligen Lexika, Wörterbüchern und Nachschlagewerken füllen. Allein ihr Anblick inspiriert mich

– auch wenn ich sie, im Gegensatz zu früher, kaum noch verwende. Längst ist das World Wide Web zum Recherchewerkzeug Nummer eins geworden.
Internet killed the library star.
Die alten Regale übernimmt Robert – sie haben zwar schon ein paar Jährchen auf dem Buckel, aber für den Sperrmüll sind sie noch zu schade. Und Robert freut sich, dass er endlich genug Stauraum hat für seine gesammelten Fotobücher, Fachzeitschriften und Bildbände.

Was das Klamottenshopping betrifft, so hätte ich ohne Tante Amandas kluge Instruktionen und Charlottes geduldigen Beistand wahrscheinlich die Nerven verloren. Aber mithilfe eines guten Plans, einer nachsichtigen Freundin und einer geschäftstüchtigen Boutique-Verkäuferin gelang es mir, innerhalb von nur einer Stunde knapp siebenhundert Euro für die Basics des textilen Bürobedarf zu berappen.

Tante Amanda war sehr zufrieden, als ich ihr von meiner Ausbeute berichtete: drei klassische Hosenanzüge (lavagrau, schieferschwarz, aquamarinblau), dazu fünf Blusen und sieben Langarmshirts in allen Farben des Regenbogens zum fröhlichen Kombinieren. Wobei das modische Farbspektrum nicht einfach von Rot und Orange über Gelb und Grün bis zu Blau, Indigo und Violett führt, sondern mit Namen daherkommt, die beim bloßen Gedanken daran mein Magenknurren verstärken: Curry, Himbeer, Pflaume, Mandel, Espresso, Honig, Kürbis, Lachs, Limette, Olive, Cream, Minze ... *Genug damit! Ich kapituliere.*

Der Hunger ist einfach stärker als die Hoffnung, doch noch ein paar Stündchen Schlaf zu finden.

Haben Sie schon mal morgens um Viertel nach fünf gefrühstückt? Für mich jedenfalls ist es eine Premiere. Ich stehe also

auf und schlurfe hinüber in die Küche, um zuerst einmal mit einem dreifachen Espresso das Ende dieser Nacht zu besiegeln.
Tut der gut!
Danach muss ich leider feststellen, dass ich keine einzige Scheibe Brot mehr dahabe. Auch sonst gibt der Kühlschrank nicht viel her. Bloß eine Tube Senf, einen kleinen Rest Bratkartoffeln von gestern, drei Eier, eine Zitrone, eine verschrumpelte Zucchini, zwei Tomaten, etwas Käse, gewürfelten Speck und ein Glas Marmelade. Den Senf, die Zitrone und die Erdbeermarmelade stelle ich zurück, aus den restlichen Zutaten bereite ich mir eine köstliche Restepfanne zu.
Ein Bauernfrühstück für die Redakteurin.
Hmmm, lecker! Wer sagt, ich sei in der Küche eine Niete?
Nun, Sie erinnern sich gewiss sehr gut an die energische Dame, die genau das behauptet: Tante Amanda. Sie war es übrigens auch, die mir gestern im Chat den Floh ins Ohr gesetzt hat, ich solle mir einen »perfekten ersten Arbeitstag« ausmalen. Doch vorher musste sie mir zunächst einmal gründlich den Kopf waschen ...
Warum mich an diesem Wochenende eine so seltsam niedergeschlagene Stimmung überkommen hat, weiß ich selber nicht. Vielleicht war in den letzten Wochen einfach alles zu viel für mich:
Erst Charlottes schockierendes Geständnis, die Bürogemeinschaft verlassen zu wollen. Dann das peinliche Fiasko bei der Talkshow und das unrühmliche Ende meiner Laufbahn als Ordnungsspezialistin. Gleich danach das fantastische Jobangebot und der lukrative Vertrag. Schließlich das mühsame Ausräumen und Renovieren. Von den diversen Dates mit höchst unterschiedlichen Vertretern des anderen Geschlechts und der damit einhergehenden Gefühlsachterbahn ganz zu schweigen.

Und nun soll auf einmal – zumindest was die Karriere betrifft – eine glänzende Zukunft vor mir liegen? Zaghaft äußerte ich meine Zweifel:

> Ach, Tante Amanda, ich kann das alles gar nicht richtig glauben. Allein heute habe ich mindestens vier Mal meinen Arbeitsvertrag hervorgekramt, um mich schwarz auf weiß davon zu überzeugen, dass ich nicht träume.

Wird Zeit, dass du dich damit abfindest, einfach mal Glück gehabt zu haben. Und nun liegt es an dir, das Beste aus dieser einmaligen Chance zu machen!

> Aber was, wenn ich es nicht hinkriege? Wenn ich für Ricarda Bertram zur größten Enttäuschung ihres Lebens werde? Immerhin ist es Jahre her, dass ich als Journalistin gearbeitet habe.

Wenn also der Wunschtraum zum Albtraum mutiert?

> Exakt.

Mit Verlaub – du spinnst, meine Liebe.

> Ich bin nur selbstkritisch.

Und dabei ist dir klar geworden, dass du nicht den kleinsten Erfolg verdient hast, weil du eine gnadenlose Nichtskönnerin bist, und dass sowieso bald alles herauskommt?

> Langsam wirst du mir unheimlich. Wieso nur kannst du meine geheimsten Gedanken lesen, als wäre ich ein offenes Buch?

Weil es so klar ist wie eine Consommé double, was mit dir los ist: Du leidest unter dem Hochstaplersyndrom!

Siehst du, jetzt sagst du es sogar selber ... 💬
Ja, ich fühle mich wie eine Hochstaplerin!

💬 *Demnach geht es dir also genauso wie Jodie Foster: Unzählige Rollen in grandiosen Filmen, tolle Erfolge als Regisseurin und Produzentin, ein abgeschlossenes Literaturstudium in Yale, fließende Französischkenntnisse, ein Ehrendoktortitel, vier Oscars und sechs Golden Globes konnten nicht verhindern, dass diese Frau ebenso an sich zweifelt wie du an dir, Vroni.*

Jodie Foster? Du machst Witze! 💬

💬 *Dieses dämliche Hochstaplersyndrom ist kein Witz, sondern eine Plage. Für prominente Betroffene ebenso wie für dich. Und typisch Frau ist es obendrein. Männer leiden eher selten darunter, im Gegenteil: Viele von ihnen betätigen sich ganz ohne schlechtes Gewissen als hemmungslose Hochstapler und scheuen selten davor zurück, sich die Karriereleiter hinaufzuschwindeln.*

Aber ich bin nun mal kein Mann. Und geschwindelt 💬
habe ich in meinem Arbeitsleben schon genug.

💬 *Alles, was du brauchst, ist mehr Selbstvertrauen.*

Klingt einfach, was? Und ist es auch – glaubt jedenfalls Tante Amanda. Sie verriet mir, wie das ihrer Meinung nach funktionieren soll:

💬 *Du musst aufhören mit deinem Einsiedlerleben. So isoliert zu sein ist nicht gut für eine junge Frau wie dich. Dir fehlen Menschen, die dir positives Feedback geben.*

Isoliert? Ich und isoliert?

Aber ich habe doch Charlotte und dich sowieso, 💬
neuerdings auch Robert ...

💬 *Und wen noch? Da ist ja der Freundeskreis jedes Eremiten größer, Vroni! Selbst wenn man Till mitzählt, mit dem du wenigstens hin und wieder telefonierst.*

Meine Güte. Sie hat recht!

Ich habe wirklich nicht viele Bekannte. Auch keine Clique und nur wenige Freundinnen. Besser gesagt: eigentlich keine außer Charlotte. Und bis heute noch nicht einmal Kollegen. Außer mit Charlie und Robert, die ja dabei waren, als Ricarda Bertram mich anheuerte, habe ich nur mit Tante Amanda über meinen neuen Job gesprochen. Mit wem auch sonst? Selbst Till gegenüber habe ich bei unserem letzten Telefonat nur ganz vage angedeutet, dass ich wohl wieder als Journalistin arbeiten werde.

Weil es Unglück bringt, wenn man sich zu sehr freut.

Tatsächlich warte ich insgeheim seit Tagen auf Ricarda Bertrams Anruf, in dem sie alles wieder rückgängig macht. Weil ihr klar geworden ist, dass sie offensichtlich nicht ganz bei Trost war, als sie mich eingestellt hat!

*

Beinahe hätte ich das Telefonläuten überhört. Ich stehe gerade unter der Dusche und schamponiere mein Haar. Eine bräunliche Tonerdemaske ziert mein Gesicht, ein Körperpeeling wartet auf seinen Einsatz. Doch es muss sich gedulden – der Klingelton lässt mich erstarren.

Ich wusste es!

Zweifellos hat Ricarda lange gezögert, ist dann aber in letzter Sekunde zur Besinnung gekommen. Und jetzt ruft sie an, um mir den Weg ins Büro und die Schande vor den Beinahekollegen zu ersparen.

Wie rücksichtsvoll ...

Pitschnass wate ich, ein Rinnsal hinterlassend, quer durch die Wohnung zum Telefon und melde mich mit einem atemlosen

»Hallo« – in Erwartung einer silbrig hellen, aber bedauernden Ricarda-Bertram-Stimme.

»Guten Morgen, Vero, es ist sieben Uhr – bist du schon wach?« Selten war ich so erleichtert, eine dermaßen alberne Frage zu hören.

»Hi Charlie – nein, ich schlafe noch«, lache ich. »Was ist das: Ein Weckanruf, oder was?«

»So in der Art«, antwortet Charlotte fröhlich, »schließlich neigst du ja dazu, wichtige Termine zu verpennen.«

»Vielleicht hätte ich Sekt trinken sollen wie am Abend vor der Fahrt nach Saarbrücken. Beziehungsweise nach Paris. Jedenfalls hat mich der eiskalte Schampus damals ziemlich müde gemacht – im Gegensatz zum lauwarmen Bier. Ich habe heute Nacht kein Auge zugetan!«, klage ich und hülle mich, das Telefon zwischen Kinn und Schulter geklemmt, in einen Bademantel.

Charlotte kann es kaum fassen: »Das gibt's doch nicht! Robert schwört auf diesen Bier-Trick.«

»Vielleicht funktioniert das ja nur bei Männern. Oder nur mit bestimmten Biersorten. Dieses ›Shark‹-Gesöff scheint jedenfalls nicht dazuzugehören«, antworte ich und lasse mich auf mein Bett plumpsen. Zum Glück sitze ich schon, denn der schrille Ton, der plötzlich an mein Hörorgan dringt, hätte mich sonst schier umgehauen.

Es dauert eine Weile, bis ich erkenne, dass das, was ich da vernehme, Charlottes Lachen ist. Ein quietschendes, wieherndes, schallendes Lachen! Ich halte den Hörer ein Stück vom Ohr entfernt und laufe – noch immer barfuß – hinüber in die Küche, um mir einen wärmenden Milchkaffee zu brauen. Erst als meine Tasse halb leer getrunken ist, hat sich Charlotte so weit beruhigt, dass sie wieder einigermaßen sprechen kann. Japsend und von kleinen Kicheranfällen unterbrochen teilt sie mir mit, dass ich gestern Abend kein lauwarmes, entspannendes Bier zu mir genommen habe. *Sondern einen Energydrink, der jede Menge Guaraná und Taurin enthält.* Ein indianisches Hallo-wach-Extrakt und einen stimulierenden Stoffwechseltransmitter – der reinste Muntermacher!

Nicht zu fassen ... Da trinkt man jahraus, jahrein koffeinhaltige Heißgetränke in jeglicher Form und glaubt sich immun gegen die Wirkung von anregenden Substanzen – und dann das.

»Am besten kaufst du dir gleich noch so eine Dose, damit du nicht gleich am ersten Arbeitstag einnickst«, schlägt Charlotte, immer noch glucksend, vor. Ich verspreche, genau das zu tun, und verabschiede mich: »Bis später im Büro!«

Dann steige ich wieder unter die Dusche, um mir Gesichtsmaske und Shampoo abzuspülen. Sogar für Kurpackung und Peeling ist noch genug Zeit. Heute muss ich mich ausnahmsweise einmal nicht beeilen – ein Vorteil des frühen Aufstehens.

Es ist gerade mal acht Uhr, als ich gestiefelt und gespornt bin – die Locken geföhnt, der Teint gepudert, die Wimpern getuscht, die Lippen nachgezogen. Ich habe mich für den hellblauen Hosenanzug und das espressobraune Shirt entschieden. Und außerdem dafür, zu Fuß zur Redaktion zu laufen. Es ist ein wunderbar klarer Septembermorgen. Weil man mich erst um neun Uhr erwartet, kann ich mir Zeit lassen. In gemütlichem Tempo spaziere ich zuerst zur »Konditorei Metzger« und lasse mir eine Tüte voller Köstlichkeiten aus Weißmehl, Zucker und Fett einpacken – laut einschlägigen Medizinerratgebern die Stoffe, aus denen der Untergang des Abendlandes und überhaupt der ganzen Menschheit gebacken ist. Was mich nicht weiter beunruhigt.

Meine nächste Station ist die Tankstelle, wo ich zwei Dosen »Shark« erstehe. Eine davon trinke ich sofort, die andere packe ich ein für den Fall, dass die Wirkung des Wachmachers im Laufe des Nachmittags nachlässt und ich eine weitere Dosis brauche. Ich nehme eine Abkürzung durch die Fußgängerzone, in der die Läden zwar noch geschlossen sind, aber dennoch schon recht viele Menschen anlocken. Nicht nur eilige Passanten wie ich, die strammen Schrittes ihren Arbeitsplatz ansteuern, sind hier unterwegs, sondern auch einige konsumfreudige Mitmenschen, die schon in aller Frühe die Auslagen in den Vitrinen begutachten. Vielleicht um nach Feierabend zurückzukehren und zuzuschlagen – wie dieses hübsche Paar, das gerade die Verlobungsringe in Schaufenster eines Juweliers betrachtet.

Ich bin schon fast vorbei an diesem Luxusladen, als mir schlagartig klar wird, um wen es sich bei dieser üppigen Blondine handelt – und welcher Latinotyp ihr da gerade ins Öhrchen beißt.

Das sind ja Daphne Langenhagen – und Fabian!

Hastig überquere ich die Straße und verschwinde in einem dunklen Hauseingang, um die beiden von dort aus beobachten zu können, ohne selbst gesehen zu werden. Eine Vorsichtsmaßnahme, die ich aus unzähligen Krimis kenne – die sich jedoch in diesem Fall als vollkommen überflüssig erweist: Das liebestolle Paar hat nur Augen füreinander. Oder korrekter gesagt: Fabian hat nur Augen für Daphne, während Daphne nur Augen für einen funkelnden, wahrscheinlich unfassbar kostspieligen Brillantring hat.

Was für ein perfektes Paar. Beide egoistisch, oberflächlich und nur an einem schmückenden Accessoire interessiert.

Ob Till weiß, wer ihm da seine Partnerin ausgespannt hat? Ob er überhaupt ahnt, dass er nicht mehr ihr Liebster ist? Und ob er eines Tages, wenn er über sie hinweg sein wird, vielleicht an einer mageren Schwarzhaarigen interessiert sein könnte?

Nachdenklich setze ich meinen Weg fort und fasse gleich mehrere Beschlüsse: Erstens werde ich ganz gewiss nicht diejenige sein, die Till von Daphne und Fabian erzählt. Zweitens werde ich mich in nächster Zeit voll und ganz in meinen neuen Job vertiefen und drittens vorerst keinerlei wertvolle Energie mehr an irgendwelche Männergeschichten vergeuden. Und viertens ... muss ich irgendwie herauskriegen, wie es Till geht. Vielleicht sollte ich fünftens seinen nächsten Vorschlag, mit ihm zusammen auszugehen, annehmen. Auch wenn das möglicherweise Drittens widerspricht. Schließlich ist man nicht immer konsequent, wenn man so viel Stress hat – siehe Zweitens ... Dann verdränge ich den Gedanken an komplizierte Beziehungsfragen und schlendere stattdessen summend quer durch den Stadtpark.

Der scheint um diese Uhrzeit die reinste Hundebedürfnisanstalt zu sein. Mit mehr Glück als Verstand schaffe ich den Slalom um diverse stinkende Tretminen, ohne mein edles Schuhwerk zu beschmutzen. Am Ententeich bleibe ich eine Weile stehen und beobachte das putzmuntere Federvieh, wie es sich um den traurigen Rest eines trockenen Brötchens zankt. Was mich daran erinnert, dass ich auf dem Nachhauseweg ein Brot besorgen sollte.

Trotz all dieser Trödeleien komme ich eine Viertelstunde zu früh im Verlagshaus an. Kurz entschlossen mache ich einen Abstecher in die zweite Etage, wo Charlottes Büro liegt. Sie fängt eine Stunde früher an zu arbeiten als ich und ist schon fleißig am Übersetzen, als ich bei ihr hereinschaue.

Begeistert springt sie auf, lobt mein schickes Outfit, umarmt mich und wünscht mir viel Glück. Das Kompliment kann ich uneingeschränkt zurückgeben: Charlotte sieht einfach umwerfend aus! Die Liebe scheint ihr gutzutun, der neuerdings

erwachte Hang zu waghalsigen Sportarten offenbar ebenso.
»Sag mal – hast du abgenommen?«, frage ich.
Strahlend nickt sie: »Fast fünf Kilo schon.«
Offenbar wirken Küsse, Fallschirmsprünge und Tauchübungen besser als sämtliche Wunderdiäten, die in den letzten Jahrzehnten die Frauenzeitschriften dieses Landes verseucht haben.

Wir verabreden, dass wir am Abend miteinander telefonieren. Ich verspreche, anzurufen und Bericht zu erstatten. Die heutige Mittagspause verbringe ich wohl besser mit meinen neuen Kolleginnen. Auf die ich schon unglaublich gespannt bin.

Als ich wenig später mein Büro betrete, erwartet mich nicht nur eine blendend aufgelegte Ricarda Bertram, sondern auch ein Sektfrühstück, ein Blumenstrauß und zwei strahlende Blondinen – meine Sekretärin und meine Assistentin. Ricarda stellt mich ihnen als »die wunderbare Veronika« vor. Ich erröte und bitte die beiden, mich zu duzen. Was sie gerne tun.

Der perfekte Plan funktioniert wieder.

»Willkommen bei *BUSY*. Ich bin Jenny«, sagt meine Sekretärin. Sie ist klein und stupsnasig und wirkt unglaublich tüchtig.

»Auch ich freue mich auf die künftige Zusammenarbeit«, strahlt meine Assistentin. Ihr Lächeln ist herzlich und ansteckend. Erst auf den zweiten Blick erkenne ich, dass das oberhalb ihres Mundwinkels kein Schönheitsfleck ist, sondern ein Madonna-Piercing. »Ach ja – und ich heiße ebenfalls Jenny.«

Zwei Jennys? Das ist ja wie in Fabian Engels Paralleluniversum! Nur ohne Fabian. Zum Glück.

18. KAPITEL

Das Porträt

Den Arbeitstag mit einem Sektfrühstück zu beginnen ist eine feine Sache! Während ich herzhaft in ein Kanapee mit Lachs, Ei und Kaviar beiße, denke ich an Tante Amanda, die seit einem halben Jahrhundert jedes Frühstück mit einem Glas Prosecco krönt.

»Nie jedoch darfst du dir ein zweites gönnen«, pflegt sie zu warnen, »denn das könnte fatale Folgen haben.« Hätte ich mal lieber auf sie gehört.

Ich fürchte fast, ich habe einen leichten Schwips!

Na großartig. Alkohol am Morgen bin ich einfach nicht gewohnt. Vor allem keinen Alkohol in Kombination mit einem Energydrink ... Teufel noch eins, was für eine krasse Wirkung. Pures Dynamit! Hoffentlich merkt Ricarda Bertram mir nicht an, dass ich ein wenig neben der Spur bin. Und das gleich am ersten Arbeitstag. Was soll sie nur von mir denken?

Doch während die beiden Jennys noch zaghaft an ihrem ersten Gläschen nippen, das sowieso nur halb voll war, haut Ricarda bereits die dritte Schampuseinheit weg. Respekt! Dabei scheint sie, im Gegensatz zu mir, kein bisschen benebelt zu sein ... Heiter zwar, aber nicht angeheitert. Oder ist das etwa ihre Standardeinstellung?

Ich brauche noch ein Kanapee. Wer kaut, muss nicht sprechen. Und wer nicht spricht, kann auch nicht lallen.

Zum Glück steht heute nichts Anstrengenderes auf meiner Agenda, als die pinienhölzernen Bücherregale einzuräumen und den heißgeliebten Kaffeeautomaten anzuschließen. Beziehungsweise umgekehrt. Das Wichtigste zuerst.

»Huch, fast hätte ich es vergessen: Wir haben zum Einstand noch eine Kleinigkeit für Sie, Veronika«, perlt es aus Ricardas Mund. Sie stellt ihre Sektflöte ab und verschwindet kurz nach nebenan, um wenig später mit einer hübschen Präsentpackung zurückzukehren, die farblich exakt zu ihrem brombeerroten Pagenkopf passt. Ein Geschenk für mich – wie spannend! Ich bin neugierig, was darin ist. Deshalb tue ich etwas, was laut meiner kleinbürgerlichen Schwester Ariane der Grund dafür ist, dass ich wohl nie einen Mann abkriege: Ich reiße nämlich die Packung auf, ohne das hübsche Geschenkpapier zu retten.

Aber Nicky, so was tut man nicht, wenn man eine sparsame Hausfrau werden will! Als ob das jemals mein Lebensplan gewesen wäre. Kaum zu glauben, dass die biedere Ariane die weltoffene Erziehung einer so mondänen und großartigen Person wie Tante Amanda genossen hat. Nun ja, besonders prächtig haben sich die beiden noch nie verstanden ...

Allerdings wären höchstwahrscheinlich sowohl Ariane als auch Tante Amanda bestürzt darüber, welch undamenhaftes Benehmen ich jetzt gerade an den Tag lege: Denn ich brülle vor Lachen! Ja, ich gebe es zu – mit Klasse, Eleganz und Stil hat das wenig zu tun. Aber ich kann einfach nicht anders. Und zumindest Amanda würde sich spätestens dann zu einem verschmitzten Lächeln hinreißen lassen, wenn sie sähe, was Ricarda und die beiden Jennys für mich ausgesucht haben:

Der Bildband trägt den Titel *Die Kunst, aufzuräumen* und zeigt auf dem Cover das Foto einer leeren Pommesschale, deren Inhalt daneben fein säuberlich zu Fünfergruppen arrangiert ist – jeweils vier Fritten senkrecht, eine diagonal darüber, wie in einer klassischen Strichliste.

»Damit Sie mal sehen, wie weit andere Zeitgenossen ihren übersteigerten Ordnungszwang treiben«, gluckst Ricarda fröhlich. Auch die beiden Jennys wischen sich die Lachtränen aus den Augen.

Offenbar hat sich meine Vergangenheit als Ratgeberautorin in der BUSY-Redaktion ebenso herumgesprochen wie das un-

rühmliche Ende ebendieser Expertinnenlaufbahn. Kunststück – schließlich fand es vor laufenden Kameras statt.

Kichernd blättere ich durch den Bildband und kann mich kaum beruhigen – diese Fotos sind schlichtweg urkomisch! Mit grenzenloser Akribie sortiert der Schweizer Künstler Ursus Wehrli einfach alles, was ihm vor die Linse kommt: Buchstabensuppen nach dem Alphabet. Menschen, Schirme, Handtücher und Liegen im Freibad nach Farben und Größen. Ja, sogar einen Obstsalat nach Zutaten – sorgfältig in Reih und Glied serviert.

»Ein echter Korinthenzähler!«, gackere ich und löse damit eine weitere Lachsalve aus.

Na wenigstens haben wir alle den gleichen Humor. Beziehungsweise sind allesamt ignorante Banausen, wenn es um zeitgenössische Fotokunst geht. Man erinnere sich nur an die verstörende Wirkung, die Roberts scheußliche Nackte-Frauen-mit-Tiermasken-vor-Industrieanlagen-Fotoausstellung einst im Mai auf mich hatte. Damals, als er mich als Chaosqueen enttarnte und auf ein Riesenrad entführte. Ist das wirklich erst vier Monate her? Damals hätte ich, aller Panik zum Trotz, möglicherweise sogar einen Bungee-Sprung in Kauf genommen, um mein großes Geheimnis zu bewahren. Heute bin ich froh, dass die Katze endlich aus dem Sack ist. Statt mir im stillen, einsamen Kämmerlein einen weiteren Ordnungsratgeber aus den Fingern zu saugen, habe ich jetzt hier bei *BUSY* das allerschönste Leben!

Vera Kroemer wäre neidisch auf mich – wenn es sie gäbe.

Als wir uns beruhigt haben, schaut Ricarda auf die Uhr und hat es plötzlich eilig: »Sorry, ihr Lieben, ich muss los zu meinem Zehn-Uhr-Meeting. Und Sie, Veronika, haben auch bald einen Termin. Um halb zwölf können Sie loslegen mit dem ersten Spontaninterview.«

Und schon bin ich wieder völlig nüchtern: »Wie bitte? Heute? Aber – ich bin doch überhaupt nicht vorbereitet«, erwidere ich zutiefst entsetzt. Doch Ricarda Bertram lässt meinen Einwand nicht gelten. »Na und? Entspricht das nicht exakt unserem Konzept?«, strahlt sie, flötet uns ein fröhliches »Ciao« zu – und schon ist sie weg.

So viel also zu einem gemütlichen Start in den neuen Job ...

»Ich weiß nicht, wie es euch geht«, sage ich zu den beiden Jennys, »aber ich brauche jetzt erst mal einen Kaffee. Und dann setzen wir uns zusammen.«

Während Stupsnasen-Jenny – die Sekretärin – die Reste des Sektfrühstücks abräumt, assistiert mir die andere Jenny – die mit dem Madonna-Piercing – beim Anschließen des wichtigsten aller lebenserhaltenden Apparate: meines Kaffeevollautomaten. Ich bereite drei Milchkaffee zu und eröffne unsere erste gemeinsame Arbeitsbesprechung mit einem entschlossenen Räuspern.

Du liebe Zeit. Was erwarten Jenny und Jenny wohl von mir?

Wahrscheinlich sollte ich jetzt mit der Geschwindigkeit einer Repetierbüchse kompetente Anweisungen abfeuern. Oder wenigstens mit resoluten Strichen ein Schema auf das Whiteboard skizzieren. Aber das Mindeste wäre doch, dass ich einen Masterplan habe. Und damit meine ich *keinen* Fluchtplan.

Stupsnasen-Jenny rettet die Situation, indem sie das tut, was ich nicht hinbekomme – sie stellt eine vernünftige Frage: »Verwendest du nachher im Interview das Diktiergerät oder soll ich lieber mitstenografieren?«

Ich bin verblüfft: »Du kannst Steno? Ist das nicht längst ausgestorben?« Davon war ich jedenfalls bisher ausgegangen.

Wenn plötzlich ein urzeitlicher Quetzalcoatlus vor meinem Panoramafenster vorbeiflöge, würde mich das kaum mehr ver-

wundern als die Tatsache, dass Stupsnasen-Jenny die vorsintflutliche Kunst der Kurzschrift beherrscht.

Jenny lacht: »Einen Euro für jedes Mal, dass mich das jemand fragt. Aber nein: Steno ist alles andere als ausgestorben. Ich finde es irre praktisch, zum Beispiel wenn ich beim Telefonieren etwas mitnotiere oder wenn ich in Meetings Protokoll führe. Spart wahnsinnig viel Zeit!«

Aber was nützt mir ihr Kurzschrift-Mitschrieb, wenn ich ihn anschließend nicht lesen kann?

Zum Glück fällt mir, bevor ich mit meinen Gedanken herausplatze und mich gnadenlos lächerlich mache, noch rechtzeitig ein, dass nicht *ich* das Transkript des Interviews erstellen werde, sondern Jenny selbst. Und die wird ihre eigene Kurzschrift wohl garantiert entziffern können. Wahrscheinlich sogar besser als ich meine krakelige Langschrift ...

Andererseits finde ich es gerade bei Interviews nicht schlecht, wenn man nachträglich noch mal hineinhören kann. Schließlich macht der Ton oft die Musik: ein kurzes Zögern, ein Beinahe-Versprecher, eine beredte Pause ist zuweilen aussagekräftiger als das eigentlich Gesagte.

»Am liebsten wäre mir beides – Aufnahme *und* Steno«, lege ich fest. »Die Kurzschrift behältst du zum Abtippen, die Aufnahme archiviere ich selbst.«

Fühlt sich gut an, so entscheidungsfreudig zu wirken.

Wir einigen uns darauf, dass mich Jenny 1 zum Interview begleitet, um mitzustenografieren, während Jenny 2 den Drucker an den PC anschließt, die Bücher in die Regale räumt und mir dann ein digitales Adressbuch anlegt mit den wichtigsten Verlagskontakten. Ich könnte sie küssen – alle beide! Wie habe ich es all die Jahre nur ohne eine einzige Jenny ausgehalten? Oder anders gefragt: Wie hat Charlotte es mit *mir* ausgehalten?

Um zehn nach elf dope ich mich mit der übrig gebliebenen Dose »Shark«, um während des Gesprächs keine Gähnattacke zu erleiden. Kaum etwas ist peinlicher, glauben Sie mir! Um zwanzig nach elf mache ich mich auf die Suche nach einer Toilette, denn es gibt durchaus noch eine Sache, die wesentlich unrühmlicher ist als das mit dem Gähnen ... Beim Händewaschen werfe ich einen Blick aus dem Fenster des Toilettenvorraums. Er zeigt hinaus auf den Parkplatz, wo gerade die Silhouette eines Neuankömmlings aus dem Sichtfeld in Richtung Eingangstür verschwindet. Eine Gestalt, die mir seltsam vertraut erscheint.

Kann man eine Person erkennen, die man nur im Gegenlicht wahrnimmt – und das auch nur für den Bruchteil einer Sekunde?

Schwer vorstellbar. Aber andererseits: Was ich gesehen habe, habe ich gesehen!

Hastig trockne ich die Hände ab und marschiere im Stechschritt zurück in mein Büro. Atemlos stelle ich den Jennys eine Frage von allerhöchster Bedeutung, die eine von ihnen erröten und die andere verwundert innehalten lässt: »Wisst ihr eigentlich ebenso wenig wie ich, wer gleich mein Interviewpartner sein wird?«

Piercing-Jenny hat offenbar tatsächlich nicht die geringste Ahnung – während Stupsnasen-Jenny nach Androhung fürchterlicher Sanktionen (Pulverkaffee statt uneingeschränktem Zugang zu meiner Wundermaschine) zugibt, den Termin selbst vereinbart zu haben und daher selbstverständlich zu wissen, um wen es sich handelt. Doch sie fleht mich an, sie nicht zu bedrängen, denn sie habe Ricarda geschworen, Stillschweigen zu bewahren. Bei allem, was ihr heilig ist. Und Ricardas Sanktionen (Kündigung, fristlos) seien beinahe so grausam wie meine.

Okay – ich zeige Erbarmen mit Jenny und bohre nicht weiter nach. Doch wie könnte ich sonst herausfinden, ob mich meine Adleraugen vorhin getäuscht haben? Was soll ich nur tun? Ich muss mich setzen. Nein, halt – ich sitze ja bereits. Nun gut, dann stehe ich eben auf. Huch, nein, Sitzen war doch besser. Puh!

Bloß jetzt nicht durchdrehen! Ruhig atmen und konzentriert nachdenken! Konzentration – einatmen – bedeutet, sich auf den Kern einer Sache – ausatmen – zu fixieren ... Was meinte Goethe eigentlich mit – einatmen – »des Pudels Kern«? Nein, halt, ich schweife schon wieder ab. Was ich – ausatmen – brauche, ist eine Tasse K...

Ich springe auf: ja natürlich, ganz genau! Das ist doch der Bohne Kern! Mein Plan ist ganz simpel. Die Kaffeebohne, die bekanntlich gar keine Bohne ist, sondern eine kirschenähnliche Frucht mit zwei Steinkernen, kann den entscheidenden Hinweis liefern. Jetzt ist Eile angesagt!

»Schnell, Jenny, du musst bitte den Interviewgast abfangen und in einem Besprechungsraum parken. Richte ihm aus, dass ich später komme – aber nenne dabei um Himmels willen nicht meinen Namen.« Piercing-Jenny nickt eilfertig, dreht sich auf dem Absatz um und macht sich von dannen.

Dann wende ich mich Stupsnasen-Jenny zu: »Gibt es in der Nähe einen Supermarkt?«

»Gleich um die Ecke«, bestätigt sie, »was brauchst du?« Ich lasse mir von ihr eine Papierschere bringen und schicke sie dann mit einem – recht kurzen – Einkaufszettel los.

Ich selber versuche mich an einer Bastelarbeit und das, obwohl ich in handwerklichen Dingen völlig talentfrei bin. Doch wichtiger als angeborene Begabung sind jetzt Entschlossenheit, Starrsinn und Willenskraft: Die Bastelarbeit gelingt zwar erst beim dritten Versuch, wird aber just in dem Moment fertig, als beide Jennys zurückkehren. Perfektes Timing!

»Er sitzt in Besprechungsraum zwei«, sagt Piercing-Jenny. »Soll ich ihn fragen, was er trinken möchte?«

Ich schüttele verneinend den Kopf: »Nicht nötig. Ich braue ihm hier eine Spezialkreation.«

Der Cappuccino läuft schon durch, der Milchschaum gerät außergewöhnlich gut – eine Augenweide. Stupsnasen-Jenny hält meine Papierschablone darüber, während ich vorsichtig eine Mischung aus losem Zucker und dem braunen Weihnachtsgewürz darüberstreue.

»Du willst den Typ doch hoffentlich nicht vergiften«, versichert sich Piercing-Jenny, »es wäre nämlich verdammt schade um ein dermaßen prachtvolles Exemplar der Spezies Mann!«

Vergiften – das Mädel hat vielleicht eine Fantasie!

»Keine Sorge. Und jetzt servierst du ihm diese Spezialität des Hauses – aber achte bitte genau darauf, wie er reagiert, okay?«

Vielleicht ist es in hohem Maße unprofessionell, was ich da gerade veranstalte, aber soll ich Ihnen mal was verraten? Das ist mir herzlich egal. Wurde ich nicht eingestellt wegen meiner unkonventionellen Art? Bitte schön – unkonventioneller geht's nicht.

Nach einer gefühlten Ewigkeit kommt Jenny 2 zurück. »Es war sehr, sehr merkwürdig«, berichtet sie sichtlich irritiert. »Erst hat er sich einfach nur bedankt, aber plötzlich starrte er die Tasse an, als hätte er ein Alien vor sich. Dann begann er zu grinsen wie ein Honigkuchenpferd. Ach ja, und im Weggehen hörte ich noch, dass er anfing zu pfeifen.«

Zimtzuckerherz in the morning ...

»Es war irgend so eine Westernmelodie. Ganz ähnlich diesem verrückten Raab-Song mit dem Knallerbsenstrauch und dem Maschendrahtzaun.«

Volltreffer! Kein Zweifel mehr möglich: Er ist es tatsächlich. Und er pfeift *unser Lied*. Den wahrscheinlich unromantischsten Song, der jemals als »unser Lied« bezeichnet wurde. Aber den Moment, in dem man die Seelenverwandtschaft mit einem anderen Menschen zum ersten Mal spürt, kann man sich eben genauso wenig aussuchen wie das Wetter, den eigenen Geburtstag oder seine Geschwister ...

Vergessen Sie alles, was Sie je in Sachen Lampenfieber erlebt haben! Stellen Sie sich stattdessen das Gefühl vor, das Sie bisher für den höchstmöglichen Grad menschlicher Nervosität gehalten haben, multiplizieren es mit sich selbst, ergänzen es um zwei Gläser Sekt, mehrere Tassen Kaffee und zwei Dosen Energydrink, schütteln Sie das Ganze kräftig durch und servieren es – ohne auch nur einen Tropfen zu verschütten – einer Person, deren Name allein schon Ihren Puls beschleunigt. Meinetwegen Robbie Williams. Oder Scarlett Johansson. Oder allen beiden. Na? Zittern Sie? Nein, Sie beben!

Ungefähr so fühle ich mich in diesem Moment. Auf dem Weg zum Besprechungszimmer schlägt mein Herz bis zu den Schläfen. Stupsnasen-Jenny, bewaffnet mit Diktiergerät, Stenoblock, Bleistift und einem verschlossenen Briefumschlag, folgt mir auf den Fersen. Als wir den sparsam, aber bequem und elegant möblierten Raum mit Blick in Richtung Park betreten, steht er am Fenster und wendet uns seine wohlgeformte Hinteransicht zu. Heute ist sie in einer grauen, knackig sitzenden Jeans und einem schokobraunen Hemd verpackt. Gedankenverloren betrachtet er zwei Hunde, die draußen auf der Wiese miteinander herumtollen.

Ausnahmsweise wird er es diesmal sein, der ein überraschtes Gesicht macht. Es geht doch nichts über geräuschlose Ledersohlen. Howgh!

»Vielen Dank, dass Sie unserer Einladung gefolgt sind«, sage ich und kann kaum ein dümmliches Grinsen unterdrücken, als er herumfährt und mich mit großen blauen Augen anschaut. Doch dann denke ich an die offenen Fragen, die mir auf der Seele brennen und die ich nur in meiner Rolle als Journalistin zu stellen wage ... Es gelingt mir, ernst zu bleiben – denn ich will das hier jetzt durchziehen.

»Mein Name ist Veronika Kramer und dies ist Jenny, die unser Gespräch mitstenografieren wird«, fahre ich ungerührt fort, während ich seine Hand schüttele und ihm dann mit lässiger Geste einen Platz anbiete. Wortlos lässt sich der erstaunteste Schwippschwager aller Zeiten in den ledernen Besuchersessel sinken.

»Ich hoffe, es stört Sie nicht, dass wir das Interview zusätzlich auf Band aufzeichnen?«

»Nein, nicht im Geringsten«, antwortet er mit leichter Belustigung in der Stimme. Ich gehe nicht darauf ein, sondern rede unbeirrt weiter: »Wie Sie wissen, handelt es sich hier um ein innovatives journalistisches Experiment – wir starten heute mit einer neuen Serie von Spontaninterviews, die in jeglicher Hinsicht unvorbereitet sind.«

Vor allem in Hinsicht auf die hochgradig nervöse Journalistin, die noch nicht den Funken einer Idee hat, wie sie das Interview eröffnen soll. Alles, was ich habe, ist ein Briefumschlag.

Ich unterdrücke den Impuls, mich zu räuspern. Stattdessen setze ich meinem Gegenüber auseinander, wie wir weiter vorgehen: »Jenny öffnet jetzt gleich ein Kuvert und liest daraus die einzige Information vor, die mir vorab zur Verfügung steht: nämlich die Begründung der Chefredakteurin Ricarda Bertram, warum Sie in *BUSY* porträtiert werden sollen.«

Till nickt feierlich.

Er spielt das Spiel tatsächlich mit!

Gespannt beobachten wir Jenny, die jetzt in oscarnachtreifer Manier den Umschlag öffnet und mit klarer Stimme verkündet: »Till Zamora wird als Erfolgsmensch des Monats September porträtiert, weil er in seiner Branche – der Gastronomie – zum Unternehmer des Jahres gewählt worden ist.«

»Wow, das wusste ich gar nicht«, entfährt es mir spontan, doch dann hat mich die Journalistenseele in mir sofort wieder im Griff. Und plötzlich läuft alles wie von selbst: Methodisch, sachlich und mit durchdachten Fragen verhöre ich mein Opfer. Und obwohl Till aus lauter Bescheidenheit am liebsten kein Wort über seine Erfolge verlieren würde, entlocke ich ihm auf diese Weise ein paar hochinteressante Details zu seiner Auszeichnung: Man hat ihn nicht nur aufgrund seiner spektakulären Restaurantkonzepte, seiner internationalen Küche und seines kundenfreundlichen Service geehrt, sondern auch wegen seines Engagements für soziale Projekte in Afrika – und für seine ungewöhnliche Personalpolitik:

»Sie beschäftigen also beeinträchtigte Menschen?«, staune ich.

»Aber natürlich, das ist doch gar kein Problem. Wir arbeiten schon seit Jahren als Integrationsbetrieb. Sowohl in der Küche als auch im Service gibt es in jedem unserer Restaurants auch Mitarbeiter mit geistiger Behinderung. Wir machen hervorragende Erfahrungen damit und haben alle viel Spaß miteinander«, berichtet Till mit glänzenden Augen. Er ist wirklich ganz in seinem Element. »Und was für alle Mitarbeiter gilt: Sie sind ausnahmslos am Gewinn meiner Restaurants beteiligt«, sagt er schlicht. Als wäre das, was in der Branche wohl ziemlich einmalig ist, gar nichts Besonderes.

Der Mann ist unglaublich. Und so völlig anders als gewisse selbstzufriedene Key-Account-Manager ...

»Ich bin sicher, dass bei so viel Engagement und Leidenschaft für den Beruf das Team sozusagen Ihre Familie ist«, taste ich mich langsam an ein besonders sensibles Thema heran.

Till geht sofort darauf ein: »Ja, wir verstehen uns ganz hervorragend untereinander – was sehr angenehm ist für jemanden wie mich, der aus einer zerrupften Patchwork-Familie stammt.«

Alle haben sich lieb, was? So, so. Aber ein besonders vollbusiges Familienmitglied steht dir doch näher als andere, oder?

»Ich schätze, es ist nicht gerade einfach, Beruf und Privatleben zu trennen«, bohre ich weiter.

Till zuckt mit den Schultern: »Wenn man kaum ein Privatleben hat, gibt es auch nicht viel auseinanderzuhalten.«

Schätzchen, das nehme ich dir nicht ab!

»Kunststück, wenn man mit seiner Partnerin so intensiv zusammenarbeitet«, wage ich einen weiteren Vorstoß ins Wespennest seines Liebeslebens.

Doch Till steht auf dem Schlauch: »Partnerin? Im Sinne von ... Geschäftspartnerin?«

Meine Güte, muss ich denn noch deutlicher werden: »Oder was Daphne auch immer für dich sein mag!«

Ähm. Das war jetzt nicht, was ich eigentlich sagen wollte.

Jennys flüssige Schreibbewegung stockt für einen winzigen Augenblick.

Doch Till rettet die Situation: »Sie meinen Daphne Langenhagen? Tatsächlich wird sie in der Presse hin und wieder recht uneindeutig als meine ›Partnerin‹ bezeichnet. Was daran liegt, dass sie mich – unabhängig von unserer geschäftlichen Zusammenarbeit – schon häufiger bei diversen gesellschaftlichen Anlässen begleitet hat.«

Sie sind nur Geschäftspartner ... Einfach nur Geschäftspartner! Und ich Mondkalb lehne seit Wochen jede seiner Ein-

ladungen ab. Weil ich mich nicht in einen Mann verlieben will, der längst vergeben ist.

Das verändert natürlich alles. Alles!

Doch die miesepetrige Selbstzweiflerin in meinem Hinterkopf meldet sofort Bedenken an. »Wer weiß denn, ob er sich überhaupt für dich als Frau interessiert?«, lamentiert sie. »Dass er nicht auf Daphne steht, heißt ja noch lange nicht, dass er für dich mehr empfindet. Ich wette, für ihn bist du nicht mehr als ein nettes, angeheiratetes, entferntes Familienmitglied ...«

Wo eine innere Stimme ist, ergreift bald auch eine zweite das Wort. »Unsinn«, widerspricht Tante Amanda energisch, »siehst du nicht dieses Funkeln in seinen Augen? Schnapp dir den Kerl!«

Ruhe da oben, ich muss mich konzentrieren!

Ich nippe an meinem Wasserglas, das Jenny freundlicherweise bereitgestellt hat, und überlege fieberhaft, welche geistreiche, amüsante und zugleich bezaubernde Frage ich als Nächstes stellen könnte.

Der entscheidende Impuls kommt nicht von oben, wo meine grauen Zellen noch immer damit zu tun haben, die inneren Stimmen zum Schweigen zu bringen – sondern aus dem Bauch heraus. Genauer gesagt: von meinem Magenknurren. Warum ich schon wieder hungrig bin, obwohl ich doch bereits um fünf Uhr eine deftige Bauernpfanne zu mir genommen habe und um neun Uhr ein Sektfrühstück, wissen allein die Götter der Verdauung. Aber das kümmert mich gerade wenig. Vielmehr kreisen meine Gedanken um eine Mahlzeit, die noch gar nicht stattgefunden hat!

»Sagen Sie, Herr Zamora – einmal angenommen, Sie ließen sich zu einer kleinen Wette hinreißen, sagen wir ... um ein Essengehen. Und nehmen wir weiter an, Sie verlören diese

Wette. Würden Sie den Gewinner – oder die Gewinnerin – in eines ihrer eigenen Restaurants einladen?«

Das schelmische Blitzen in Tills Augen ist nun nicht mehr zu übersehen. »Oh nein«, lacht er, »das fände ich nicht nur ganz schön einfallslos, sondern auch ziemlich unromantisch.«

Unromantisch? Hat er »unromantisch« gesagt?

»Was, ähm, wäre denn in Ihren Augen ein romantischer Ort?«, bringe ich fast tonlos über die Lippen.

Wasser! Ich brauche mehr Wasser. Und frische Luft.

»Nun, wie es der Zufall will, habe ich mir gerade gestern Gedanken über diese Frage gemacht. Weil ich eine gewisse Person, der ich noch eine Einladung schulde, nicht irgendwohin entführen möchte. Sondern zum romantischsten Ort der Welt. Und da kommen, wie Sie vielleicht wissen, nur drei ernsthaft infrage.«

Ich werde gleich ohnmächtig!

»Die Aussichtsplattform des Empire State Buildings in New York scheidet leider aus. *Schlaflos in Seattle* hin oder her. Erstens finde ich Meg Ryan in *French Kiss* viel entzückender und zweitens weiß ich nicht, was an Schlaflosigkeit romantisch sein soll.«

Grundgütiger. Der Mann kann Gedanken lesen!

»Bleiben noch zwei. Und wenn ich mir's recht überlege: Ein Balkon, der Schauplatz einer unglücklichen Liebe zweier Minderjähriger ist und ihnen am Ende den Tod bringt – nein, Verona ist es auch nicht.«

»Nein«, sage ich, »Verona ist es tatsächlich nicht.«

Ich glaube, in meinen Blutbahnen findet gerade eine Springflut statt – und in meinem Kopf ein tropischer Wirbelsturm. Mit verheerenden Auswirkungen auf meinen Verstand und dramatischen Schädigungen an meinem Sehnerv. Ja, tatsächlich – ich halluziniere! Es sieht tatsächlich so aus, als stünde Till Zamora auf, käme auf mich zu und zöge zwei Flugtickets aus der Gesäßtasche. Jetzt spielen sogar meine Ohren verrückt, denn sie hören ihn sagen:

»Prinzessin Nic, ich hoffe sehr, du hast nächstes Wochenende noch nichts vor. Jedenfalls nichts Besseres als einen Flug nach Casablanca und ein marokkanisches Candle-Light-Dinner in ›Rick's Café‹. Hast du Lust?«

Was für eine Frage!

Kneifen Sie mich mal bitte – oder ist das alles etwa ein Traum?

Aus mir wird wohl nie eine Dame, fürchte ich. Oder springen Damen etwa auf, stoßen ein wildes Freudengeheul aus und werfen sich mit Anlauf dem nächstbesten Kerl, den sie gerade interviewen, an den Hals?

Hinter mir fällt ein Stuhl um. Aus den Augenwinkeln erkenne ich, dass es nicht meiner ist, sondern der von Stupsnasen-Jenny, die offenbar gerade aus allen Wolken fällt. Um sie kann ich mich jetzt leider nicht kümmern. Ich bin nämlich gerade schwer beschäftigt mit dem Unternehmer des Jahres, der sich soeben den Titel als weltbester Küsser verdient!

»Veronika – was tun Sie denn da?«, zwitschert eine silbrig helle Stimme. Ricarda Bertram ist zurück aus ihrem Meeting und schaut eben mal rein, wie es so läuft. Und wie Sie sehen, läuft es besser, als Ricarda gedacht hätte ...

»Ich – ähm – probiere gerade eine alternative Fragetechnik aus«, ist alles, was mir einfällt.

»Toller Einsatz«, kommentiert meine Chefin trocken. »Selten war ich auf einen Artikel so gespannt wie auf diesen.«

»Und ich erst«, lacht Till und schüttelt ihr zur Begrüßung die Hand.

Dann gibt Ricarda der noch immer sprachlosen Jenny ein Zeichen: »Kommen Sie mit, meine Liebe. Ich glaube, uns braucht hier momentan niemand mehr – der Rest dieses Interviews kommt auch ohne Mitschrift aus.«

Und wissen Sie was? Damit hat sie verdammt recht.

Wenn Sie uns jetzt also einen Augenblick entschuldigen würden ...

Amelie

AUFRÜSCHBAR

EINE JUNGE FRAU HAT IHRE GANZ EIGENEN THEORIEN ÜBER MÄNNER –
UND FINDET IM DURCHEINANDER IHRER BEZIEHUNGEN ZU SICH SELBST

AUFRÜSCHBAR
ROMAN. AMELIE BAND 6
Von Clara Ott
304 Seiten, Paperback
ISBN 978-3-86265-140-5 | Preis 9,95 €

»›Über Sex zu reden ist besser als Sex zu haben‹ – Es ist eine gewagte Theorie, die Autorin Clara Ott in ihrem Roman ›Aufrüschbar‹ aufstellt...«   bild.de

»Die freie Journalistin und Autorin Clara Ott lässt ihre eigenen Erfahrungen, Erlebnisse von Freundinnen und ein bisschen Fiktion in diese ungewöhnliche Geschichte einfließen.«
InTouch (Online), Maxi (Online)

»Von Bild.de bis Maxi.de stürzen sich alle auf die ›Theorie vom Nullten Sex‹, dabei steckt in dem Liebesroman ›Aufrüschbar‹ der Debütautorin Clara Ott noch so viel mehr:

Eine kreative Geschäftsidee rund um unser Lieblingsthema Mode, langjährige Frauenfreundschaften, glücklicher Familienzusammenhalt und nebenbei die Suche nach sich selbst.«   spylista.com

www.amelie-verlag.de

Amelie

SCHERBEN, MOND & MILCHKAFFEE

ICH SUCHE EINEN MANN FÜR DICH! – ZWEI FRAUEN WAGEN
SICH FÜREINANDER IN DEN ONLINE-DATING-DSCHUNGEL

SCHERBEN, MOND & MILCHKAFFEE
ROMAN. AMELIE BAND 5
Von Katharina E. Volk
296 Seiten, Paperback
ISBN 978-3-86265-143-6 | Preis 9,95 €

Das Liebesleben von Amanda, 59, und Lara, 29, liegt in Scherben, sie sind beide soeben verlassen worden: Amanda von ihrem langjährigen Ehemann, der sich eine Jüngere gesucht hat, und Lara von ihrem Freund.

Das ungewöhnliche Duo beschließt, sich gemeinsam in den Online-Dating-Dschungel zu wagen, und zwar mit einem Plan, der vor Enttäuschungen bewahren soll: Amanda sucht einen Mann für Lara und Lara sucht einen für Amanda! Sie prüfen die potenziellen Partner auf Herz und Nieren und das ist auch nötig, denn sie treffen bei ihren Verabredungen auf verlogene Frauenhelden, skurrile Esoteriker, frauenfeindliche Choleriker ... Doch dann findet jede von ihnen einen Mann, den sie ihrer Freundin erst mal nicht vorstellt.

»Leichte Lektüre für einen Nachmittag mit Milchkaffee – lesenswert!« DerWesten.de

www.amelie-verlag.de

Heike Abidi wurde 1965 in Birkenfeld/Nahe geboren. In Gießen studierte sie Sprachwissenschaften, Neuere Geschichte und Mediendidaktik. Heute lebt sie als freiberufliche Werbetexterin und Autorin mit ihrer Familie in der Pfalz bei Kaiserslautern. Sie beschreibt sich als glückliche Ehefrau, glückliche Mutter, glückliche Hundebesitzerin und glückliche Texterin.

Heike Abidi
Zimtzuckerherz
Roman | AMELIE Band 9

ISBN 978-3-86265-141-2
© Schwarzkopf & Schwarzkopf Verlag GmbH, Berlin 2012
AMELIE ist ein Label des Schwarzkopf & Schwarzkopf Verlages.
Alle Rechte vorbehalten. Dieses Werk ist urheberrechtlich geschützt.
Jede Verwendung, die über den Rahmen des Zitatrechtes bei korrekter und vollständiger Quellenangabe hinausgeht, ist honorarpflichtig und bedarf der schriftlichen Genehmigung des Verlages.
Titelfoto: © tm-photo/www.fotolia.com | Autorinnenfoto: © T.W. Klein/www.tw-klein.net

INTERNET | E-MAIL
www.schwarzkopf-schwarzkopf.de | www.amelie-verlag.de
info@schwarzkopf-schwarzkopf.de